CW01457308

CYRIL CARRÈRE

GRAND FROID

THRILLER

★ ★ ★ ★ ★

FINALISTE DU PRIX VSD-RTL
DU MEILLEUR POLAR FRANÇAIS

LA MÉCANIQUE GÉNÉRALE

LA MÉCANIQUE GÉNÉRALE EST UNE MAISON D'ÉDITION VINTAGE DE LIVRES DE POCHE, AU FAÇONNAGE INSPIRÉ DES CARNETS DES PREMIERS COMPTOIRS COMMERCIAUX DU MIDWEST AMÉRICAIN. NOS COUVERTURES SONT TRACÉES DE PARTICULES SYNTHÉTIQUES DE CUIR, TYPIQUES DES PÉRIODIQUES FRANÇAIS DE L'INDIANA DES ORIGINES.

FONDÉ EN 1732 PAR DES PIONNIERS FRANÇAIS SUR UNE TERRE PEUPLÉE D'INDIENS, L'INDIANA A IMPRIMÉ SES PREMIERS CARNETS SUR UNE MACHINE CRÉÉE PAR NOS ANCÊTRES, SELON LES RÈGLES PRIMITIVES DE MÉCANIQUE GÉNÉRALE.

LMG EST L'HÉRITIÈRE DE CETTE CONFECTION ORIGINALE FRANCO-AMÉRINDIENNE, COUVRANT TOUS LES GENRES LITTÉRAIRES ET TOUTES LES COLLECTIONS. CHAQUE OPÉRATION DE NOTRE « FAÇONNAGE INDIANAPOLIS » GARANTIT LE CARACTÈRE EXCLUSIF DE NOTRE PRODUCTION ET SON INTÉGRITÉ DANS SA TRAVERSÉE DU TEMPS.

LA MÉCANIQUE GÉNÉRALE

PARIS

2013

MIDWES

LMG

FAÇONNAGE INDIANAPOLIS

GRAND FROID

CYRIL CARRÈRE

GRAND FROID

roman

Édition définitive

LMG

LA MÉCANIQUE GÉNÉRALE

LMG

www.lamecaniquegenerale.fr

–

Tous les droits de traduction, de reproduction
et d'adaptation réservés pour tout pays.

–

© Éditions Nouvelle Bibliothèque, 2018.

© LA MÉCANIQUE GÉNÉRALE, 2020

À ma famille

MARDI
7 OCTOBRE 2014

PROLOGUE

Gaëlle s'extirpa de la salle d'audience, le dos en vrac, exténuée par plus de trois heures de joutes verbales et presque autant à débriefer au sein du tribunal correctionnel de Nantes. Elle déposa sa sacoche au sol, le temps d'enfiler son caban et de nouer une écharpe blanche à grosses mailles autour de son cou. Des semaines maintenant que cette affaire durait, réduisant peu à peu les plages de liberté qu'elle affectionnait tant. La pression des médias n'y était pas étrangère. Elle soupira en saluant d'un geste bref la cliente qu'elle défendait.

La polémique faisait rage depuis que l'ancien maire de la ville, Jules Desprès, également ex-député et magnat de l'immobilier local, était passé de vie à trépas de manière accidentelle. Cette histoire avait fait beaucoup de bruit. Un peu trop, même.

Une femme avait débarqué tout droit du Québec en se désignant comme la digne héritière de la fortune de Desprès. Le politicien n'ayant aucune descendance

connue, la nouvelle avait fait un tollé. Pas de quoi ébran-
ler la plaignante, qui s'était adjugé ses services.

Gaëlle avait l'habitude des affaires de ce calibre. Elle
les adorait. Attaquer de front les puissants de ce monde
s'était peu à peu imposé dans sa vision en tant que femme
de loi. Tenace, Gaëlle se démarquait par sa capacité à
mettre au jour leurs magouilles, dévoiler leurs infamies,
percer à jour leurs manipulations... Bien lui en avait pris,
puisqu'en remportant un nombre élevé de dossiers face
à ces êtres méprisables, sa réputation ainsi que celle du
cabinet qu'elle avait fondé avec son amie avaient grimpé
en flèche ces dernières années. Ses yeux brillèrent en
repensant à cette irrésistible ascension.

Mais tout était différent maintenant. Elle avait fait
son choix. D'ici peu, elle se retirerait de ce monde, loin
de tout ce tumulte et cette tension dévastatrice pour son
organisme vieillissant. Elle laisserait le soin à son associée
de trouver une remplaçante à la hauteur. En attendant, il
lui restait quelques affaires en cours à traiter, dont celle de
Jules Desprès, la toute dernière qu'elle ait acceptée. Pas
question de la confier à quelqu'un d'autre.

Son expérience, combinée aux premiers éléments de
l'enquête, lui intimait que Desprès n'avait pas reconnu
l'enfant à sa naissance. Il lui suffisait de verser un énorme
pot-de-vin à la mère pour ne pas s'encombrer avec elle.
Pour Gaëlle, il ne restait plus qu'à prouver ce qui était un
cas d'école, avant de partir la tête haute, le sentiment du
devoir accompli.

La sexagénaire se dirigea d'un pas vif vers la sortie du tribunal de grande instance. Ses talons claquèrent sur le revêtement anthracite du gigantesque hall de la structure judiciaire. La lumière emplissait le lieu via les hautes fenêtres de verre qui tapissaient l'ensemble de l'entrée. Ses yeux s'écarquillèrent comme au premier jour face à la beauté de l'endroit. Le bâtiment résonnait comme le point d'orgue du développement du quartier où se rassemblaient désormais les volontés et les compétences des hommes et femmes de loi de l'agglomération nantaise.

À peine avait-elle posé le pied dehors, dans l'atmosphère glaciale qui entourait le palais de justice, que l'avocate fut assaillie par un groupe de journalistes. Les bonnettes de micros de toutes tailles et de toutes formes surgirent. Les questions fusèrent. Assiégée, elle leva les yeux et aperçut même une perche audio flotter au-dessus de sa tête. Derrière le groupe, un cameraman tentait de se forger un espace d'où il pourrait la filmer. Il ne manquait plus qu'un photographe et l'escadron serait au complet. Son nom retentit et l'impression d'un écho insubmersible résonna en elle. Certains ne s'embêtaient pas avec les formalités et se permettaient de l'appeler par son prénom. Impossible d'échapper aux sollicitations. Mais elle se devait d'être honnête envers elle-même : elle adorait ces instants où il fallait se montrer vive, percutante, bonne communicante. En un mot : compétente.

– Maître Morvan ! Maître Morvan ! Gaëlle !

Une jeunette en tailleur et aux longs cheveux bruns se glissa en tête de cortège.

– Pensez-vous pouvoir établir la vérité quant au réel destinataire de l'héritage de Jules Després ?

– Il faudra attendre les résultats des expertises, qui ne pourront se faire qu'avec l'autorisation d'exhumer le corps. Et nous l'obtiendrons, je suis confiante. Après tout, la famille Després elle-même semble prête à recourir à l'analyse ADN pour tirer tout cela au clair.

– Quel est l'état d'esprit de Léa Ledoux ?

– Ma cliente va bien, elle est sereine. Je vous prierai de ne pas l'asséner de questions, ni de la suivre comme vous savez si bien le faire. Pour toute question, continuez de vous adresser à moi, et à moi seulement.

– Avez-vous d'autres éléments en main prouvant ce qu'avance madame Ledoux ?

– Vous pensez bien que cette information est confidentielle ! Même si j'avais d'autres éléments, je ne vous les divulguerais pas, soyez-en certains.

– Que dites-vous à la famille Després, notamment Maxime, le frère du défunt, qui revendique l'héritage ?

Les traits de Gaëlle se tendirent à la soudaine évocation de son plus virulent opposant. Sa poitrine se compressa. Elle rajusta ses lunettes d'un geste sûr de l'index et inspira une grande bouffée d'air.

– Rien du tout. Je n'ai absolument rien à leur dire, et encore moins à Maxime Després. Il pense son action légitime et il est très bien représenté. Qui n'en ferait pas de même à sa place ? Laissez-donc la justice faire son travail. La vérité sortira tôt ou tard.

– La rumeur dit que c'est l'une de vos dernières affaires ? Est-ce vrai, ou est-ce une tactique pour attirer davantage l'attention des médias sur ce cas ?

L'avocate foudroya du regard le gringalet monté sur épingles qui venait de lui poser cette question idiote. Un habitué du genre.

– Sans commentaire. Vous croyez vraiment que j'ai besoin de faire appel à ce type de stratégie ? Vous êtes à côté de la plaque, mon cher.

– Vous ne niez donc pas le fait de vouloir prendre votre retraite dans un avenir proche ?

Excédée et un brin acculée par la tournure que prenait la conversation, Gaëlle avança avec la ferme résolution de mettre un terme au ballet de questions qui l'assaillaient. Le groupe devant elle s'ouvrit comme la mer Rouge devant Moïse, mais les interrogations persistèrent. L'avocate resta sourde et continua son chemin, comme si des œillères invisibles limitaient sa vue. Le nuage de journalistes, tel un essaim d'abeilles frénétiques en quête de la meilleure fleur à butiner, finit par se désintéresser d'elle pour se précipiter vers la nouvelle personnalité qui émergea du palais de justice. Enfin la paix.

Gaëlle combla en grelottant la centaine de mètres la séparant de son véhicule, une Audi Q7 dernière génération, parquée juste devant le cabinet d'avocats où elle officiait. Elle se pressa à l'intérieur pour échapper au vent qui se jouait des replis de son manteau, profitant de chaque interstice pour attaquer sa chair. Le soleil, grand, froid, fatigué d'avoir brillé en vain sur la cité des Ducs de Bretagne, s'échappait à l'horizon. L'avocate se massa les tempes avant de jeter un œil à son téléphone, un vieil appareil des plus basique, mais qui suffisait à l'utilisation parcimonieuse qu'elle en faisait. Un SMS. Elle toucha de l'index l'enveloppe digitale, qui s'effaça au profit du message reçu.

Hello ! J'espère que ça a été aujourd'hui ? Toujours partante pour manger un bout à la maison ce soir ? Bisous !

Le temps se figea pendant quelques secondes alors qu'elle se demandait comment répondre à son fils. La journée avait été longue et la pression omniprésente. Même la confortable assise en cuir de sa voiture ne calmait pas la douleur lancinante qui lui brûlait le bas du dos. Le repos s'imposait. Ses doigts pianotèrent sur le clavier tactile de son Smartphone :

Désolée chéri, je suis un peu trop fatiguée, on remet ça à ce week-end, si ça te va ?

Gaëlle appuya sur la touche « envoyer », posa son portable sur le siège passager puis démarra et quitta l'île de Nantes pour rentrer chez elle.

1

Les phares de l'Audi Q7 grise quittèrent la brume et le crépuscule pour percer l'obscurité du parking souterrain de la résidence. Cramponnée au volant, Gaëlle regardait droit devant elle, l'air pensive. Sa journée avait été éreintante, comme trop souvent ces derniers temps. Les dispositions qu'elle prenait en dehors du travail généraient tant de stress... Elle ne s'y habituerait jamais. Mais elle n'avait pas le choix. Son bras se tendit pour couper la radio, puis le souffle chaud du système de ventilation. Gaëlle se laissa porter par le silence du véhicule et le crissement des pneus alors qu'elle gagnait le deuxième sous-sol. Un coup d'œil au tableau de bord digital lui indiqua la température extérieure : six degrés. La vision de ce chiffre à l'orée du mois d'octobre lui arracha un frisson.

Le froid avait pris d'assaut la France entière, et la côte Atlantique n'y avait pas échappé. Nantes était drapée sous un voile glacial depuis plusieurs jours déjà, la privant de ses fréquentes balades dans le populeux et animé quartier du Bouffay. L'hiver s'annonçait déjà et pourtant Gaëlle ne pensait pas aux longues nuits, lovée sous la couverture dans son trois-pièces, ni aux chocolats chauds qu'elle aimait se préparer avant de se plonger dans un bon polar le dimanche matin. Elle avait d'autres choses à considérer. Bien plus importantes.

Son corps se crispa. Devait-elle se confier à son fils ? Lui avouer ? Elle imaginait sa réaction : d'abord incrédule, son sens du rationnel prendrait rapidement le dessus et il dépasserait le stade du déni avant même de l'avoir embrassé.

Il chercherait sans doute à savoir si ses dires étaient fondés. Il ne lâcherait pas jusqu'à obtenir une réponse. Puis il finirait par comprendre.

Mais en aucun cas il ne me détestera, se rassura-t-elle. *En aucun cas.*

Sa compassion et son humanisme, valeurs qu'elle lui avait inculquées et qui faisaient sa fierté, l'aideraient à surmonter tout ça. La seule question qui se posait à elle se résumait donc à un mot. *Quand ? À quelle occasion dois-je le faire ?*

Le timing devait être optimal. Elle essayait de raisonner plutôt que de laisser parler ses sentiments. Mais ces derniers, trop forts, prenaient à chaque fois le pas sur sa volonté de bien faire.

Le visage de Gaëlle se ferma. Au diable la recherche du meilleur moment pour se confesser. L'épée de Damoclès qui pendait au-dessus de sa tête se faisait de plus en plus menaçante.

Il faut que je me livre avant de ne plus en avoir les moyens. Avant que tout s'arrête.

Le diesel ronronna jusqu'à sa place de parking avant de s'assoupir. Gaëlle se laissa aller sur le siège conducteur pour quelques secondes et laissa entrer l'air au plus profond de ses poumons avant d'expirer, les yeux fermés.

Combien de temps me reste-t-il à vivre ?

Elle se ressaisit et ouvrit la porte.

Son visage rond, strié par les épreuves de la vie se plissa et ses yeux verts disparurent un instant en réaction contre les courants d'air qui sévissaient dans le souterrain. Gaëlle agrippa la poignée intérieure de la porte et sauta hors du véhicule. Elle actionna le verrouillage central puis rajusta son caban en maugréant. Même sa « couche de sécurité naturelle », comme elle aimait l'appeler, ne suffisait pas face au froid. Ce dernier transformait chacune de ses expirations en petits nuages de vapeur éphémères alors qu'elle progressait vers la sortie en se frottant les mains.

En se faufilant entre deux lignes de véhicules en stationnement, son corps frôla une berline noire qui ne lui était pas familière. Elle observa la calandre et vit qu'il s'agissait d'une Lexus immatriculée dans l'Oise, ce département fourre-tout à qui on attribuait la majeure partie des véhicules de location. Les vitres teintées l'empêchèrent de voir s'il y avait ou non quelqu'un à l'intérieur. Gaëlle s'interrogea et, comme souvent, son esprit analytique se mit en branle avant qu'elle ne puisse se raviser. Un nouveau locataire ?

Peu probable. Corinne, son envahissante voisine de palier, le lui aurait déjà signifié. Elle connaissait tout sur tout le monde dans la résidence et adorait s'épancher sur les derniers ragots. Nul doute qu'elle se serait fait une joie de la mettre au courant !

Sa voix nasillarde résonna dans la tête de Gaëlle et elle s'imagina la quinquagénaire dans le couloir, son british short hair dans les bras, lui dresser le profil complet d'un hypothétique jeune homme idéal venu habiter le deux-pièces vacant du cinquième étage.

Deuxième option : un habitant qui laisse entrer un ami venu passer la soirée, ou qui loue son espace inoccupé ? L'avocate fronça les sourcils. Cette alternative ne l'enchantait pas. Pas question de laisser des étrangers profiter des places de parking de la résidence ! Tant qu'une once de vie l'animerait, elle se battrait contre ce type de pratiques qui se répétait un peu trop souvent ces derniers temps.

Gaëlle pesta contre elle-même et sa faculté à se faire des films à partir d'une simple voiture en stationnement. C'est en approchant de la lourde porte jaune et grise bardée de l'énorme numéro « 4 » qu'elle entendit une voix la héler.

2

Gaëlle fit volte-face et se retrouva nez à nez avec un homme qui ne lui disait rien. Grand, athlétique, il devait passer des heures sur les bancs de musculation. Le visage poupin, elle estima son âge à une trentaine d'années environ. Ses yeux étaient aussi verts que les siens. Ils tiraient même vers le gris. Son regard inexpressif, comme figé, la mit mal à l'aise. Elle baissa les yeux et remarqua ses mains gantées de cuir et ses vêtements sombres. Vu la météo, impossible de le blâmer, pensa-t-elle. Mais quelque chose clochait chez ce personnage. Ses traits se tirèrent, sa mâchoire se contracta. Les sautes d'humeur intempestives qui avaient pris leurs aises depuis le début de son traitement renforçaient la tension qui montait en elle.

— Gaëlle Morvan ? se risqua l'individu d'une voix rauque qui brisa le silence.

— À qui ai-je l'honneur ?

L'homme mit les mains dans les grandes poches latérales de sa parka et fit quelques pas dans sa direction.

— Juste une personne qui connaît vos talents d'avocate. Votre nom est sur toutes les lèvres ces temps-ci !

Gaëlle pensa à sa cliente, Léa Ledoux, et à celui qui lui disputait l'héritage. Maxime Desprès.

— Vous m'en voyez ravie, lâcha l'avocate sur un ton dédaigneux. Plus sérieusement, que me voulez-vous ?

— Un renseignement, rien de très compliqué. Mais soyez honnête avec moi.

— Je vous écoute.

— Est-ce que vous lui avez déjà parlé ?

La surprise s'empara du visage de l'avocate.

— Pardon ? Parlé à qui ? Parlé de quoi ?

L'inconnu s'approcha davantage et sourit, dévoilant de grandes dents d'un blanc éclatant. Gaëlle pensa malgré elle aux nombreuses publicités vantant les mérites de dentifrices recommandés par tel ou tel dentiste. Le même genre de sourire idiot imprégnait le faciès de cet homme.

— Ne jouez pas à la plus fine avec moi. Je parle de Lucas, voyons. À quoi pensiez-vous ?

Gaëlle blêmit et fit un pas en arrière à l'évocation du prénom de son fils. Sortant de la bouche d'une personne inconnue au bataillon, dans un parking gelé, cela n'avait rien de rassurant. Elle choisit l'offensive.

— Qui êtes-vous ? Comment connaissez-vous mon fils ?

Le visage de l'homme se tendit et il la toisa d'un regard mauvais.

— Vous n'avez pas besoin de le savoir, rétorqua-t-il sur un ton beaucoup moins amical. Là où vous vous apprêtez à vous rendre, ça ne sert à rien. La seule chose que vous devez faire est de répondre à ma question.

– Là où je m'apprête à me rendre ?

Un mauvais pressentiment envahit l'avocate. Son cœur tambourinait si fort dans sa poitrine qu'elle en oublia le froid glacial du lieu. Sa tête se mit à tourner si vite qu'elle ne sut distinguer si c'était dû à la peur ou à sa santé déclinante.

L'inconnu, impassible, se rappela à son bon souvenir. Ses yeux vitreux se plantèrent dans ses iris sans prévenir et il se fit plus menaçant.

– Allons, allons, maître ! Ce n'est pas bien de me faire patienter, vous savez ? Et dire que je me donne tout ce mal pour paraître respectueux ! Alors, est-ce que vous lui avez parlé, oui ou non ? Qu'est-ce que vous lui avez dit ?

Gaëlle laissa libre cours à sa colère.

– Mais de quoi parlez-vous, bon Dieu ! Je ne comprends rien à ce que vous insinuez !

Elle ne comprenait pas. Ou plutôt, elle ne voulait pas se rendre à l'évidence. Il devait y avoir un lien avec ce pressentiment qui ne la quittait plus ces derniers temps. Cette impression d'être suivie parfois, alors qu'elle mettait le pied hors du palais de justice, ou vaquait à ses occupations dans le centre-ville. Cet homme semblait connaître Lucas. Elle recula une nouvelle fois d'instinct et décida de ne pas se laisser déborder.

– Et ça vous ferait quoi que je lui en parle, hein ? Que savez-vous de moi, au juste ?

L'inconnu la transperça du regard.

– Si vous l'avez fait, Lucas est un homme mort, répliqua-t-il avec une candeur déconcertante.

Interdite, bouche bée, Gaëlle écarquilla les yeux et son corps céda à la panique. Elle comprit dans les yeux de son interlocuteur qu'il avait trouvé la réponse qu'il était venu chercher. Il sortit la main gauche de sa parka en souriant. Une extrémité de cuir noir sertie d'une arme de poing se dévoila et fit perdre pied à l'avocate. Gaëlle sentit ses jambes se dérober. Les mots se bousculaient dans son esprit, mais aucun ne réussit à sortir.

– Vous allez gentiment me suivre, maintenant. Et pas de coup de Trafalgar, compris ?

L'homme indiqua le chemin de la pointe de son arme.

Gaëlle manqua de perdre l'équilibre et heurta un pylône de béton. D'un rapide coup d'œil, elle évalua la distance jusqu'à la porte de sécurité et dut se rendre à l'évidence. Elle ne pouvait rien tenter. Il avait de quoi la maîtriser sans effort. Et pour ne rien arranger, le parking était désert. Personne ne viendrait la tirer de là. Elle, femme de loi, de savoir, habituée aux joutes verbales et stratégiques... Se retrouver dans ce lieu, avec cette personne qui la menait par le bout du nez, dans une situation qui lui échappait, pour une raison qui la dépassait.

Lorsque les étudiants de la faculté où elle enseignait parfois l'interrogeaient sur son activité, Gaëlle désignait l'ignorance comme sa plus grande crainte et la diffusion de son savoir comme sa plus grande obsession. Ce soir, l'une prenait le pas sur l'autre pour son plus grand malheur.

Son esprit imprima le visage de Lucas tandis qu'elle précédait l'homme au regard d'acier. Les larmes montèrent, mais aucune ne daigna s'aventurer dans le froid nocturne. Son sort lui importait peu. Elle se savait condamnée par la maladie et, même si elle voulait plus que tout le lui avouer en personne, elle avait pris ses précautions pour que Lucas sache. Au cas où elle n'aurait pas le courage – ou le temps – de le lui dire en face.

L'inconnu la conduisit à son véhicule et lui ordonna d'ouvrir la porte. L'éclat argenté de son regard s'intensifia quand elle obtempéra. Gaëlle sentit la pointe métallique du silencieux de l'arme sur sa tempe. Sa respiration s'accéléra. Son cœur s'emballa.

Une détonation et tout s'arrêta.

VENDREDI
10 OCTOBRE 2014

3

7 heures du matin. Fin de service

À la faveur d'une accalmie, Lucas Morvan quitta les urgences du centre hospitalier universitaire de Nantes. Même si se murer dans le travail était la meilleure façon pour lui de se remettre, cette nuit de jeudi à vendredi avait été épuisante.

D'abord rythmée par les sonneries stridentes des téléphones de la salle de régulation et le traitement de petits bobos sans gravité d'étudiants en guinguette dans le centre-ville, sa garde avait pris un tournant inattendu.

À 3 heures du matin, il avait dû se rendre en catastrophe sur le périphérique extérieur, près du pont de Cheviré. Pour une raison indéterminée, un homme avait perdu le contrôle de sa camionnette et s'était retrouvé en porte-à-faux sur la chaussée. Une Peugeot rouge qui arrivait juste derrière n'avait pu éviter la collision. Bilan : deux blessés légers et un plus grave, le conducteur de la citadine. Fracture du bassin. Il avait fallu le désincarcérer du véhicule avant qu'il ne puisse s'occuper de lui.

Lucas soupira et se félicita de ne pas avoir eu de décès. C'était au moins ça de pris. Il ne l'aurait peut-être pas supporté. Malgré sa nuit bien remplie, Lucas aurait voulu être davantage occupé. Ses collègues ne comprenaient pas cette irrépressible envie de se submerger de travail, mais lui avait besoin de ça pour ne pas se mettre à cogiter. Pour ne pas devenir fou.

La solitude s'empara de lui lorsqu'il s'éloigna de l'agitation de l'accueil du CHU. Son regard se troubla. La mort, si menaçante dans son quotidien de médecin urgentiste, avait frappé incognito à la porte de sa famille quarante-huit heures plus tôt, pour emporter sa mère. Son pilier, son repère, sa confidente. Son unique parent. Le visage bienveillant de Gaëlle infiltra ses pensées. Il n'arrivait pas à s'en remettre. D'ailleurs, y arriverait-il un jour ? Lui qui croyait avoir épuisé ses réserves vit les larmes le menacer de nouveau. Il ferma les yeux et se pinça l'arête nasale pour couper court à cette déferlante de chagrin. Le regret le rongeait sans qu'il puisse s'en débarrasser.

Dire que j'aurais dû être avec elle, ce soir-là ! Si seulement j'avais pu lire en elle, entre les lignes de son SMS… Sachant qu'elle ne ratait jamais notre dîner hebdomadaire, j'aurais dû insister !

Lucas se retrouvait orphelin à trente-deux ans, sans frère ou sœur avec qui partager sa peine. Pas de femme. Pas d'enfant. Le vide intégral, excepté les remords et les « si » par milliers qui emplissaient sa tête. Une souffrance indescriptible. Qu'avait-il réussi dans sa vie, à part devenir un médecin respecté ?

Oui, il appréciait sa petite vie de célibataire, ses soirées bières et foot entre potes, ses voyages au bout du monde et ses conquêtes occasionnelles. Mais est-ce qu'il n'aurait pas dû se ranger et fonder une famille pour contenter sa mère ? Ses futurs enfants ne connaîtraient pas le bonheur d'être chouchoutés, dorlotés par leur grand-mère. Il imagina la scène et ne réussit qu'à agrandir sa peine. Lucas grimaça en réalisant une énième fois qu'il était le dernier des Morvan. Il se sentait si seul. Si désemparé.

Un frisson s'empara de lui lorsqu'il s'aventura comme un spectre hors de l'enceinte du CHU pour emprunter le boulevard Jean-Philippot. Il quittait sa carapace de labeur pour retrouver la vie normale. Son existence fade et atone qu'il détestait. Malgré la fatigue qui le gagnait, son cerveau ne pouvait s'empêcher d'échafauder des théories fumeuses à propos des événements qui l'avaient frappé. S'ajoutait à cette tension la préparation des obsèques, la partie la plus difficile du deuil selon lui. Le genre de choses qui vous tombait dessus sans prévenir et dont le côté pragmatique vous forçait à réaliser que l'être cher n'était bel et bien plus de ce monde.

Lucas se gratta le cuir chevelu avec nonchalance et se remémora l'entrevue avec cet inspecteur de police, deux jours plus tôt. Cet homme de petite taille, frêle et à la calvitie prononcée lui avait annoncé qu'on avait retrouvé le corps de sa mère dans son Audi, une balle dans la tempe, une arme de petit calibre à la main. Un suicide, selon lui. L'inspecteur s'était confondu en condoléances et expressions d'usage qu'il n'avait même pas écoutées, puis l'avait interrogé pour tenter de comprendre pourquoi sa mère avait volontairement mis fin à ses jours.

Un suicide ? C'est n'importe quoi ! Quel rapport à la con ! Pourquoi est-ce qu'elle aurait fait ça ? On ne met pas fin à ses jours sans raison !

Lucas continua de fulminer intérieurement.

Gaëlle Morvan, soixante-et-un ans, cador de la vie législative nantaise... Ma mère, posséder un flingue ? Impossible ! Où aurait-elle pu s'en procurer un ? Et puis, elle aurait été incapable de s'en servir ! Elle qui avait du mal à utiliser son Smartphone...

Lucas secoua la tête en signe de désapprobation. Ça lui faisait encore plus mal qu'on puisse penser qu'elle s'était suicidée. C'est comme si on l'insultait, elle. Pour qui se prenait cet inspecteur pour tirer de telles conclusions, sans même savoir quelle femme formidable elle était ? Dans le pire des cas, si elle l'avait vraiment souhaité, elle aurait privilégié une mort plus douce, comme une surdose médicamenteuse. Certes, son moral n'était pas au beau fixe, il l'avait bien remarqué la dernière fois qu'ils s'étaient vus. Mais rien ne sortait de l'ordinaire. En tout cas, rien qui justifiait une tendance suicidaire ! Elle était toujours aussi souriante, aussi attentionnée. Ça se lisait dans ses yeux. Quelque chose ne tenait pas la route dans tout ça. Mais Lucas n'arrivait pas à mettre le doigt dessus.

Le regard terne, le cœur rongé par le chagrin, il traîna son mètre quatre-vingts le long de la voie de tramway et s'engagea sur le cours Olivier de Clisson. Le soleil naissant et le ciel sans nuage ne réussirent pas à lui mettre du baume au cœur. Il déambulait, triste, perdu, le long de la rue dépeuplée. Ses neurones en avaient pris du temps, pour qu'il le réalise. Sa vie venait de basculer.

La brise le mordit comme pour le sommer d'accélérer le pas. Lucas fit le vide à l'intérieur de lui afin de se préparer à cette dure journée. Le centre-ville se dessina devant lui. L'odeur des pâtisseries qui s'échappait de sa boulangerie favorite termina de le ramener à la réalité. Son estomac grommelait en quête de quoi tenir la distance, lui qui était mis au supplice depuis la nouvelle fatidique. Il succomba et acheta son traditionnel chausson aux pommes avant d'arriver rue des Carmes, devant la petite bâtisse ocre des années 40 qu'il affectionnait. Son cocon. L'endroit où il pourrait tenter de faire le ménage dans ses pensées obscures.

La nostalgie le rattrapa en pensant aux soirées passées ici avec sa mère. Un rien suffisait à creuser le vide béant causé par sa disparition.

Il ne fit pas attention à la personne qui l'observait, à quelques mètres de là. Une fois dans le hall, Lucas sortit machinalement son jeu de clés et ouvrit sa boîte aux lettres. Il ne pouvait plus ignorer son courrier plus longtemps. L'œil hagard, il découvrit pêle-mêle des publicités pour des restaurants japonais et indiens, pour des kebabs, une liste de numéros d'urgence pour le département de la Loire-Atlantique, ainsi qu'une enveloppe qu'il devinait être sa quittance de loyer pour le mois de septembre. Il remarqua un bout de papier coincé entre deux tracts publicitaires. Il commença à le mettre en boule par réflexe, avant de remarquer les mots écrits en grosses lettres rouges.

4

Lucas se concentra sur ces tracés fins, arrondis et aérés, qu'il considérait comme caractéristiques de l'écriture féminine. Il avait un temps pensé à l'un de ces mots que la copropriété postait à chaque fois que l'un des résidents faisait un peu trop de bruit le soir. Mais cela n'avait rien à voir. Piqué par la curiosité, il se débarrassa des publicités, laissa de côté le reste du courrier et déplia la feuille blanche.

« Lucas,
Mes sincères condoléances pour la mort de votre mère.
Si vous voulez mon avis, l'enquête est bâclée et douteuse.
L'appartement de votre mère a été retourné... Tout ça
pour conclure à un suicide ? J'en doute. Vous avez le droit
d'en douter aussi. Soyez prudent et surtout, ne faites rien
d'irresponsable. Je vous recontacterai bientôt. »

Il fronça les sourcils. De qui pouvait provenir cette note ? Ce sentiment de respect et de compassion ? Cette injonction à la prudence ? Il retourna le bout de papier et n'y vit aucun signe distinctif. Pas de signature, de nom, d'adresse ou de numéro de téléphone. Absolument rien. Cela signifiait une chose : l'auteur de cette lettre était venu la déposer ici en personne. Troublant.

Qui que ce soit, elle partageait son scepticisme quant à l'investigation policière qui avait été menée en un temps record. Lucas relut la missive et ses yeux se braquèrent sur un passage en particulier : « *L'appartement de votre mère a été retourné.* »

Son pouce se posa à la commissure de ses lèvres tandis que son champ de vision dérivait vers le ficus qui ornait le bout du hall de l'immeuble. *Appartement retourné ? C'est quoi ce bordel ?* À en juger par ce message, l'inspecteur à moitié chauve ne lui avait pas tout dit. Lucas pensait que l'appartement avait été scellé de manière préventive, le temps de boucler l'enquête. Sûrement un mensonge.

Les choses prenaient une tournure inattendue. Cette situation exacerbait ses doutes. Soulevait de nouvelles interrogations. Lucas avait la conviction que quelque chose ne tournait pas rond. Il serra les poings. La mort de sa mère renfermait un secret. Quelque chose d'étrange planait autour de sa disparition. Il fallait tirer ça au clair. Une idée germa dans son esprit.

Il plia la note, la fourra dans la poche intérieure de son caban et sortit son iPhone. Après un instant d'hésitation à se demander s'il en était vraiment capable, il le débloqua pour appeler son collègue et ami proche. Être médecin urgentiste avait ses avantages. Alors, autant en tirer parti, même si la tâche s'annonçait terrible sur le plan émotionnel.

Jean-Philippe Duval, médecin légiste dans le même hôpital, décrocha à la troisième sonnerie.

– Allô, Luke ?

– Salut, Jipé.

– Ça roule ? T'es où là, mon vieux ? Toujours à l'hosto ? J'espère que non...

– Non, non. Je viens de rentrer.

– Et tu m'en vois ravi ! répliqua Jipé. Tu ferais mieux de te reposer le temps de digérer tout ça...

Un blanc s'installa. Lucas n'avait aucune envie de débattre de sa manière de gérer son deuil. Jean-Philippe sentit le malaise poindre et rompit le silence.

– Enfin, en parlant boulot, je fume une petite clope tranquillement et j'attaque ma journée ! Qu'est-ce qui t'amène du coup ?

– J'ai... un truc un peu particulier à te demander, lâcha l'urgentiste.

Jean-Philippe n'hésita pas longtemps avant de répondre.

– Vas-y, je t'écoute. De toute façon, tu sais que je ferais n'importe quoi pour t'aider, mon pote. Tu dois avoir trente-six mille choses à gérer en même temps, alors si je peux être utile, hésite pas...

– Merci, Jipé, coupa Lucas. Ça me fait chaud au cœur. Vraiment. Écoute... J'ai un truc horrible en tête, mais pas le choix, il faut que je le fasse...

L'urgentiste marqua un arrêt et prit la plus grosse bouffée d'air possible. Son cœur tambourinait dans sa poitrine alors qu'il formulait l'impensable :

– Si... Si je te demandais d'autopsier ma mère... Tu le ferais ?

– Tu veux que... Quoi ?

– Je sais qu'il n'y a pas d'ordre légal de le faire, continua Lucas en ignorant l'hésitation de son ami. Et crois-moi, je ne te demande pas ça de gaieté de cœur. Mais j'ai besoin de savoir si elle s'est vraiment suicidée... Tu comprends ?

Jean-Philippe tira sur sa cigarette avant d'expulser bruyamment la fumée.

– Tu veux que j'aille à l'encontre de l'enquête ?

– L'enquête est bouclée, Jipé. Le procureur ne s'est même pas déplacé ! Ils n'iront pas plus loin.

La voix grave du légiste éructa dans le combiné.

– Quoi ? Bouclée ? Déjà ? Putain, mais même moi, je suis capable de voir que ta mère était la dernière du genre à faire ça ! Le proc' déconne grave, là !

Il redescendit dans les tours avant d'ajouter :

– Tu crois qu'ils te cachent quelque chose ?

Lucas décida de ne pas parler de la note trouvée dans sa boîte aux lettres et préféra rester évasif.

– Pour être honnête, j'en ai aucune idée... Pas envie de jouer les paranos, mais tout ça est bizarre, non ? Je me pose des milliers de questions.

– Luke, sérieux, pour l'autopsie, tu es sûr de toi ? Pourquoi tu ne leur as pas demandé ? Je prends un sacré risque si je m'y colle, tu le sais ! Selon ce que je trouve...

– Je n'ai même pas eu l'occasion de dire quoi que ce soit, cet inspecteur s'est pointé devant moi après coup ! Pour le risque que tu prends, oui Jipé, j'en suis bien conscient, crois-moi. Sans parler de l'horreur que ça représente... devoir infliger une telle chose à ma mère...

La respiration de l'urgentiste se saccada et sa vue se brouilla. Il s'adossa au mur et prit une grande inspiration.

– Libre à toi d'accepter ou non, proposa-t-il, des trémolos dans la voix. Si tu penses que c'est impossible...

– Non, non, je vais le faire ! Ne t'en fais pas. Je doute que ça me coûte mon poste, quand même ! Allez, au pire, un blâme. C'est pas génial, mais bon. C'est juste que...

– Que ?

Lucas entendit le légiste toussoter avant de tirer à nouveau sur sa clope.

– T'es certain que ça va ? Je veux dire... D'aller fouiller dans le corps de ta mère, tout ça... Tu sais ce que ça veut dire, hein ?

Lucas ferma les yeux pour tenter de chasser la perspective de sa mère allongée sur la table même où il avait vu Jipé pratiquer de multiples autopsies par le passé.

– Ça me fout en l'air, rien que d'y penser. Mais c'est ça ou je serai incapable de faire mon deuil. Tu sais comment je suis...

– Ah ça, pour le savoir, je le sais ! Une fois que t'as mis les œillères, c'est fini, on ne peut plus t'arrêter !

Les yeux rivés au sol, Lucas se mordit la lèvre inférieure.

— Tu penses pouvoir faire ça quand ?

— Ta mère est déjà ici en attendant l'enterrement, ça me facilite les choses. Hum... Laisse-moi une heure ou deux, le temps de voir à quoi va ressembler ma journée, même si on est loin d'être débordés ces derniers temps. Je vais essayer de programmer ça en fin de matinée. Par contre, je te préviens, comme j'ai pas envie que ça se sache, je vais devoir déroger au protocole : pas de prélèvements, pas d'analyses. Ça te va ?

Lucas ne put répondre tout de suite, comme si sa raison tentait une ultime fois de l'empêcher de valider cette demande.

— OK, finit-il par lâcher. Tiens-moi au courant dès que c'est bon, s'il te plaît.

— Ça marche. Je reviens vers toi en fin d'après-midi, grand maximum. Quoi qu'il arrive. Et toi ? Tu comptes faire quoi ?

— Rien, je vais m'occuper de la paperasse, si j'y arrive. C'est tout.

— C'est bien comme ça. Et Luke, désolé d'insister, mais tu dois vraiment te reposer. C'est inhumain de continuer à assurer tes gardes dans ces conditions !

— Peu importe ce qui me concerne, l'essentiel c'est que je sache la vérité. Je te fais confiance.

— On va faire au mieux. À toute !

— Merci, Jipé, je te revaudrai ça ! À plus tard.

Lucas coupa la communication et fourra son téléphone dans sa poche, avant de se lancer à l'assaut des escaliers de marbre, direction le dernier étage.

Jipé avait raison. D'une manière ou d'une autre, il fallait trouver le sommeil. Être le plus frais et lucide possible. Si la note disait vrai, mettre le nez dans cette affaire ne s'annonçait pas sans risques.

5

Dans le département de médecine légale du CHU Hôtel-Dieu de Nantes, rares étaient les occasions pour Jean-Philippe Duval de faire étalage de son talent. Il n'hésita pas bien longtemps. Autant s'y mettre le plus vite possible, avant que l'agitation quotidienne ne reprenne le dessus sur le calme qui régnait autour de la morgue.

Alors qu'il s'affairait seul sous les seize degrés de la salle d'autopsie aseptisée aux murs défraîchis, son esprit alternait le chaud et le froid. Avec les médecins légistes, c'était toujours un peu la même règle. Tout ou rien. Soit on vous louait, vous adulait pour votre force de caractère et votre capacité à surpasser les émotions pour ouvrir des corps humains, soit on vous regardait de travers, les yeux emplis de dégoût, de mépris et d'incompréhension. Cet adage s'appliquait aux autres médecins et personnels hospitaliers, ainsi qu'aux personnes à qui il dévoilait sa profession dans les soirées Meetup auxquelles il participait deux fois par mois. Il passait parfois en quelques secondes du cliché du docteur sociable, marrant et sexy à celui du praticien asocial et fou à lier.

Aujourd'hui, Jean-Philippe ne savait pas lui-même dans quel camp se placer. Alors qu'il mettait son masque chirurgical et enfilait ses gants en vinyle, il avait envie de se féliciter comme de se détester d'accéder à la requête de Lucas sans broncher. Le corps sans vie de Gaëlle Morvan gisait sur la table à bac de récupération, sous la puissante lumière blanche des scialytiques. Jean-Philippe l'y avait installée sans même passer par la table de préparation. Les effluves de Javel combinées au formol vaporisé se frayèrent un chemin outre sa protection et vinrent titiller ses narines, comme pour le punir de se livrer à un tel acte.

Bon sang, Luke, dans quoi est-ce que tu m'embarques ?

Il l'avait jouée cool au téléphone avec Lucas, mais le risque était plus grand qu'il n'y paraissait. En agissant secrètement, il se contraignait à une exploration solitaire dans un temps imparti réduit.

Jean-Philippe fit la moue. La dépouille de la pauvre femme n'était pas belle à voir. Ce n'était pas dû à sa décomposition, entamée par la conservation dans la morgue à température positive, mais plutôt par l'état de son crâne. Les caractéristiques de la plaie béante qui ornait sa tempe gauche ne laissaient pas de place au doute. Au moins le spectre de l'autopsie blanche, hantise de tout bon légiste, ne se présenterait pas.

Jean-Philippe étira sa silhouette longiligne et expira par à-coups, faisant craquer ses cervicales dans un savant rituel qu'il répétait avant d'attaquer chaque intervention. Il jeta un coup d'œil à l'horloge au-dessus de la porte d'entrée. Huit heures et dix minutes. Pas le temps de tergiverser. Il s'approcha du corps en pensant aux étapes qu'il allait ignorer, pour se concentrer sur le plus important à ses yeux. Du revers de la main gauche, il rajusta sa blouse qui semblait gonfler sur son torse. Dans un recoin de la pièce, un haut-parleur portable crachait les accords d'« Uprising », de Muse. Il fallait au moins ça pour chasser un minimum le malaise qu'il ressentait au moment de passer à l'acte. Il commença son monologue à voix haute, comme un robot, alors qu'il n'avait même pas activé l'enregistreur. Il hésita avant de se raviser : moins il laisserait de traces, mieux ce serait.

Gaëlle Morvan, soixante-et-un ans, décès par arme à feu. Corps retrouvé en position assise, la tête penchée vers la droite en raison de l'impact provoqué par le tir. Tuméfactions sur le visage et le cuir chevelu, fracture de l'arcade sourcilière gauche. Cyanoses sur le visage, en majorité sur le côté gauche. Au vu de la perforation arrondie et nette au niveau de la tempe gauche, je peux affirmer qu'il s'agit d'une arme de petit calibre. Les fibres d'étoffe de ce côté, orientées de l'intérieur vers l'extérieur, confirment qu'il s'agit là de l'orifice d'entrée du projectile.

Jean-Philippe s'approcha de la zone d'impact en grimaçant. La perforation semblait arrondie, mais la perspective l'avait trompé.

Perforation légèrement oblique, du haut vers le bas.

Il considéra l'appareil photo et hésita à nouveau avant de secouer la tête.

Pas question. Il faudra que Luke me fasse confiance, c'est tout.

Il soupira en se disant qu'il aurait au moins voulu faire une radio de la boîte crânienne. Mais le risque était trop grand. Il s'attarda ensuite sur le tronc court et les membres gonflés de la malheureuse. Elle était loin d'avoir la plastique d'un top model ou d'une sportive de haut niveau. Le poids des bons repas d'affaires dont elle avait joui pendant des années se lisait sur sa ceinture abdominale.

Pas d'ecchymoses ni de plaies. Stigmates d'une opération de la hanche, sans lien avec l'affaire. Les extrémités sont claires, pas de cyanoses, ni de traces d'injections. L'examen ostéoarticulaire ne donne rien. Pas de fractures ni de luxations.

Après une énième hésitation provoquée par ses réflexes, il décida de s'en tenir à ce qui était convenu avec Luke. Pas d'échantillonnage. Il était impossible d'envoyer quoi que ce soit au labo et que ça passe inaperçu. Exit le curage des ongles et le prélèvement de cheveux. Il ne connaissait personne qui aurait pu lui rendre ce service. Le jeu n'en valait pas la chandelle.

La frustration s'empara du praticien, qui décida de commencer l'examen interne. Celui-ci pourrait lui donner des informations précieuses.

Malgré le froid ambiant, il sentit la chaleur se manifester via de petits picotements à la surface de sa peau. Il saisit le scalpel et fit une crevée au niveau des masses musculaires, tout d'abord aux cuisses, puis aux bras, en prenant soin d'écarter les chairs pour mettre en exergue les différentes couches de tissus.

Aucune zone ecchymotique sous-cutanée.

Il fallait bien le confirmer, mais ce n'était pas surprenant, puisque la police soutenait le fait que Gaëlle s'était suicidée.

Jean-Philippe reposa l'instrument tranchant dans la boîte en inox et scruta de nouveau l'horloge. Une grosse heure venait de s'écouler et rien ne sortait de l'ordinaire.

Le cœur serré, il attrapa la scie circulaire pour s'attaquer au scalp de la défunte. Il avait bien connu Gaëlle. Mutiler son corps de la sorte lui donnait des haut-le-cœur.

Allez, mon vieux, reprends-toi... Tu en as vu d'autres !

Les yeux rivés sur la chevelure brune de l'avocate, il se concentra sur sa gestuelle pour ne pas commettre d'erreur. Son cœur manqua de s'arrêter lorsque la double porte s'ouvrit.

6

Jean-Philippe fut pris de sueurs froides lorsqu'il reconnut l'un des techniciens avec qui il bossait depuis peu.

– Putain, Ludo, tu m'as fait peur !

Le jeune homme balaya la scène du regard, l'œil incrédule, ignorant jusqu'à la remarque même du légiste.

– Tu me fais quoi là, Jean-Phi ? Depuis quand t'ouvres le crâne d'une patiente sans même l'avoir trifouillée au préalable ?

– Petit changement de procédure, rétorqua Jean-Philippe sans se démonter. De quoi je me mêle ?

Il sentit son cœur cogner contre sa poitrine, prêt à bondir hors de sa cage thoracique.

Ludovic se dirigea vers la petite desserte en inox, saisit le pot de baume mentholé et s'en tartina la lèvre supérieure dans un geste qui trahissait une certaine habitude.

– Peu importe. Tu veux un coup de main ? lui demandat-il plein d'entrain, tout en faisant mine d'échauffer ses larges épaules.

– Non, ça ira, ne t'en fais pas ! Pas besoin de gros examens pour celle-ci, précisa-t-il en pointant la dépouille de son instrument de découpe.

Les yeux noirs du technicien trahirent sa déception. Pendant un instant, seuls les accords de « Knights of Cydonia » se firent entendre.

– T'es sûr ? Même pas un micro coup de main ? insista-t-il.

– Sûr et certain, Ludo !

– OK... compris. Si tu me cherches, je suis en salle de pause.

– C'est ça, prends ton temps !

Scie circulaire en main, les muscles comme anesthésiés par la petite frayeur qu'il venait de se faire, Jean-Philippe suivit du regard son collègue se diriger vers la porte. Ce dernier, mâchoire contractée et poings serrés, s'adossa au mur dans le couloir jouxtant la sortie de la salle de prélèvement. Il sortit son téléphone de sa poche, mais ses yeux s'écarquillèrent avant qu'il puisse le déverrouiller. Un homme remontait le couloir dans sa direction. Après un hochement de tête sans âme dans sa direction, le nouveau venu s'engouffra dans la salle d'autopsie avec le même fracas dont lui-même avait fait preuve quelques minutes plus tôt. Ludovic put tout juste retenir sa surprise.

Dans la pièce, Jean-Philippe s'était remis au travail et s'attardait désormais sur le cerveau de sa « patiente ». Il s'appliqua pour le débiter en fines lamelles comme il découperait une pomme de terre, avec la précision d'un métronome.

Cette fois, il invectiva le nouvel entrant sans même lever la tête.

– Putain, Ludo, qu'est-ce que je viens de te dire ! C'est bon, pas besoin d'aide, je te le jure !

– Ludo ? C'est ce type qui patiente dehors ?

Le légiste sut dans la seconde à qui il avait affaire. Son corps entier se raidit une nouvelle fois. Il n'en revenait pas. Lucas se tenait devant lui, le visage blême, les yeux rouges de fatigue et humides de dégoût face au spectacle qui se déroulait devant lui. Son regard oscillait entre Jipé et le crâne de sa mère.

– Tu... en es déjà là ? Je ne pensais pas que... tu pourrais t'y mettre si tôt.

Le légiste se redressa et acquiesça.

– Pour être sûr d'éviter les ennuis, j'ai décidé de commencer fissa. Et toi, qu'est-ce que tu fais là, bon sang ?

Lucas regarda la dépouille de sa mère. Ses prunelles bleues s'embuèrent sous le coup de la tristesse.

– Tu... en es où exactement ? demanda-t-il en ignorant la question de son ami.

– Je suis... euh... j'étais en train de vérifier le cerveau et, euh...

– T'es sûr de vouloir rester là ? Tu ferais mieux de sortir !

L'urgentiste approcha d'un pas lent et irrépressible en guise de réponse.

– Luke, mets un masque au moins ! le tança Jean-Philippe en pointant du doigt le recoin droit de la salle.

Lucas s'exécuta en silence et vint se placer juste derrière lui, non sans afficher son malaise. Il affrontait les méninges de sa mère, après tout... Sans compter l'odeur de mort qui régnait dans la pièce. Il plissa les yeux et tenta de se persuader que ce n'était pas elle, qu'il s'agissait de quelqu'un d'autre... Il se concentra sur la tâche qu'était en train d'accomplir Jipé et son front se rida.

– Putain, c'est quoi ça ?

Lucas pointa d'un doigt tremblant la masse difforme sur l'occipital droit.

– Ça m'a tout l'air d'être un glioblastome. Il en a la forme, en tout cas ! Est-ce que tu as remarqué un changement dans son comportement ? Des incohérences ?

– Non, rien de tout ça, avoua Lucas. Une fatigue générale, oui, mais quoi de plus normal à son âge, vu le métier qu'elle exerçait...

Donc il n'était pas au courant, songea Jean-Philippe en frottant son nez contre son biceps pour se débarrasser des démangeaisons qui le gênaient. Un malaise l'envahit et il se sentit à l'étroit, comme si les murs de la pièce se rapprochaient de lui.

– Vu la taille de l'engin, c'était assez avancé. Il doit bien faire cinq centimètres de diamètre, admit-il, l'air désolé.

Lucas tomba des nues devant la triste vérité. Un cancer de stade avancé ?

Un mélange de colère et de honte monta en lui. Pourquoi ne lui avait-elle rien dit ? Comment avait-il pu passer à côté de ça ?

Il releva la tête, détourna son regard de la table d'autopsie et tenta de dissimuler son mal-être grandissant.

– Tu... Tu as trouvé autre chose ?

Le légiste haussa les épaules.

– Non, tu penses bien. J'ai préféré parer au plus pressé. Même si une IRM n'aurait pas été de refus. Sans compter les analyses des tissus et des organes qui auraient donné pas mal d'infos complémentaires... On est incapable de dire si c'est une tumeur primitive ou non. Sinon...

– Sinon ?

– Je ne suis pas certain que ce soit un suicide. Mais je ne peux pas affirmer le contraire, non plus. La seule chose qui est claire, c'est la cause de la mort : une balle tirée côté gauche. L'orifice d'entrée est très légèrement oblique. On n'a pas le projectile, mais c'est un petit calibre. Si je vais dans ton sens, on pourrait penser que quelqu'un l'a exécutée. À l'inverse, si elle s'est vraiment donné la mort, tout ce que je peux te dire, c'est qu'elle tenait son arme de ce côté-là.

– Donc elle aurait tiré de sa main gauche ?

– C'est ça.

– Mais elle était droitière ! Tu connais beaucoup de gens toi, qui utiliseraient leur main faible pour faire feu avec une arme ?

– *Madre de Dios !* s'exclama le légiste.

Il devait se rendre à l'évidence. Il était déjà du côté de Lucas.

– Je dois y aller, Jipé. Je ne tiendrai pas une seconde de plus ici, avoua ce dernier en posant la main sur son épaule. Je te fais confiance pour lui rendre sa dignité, OK ?

— File ! Tu ne devrais même pas être ici, bon sang ! De mémoire, c'est la première fois qu'un membre de la famille s'incruste à l'autopsie d'un parent sans prévenir. Je sais même pas comment tu peux faire ça !

Lucas n'entendit pas la fin de sa complainte. Il avait déjà quitté la pièce.

Au bout du couloir, Ludovic afficha une mine contrite en le voyant disparaître.

1

Les mains sur les genoux, Lucas reprit son souffle. Il se redressa et colla ses paumes sur ses hanches, tout en regardant droit devant lui. Enfin hors de cet enfer. Ce ne furent que quelques minutes, mais il ne pourrait jamais les effacer. Ces images de sa mère resteraient gravées en lui pour toujours. Ces fins sillons, vestiges de crevées au niveau des membres, son cuir chevelu retourné comme on retrousserait une vulgaire chaussette. Sans parler du cancer dont elle ne lui avait pas parlé et qui l'aurait fauchée d'ici quelques mois. Pourtant, il en avait vu, des corps abîmés, brûlés, découpés. Des personnes malades, en fin de vie. L'odeur de la mort lui était familière depuis sa deuxième année d'études de médecine. Mais le voile de l'habitude, vulgaire écran de fumée, se dissipait dès que les sentiments se mêlaient au constat, pour faire face aux réactions les plus primitives.

Aussi incroyable que cela puisse paraître, il y avait plus grave que ces visions traumatisantes. Le curseur se positionnait dans la zone rouge sur l'échelle de ses doutes. Lui qui avait grandi seul avec sa mère, la connaissait mieux que personne. Impossible qu'elle se soit donné la mort sans s'expliquer. Un mot, un message vocal, une vidéo. Une trace en guise de testament.

Si on l'avait assassinée, il devait y avoir une raison. Un mobile passé sous son radar. Lucas s'imagina sa mère à la tête d'activités peu recommandables : rouage central d'un trafic de drogue, menant une double vie à son insu. Ou pire encore. Son visage se déforma en un étrange rictus qui repoussa ces idées idiotes. Un éclair traversa son esprit. Et si c'était lié à son boulot ?

Les avocats ne laissaient personne indifférent. Les affaires qu'elle traitait ou qu'elle avait eu à traiter pouvaient être source de rancœurs, d'envies de vengeance de la part du camp des vaincus. Le dernier dossier en date, l'héritage de Jules Desprès, s'y prêtait particulièrement bien.

De manière plus générale, la réputation de sa mère dépassait le cadre du barreau de Nantes. Elle avait mené un bon nombre d'affaires avec brio. Son dynamisme et sa méthode lui avaient assuré un ratio de victoires à en faire pâlir plus d'un dans la profession. Elle anticipait toujours sur les divers scénarios qui se présentaient à elle. Le mot « surprise » ne faisait pas partie de son vocabulaire. D'ailleurs, lui-même n'avait jamais pu la déstabiliser, malgré toutes ses tentatives. Même lors de la dernière en date, lorsqu'il avait invité ses amies et son associée de cabinet à l'occasion de ses soixante ans.

Sa mère ne négligeait rien, à tel point que ça en était irritant, voire effrayant. Pour Lucas, que ce soit suicide ou meurtre, elle avait paré aux deux éventualités et laissé

53

quelque part derrière elle de quoi répondre aux interrogations qu'il aurait. Il ne pouvait pas en être autrement.

Je ne peux pas rester comme ça, les bras croisés.

Il s'éloigna de l'entrée des urgences pour la deuxième fois de la journée, croisant quelques collègues qui n'en revenaient pas de le voir. Il leva le bras pour attraper le premier taxi disponible, et n'attendit pas longtemps avant de s'installer à l'arrière d'une Toyota Prius noire conduite par un homme qui devait approcher l'âge de la retraite. L'habitacle sentait bon le neuf et l'Arbre Magique vert qui se balançait sous le rétroviseur central apportait une touche de pomme que Lucas apprécia. Exit les odeurs macabres.

L'homme au crâne dégarni et au visage décharné se retourna.

– Où est-ce que je vous dépose, jeune homme ?

– Rue Saint-Vincent, s'il vous plaît, indiqua Lucas en s'efforçant de sourire.

– Rue Saint-Vincent, c'est parti !

Direction l'appartement de sa mère. Au diable le scellé qui en barrait l'entrée. Pourquoi la police gardait-elle l'endroit à l'abri des regards ? Ça n'avait ni queue ni tête !

Il se demanda dans quel état il trouverait le logement. Sens dessus dessous, comme il l'avait lu dans le message anonyme retrouvé dans sa boîte aux lettres ? Ou alors, propre et rangé ? Il ne savait pas quoi penser. Est-ce qu'il trouverait sur les lieux de quoi alimenter un début de réponse ? Toutes ces incertitudes l'accompagnèrent jusqu'à sa destination.

Il fouilla dans son portefeuille et saisit un billet de dix euros.

– Tenez, gardez la monnaie.

– Merci. Bonne journée !

Lucas ne releva pas et se glissa hors du taxi. Il sentit la timide chaleur du soleil naissant sur sa nuque lorsqu'il poussa la lourde porte du numéro 4. Une fois dans le hall, il ne prit pas le temps d'attendre l'ascenseur stationné au cinquième étage, poussa une porte coupe-feu et s'engouffra dans la cage d'escalier pour monter au deuxième.

Ses pas résonnèrent sur les marches de béton. Le passage, très étroit, permettait à peine à deux individus de se croiser. Une boule d'angoisse se créa dans sa poitrine et prit de plus en plus de place à mesure qu'il approchait de l'appartement de sa mère. Il se surprit à stresser à l'idée de déchirer le scellé et s'introduire chez elle. Enfreindre la loi. Sa mâchoire se crispa. Il ne reculerait pas. Il chassa d'un revers de main les pointes de transpiration qui perlaient sur son front et agrippa la poignée de la porte de sécurité qui le séparait du palier.

Lucas déboucha dans le couloir, face à l'ascenseur. Il tourna à droite et progressa dans l'étage. Ses yeux se rivèrent sur des lambeaux de plastique rouge au sol, à quinze mètres devant lui. Ses pas se firent plus lents. Une fois à proximité, il distingua une petite carte orange à moitié déchirée au milieu du tas, affublée d'un sticker rouge « Police ». Ce qu'il restait du scellé reposait devant la porte du trois-pièces de sa mère. Le cœur de Lucas s'emballa et le monde se mit à tourner autour de lui. Il avança avec prudence sur la moquette du couloir désert. Quelqu'un l'avait précédé. Une personne qui n'a rien à voir avec les forces de l'ordre. Ses yeux secs le démangèrent, mais l'adrénaline lui ordonnait de s'activer. La fatigue luttait avec la tension pour s'emparer de son corps. Il se frotta les paupières pour reprendre le contrôle.

Putain, qu'est-ce que je suis censé faire ?

Son bras s'immisça par réflexe dans la poche de son jean, à la recherche de son téléphone. Sans trop savoir pourquoi, il ouvrit la caméra et s'apprêtait à prendre un cliché du scellé au pied de l'entrée lorsqu'un déclic se fit entendre. La porte s'ouvrit et Lucas, téléphone en main, tomba nez à nez avec une femme qu'il ne connaissait pas.

8

Lucas sentit son pouls marteler ses tempes. Il resta figé là, à observer l'inconnue pendant de courtes secondes. Un visage gracieux, blanc comme la neige.

Elle le dévisagea à son tour avant de s'attarder sur son téléphone portable. Ses yeux se firent plus grands et elle inspira la bouche grande ouverte. Lucas eut à peine le temps de déclencher son appareil qu'elle tourna les talons pour se lancer dans un sprint rageur. Lorsque la surprise se dissipa, la crinière blonde de la jeune femme avait disparu dans l'angle opposé du vestibule.

– Merde !

Lucas reprit enfin le contrôle de ses sens et se lança à sa poursuite. Il enjamba les débris du scellé et continua sur sa gauche pour remonter le couloir perpendiculaire. Il ne vit personne, mais perçut le claquement sourd de la porte coupe-feu. Sans perdre de temps, il fit le tour de l'étage et se rua à son tour dans les escaliers de service, manquant de trébucher à plusieurs reprises. Il dévala les dernières marches et se précipita dans le hall. La porte d'entrée était sur le point de se refermer. Elle ne devait pas être loin. L'urgentiste passa son bras dans l'ouverture, se glissa à l'extérieur et regarda des deux côtés en reprenant son souffle. Il finit par l'apercevoir sur sa droite, à une cinquantaine de mètres, en train de descendre la rue Saint-Vincent droit vers le centre-ville.

Il reprit sa course comme un damné.

– Hé ! Attendez !

Peine perdue. La fugitive se mouvait avec facilité. Tout son contraire, lui qui venait de passer une nuit blanche. Lucas remarqua sa queue de cheval et sa silhouette svelte, élancée, devenir de plus en plus distantes. Elle gagnait du terrain. La fatigue lui coupait les jambes, mais il s'accrocha. Il affronta les regards inquisiteurs des piétons se rendant au travail et se focalisa sur sa cible. Il déboucha sur un minuscule carrefour et longea la devanture grise et blanche du Breizh Burger qu'il affectionnait. L'inconnue jetait fréquemment des coups d'œil derrière elle. Mais elle ne faiblissait pas, loin de là ! Elle disparut dans la longue et régulière courbe de la très étroite rue de Briord.

Lucas pesta. Il allait la perdre ! Dans ce secteur très animé à cette heure de la journée, les croisements s'enchaînaient et dessinaient un arbre de possibilités qui ne jouaient pas du tout en sa faveur. Il accéléra de plus belle et déboucha sur la place du Pilori. Porté par son élan, il ne put s'arrêter à temps et vint heurter de plein fouet le côté d'une camionnette jaune de dépannage qui stationnait là, lui barrant l'entrée de la place. Il chuta vers l'arrière, perdant de précieuses secondes.

– Putain, mais quelle idée de se garer là ! grogna-t-il en se relevant, non sans peine, avant de contourner le véhicule.

Ses iris scannèrent la zone avec frénésie pour tenter de retrouver la mystérieuse femme aux cheveux blonds. Une dizaine de personnes squattaient les sièges de la terrasse de la brasserie le Saint-James à dix mètres en face de lui. D'autres sortaient de la pharmacie qui faisait l'angle. Des piétons transitaient des trois rues adjacentes.

Ces dernières formaient une fourche bondée de monde. Le trafic se résumait à deux voitures et une camionnette roulant au pas pour gagner l'est de la ville.

– Elle s'est barrée...

Lucas soupira et cessa sa recherche, avant d'avaler sa salive et de reprendre son souffle. Ce qu'il restait de sa lucidité fondit en même temps que ses espoirs de mettre la main sur cette inconnue au visage d'ange. Encore marqué par l'effort, il vadrouilla autour de la place avec le mince espoir de l'apercevoir au détour d'une artère. Mais c'était peine perdue. Il fallait se rendre à l'évidence. Elle s'était volatilisée.

Sans se soucier des badauds, Lucas lâcha un râle de dépit et rebroussa chemin à contrecœur, le pas lent et désordonné, les sens en berne.

La tension restait vive et les questions s'amoncelaient. Qui était cette femme ? Il ne l'avait jamais vue de sa vie. Et surtout, pourquoi s'était-elle risquée à entrer dans l'appartement de sa mère malgré les injonctions de la police ? Il repensa aux dernières quarante-huit heures éprouvantes qu'il venait de vivre tout en sortant son iPhone de sa poche.

Bordel de merde.

Floue, prise en diagonale, la photo qu'il avait prise était inutilisable. C'est tout juste s'il pouvait reconnaître l'amas de plastique floqué du logo RF pour « République française » au sol. Quant à l'inconnue, il pouvait en voir un bout de jambe dans un pantalon moulant noir et ce qu'il devinait être des Stan Smith à ses pieds.

Lucas miroita le cliché comme une toile de mauvais goût. Un désastre. Il n'y avait rien à en tirer. Et le pire dans tout ça, c'est qu'il ne se souvenait même pas de son visage. Seule sa queue de cheval, sa peau blanche immaculée et le sac en bandoulière qu'elle portait lui revinrent en mémoire. Si l'inconnue ne se remontrait pas, il ne la retrouverait jamais.

C'est avec ces pensées en tête qu'il se retrouva à nouveau devant l'entrée de l'appartement. Il allait enfin pouvoir constater l'étendue des dégâts. Lucas se concentra sur la porte entrouverte.

Elle n'allait pas la fermer en partant, ça c'est sûr, ironisat-il.

Il posa la main sur la poignée sans hésiter et pénétra dans le trois-pièces.

9

Les paupières de Lucas cillèrent à la vue de l'ampoule encore allumée dans l'entrée de l'appartement. Il distingua sur sa gauche l'un des tiroirs ouverts du grand meuble à chaussures, dévoilant deux paires de mules à semelles en liège.

Il retira son caban et aperçut son triste reflet dans le miroir fixé au mur sur sa droite. Il ressemblait aux zombies tout droit sortis de *The Walking Dead* avec ses cheveux en bataille, son polo taché de sueur et les immondes poches au vide sans fin qui se dessinaient sous ses yeux. Le néant se lisait dans ses prunelles. Il ne manquait plus que les vêtements troués et tachés de sang ainsi que le râle primitif des morts-vivants pour compléter la panoplie.

Il remarqua que le parquet stratifié en chêne, au beige d'ordinaire si clair, était souillé d'un patchwork d'empreintes de pas. Lucas s'accroupit et en différencia au moins trois qui s'étendaient jusque dans le séjour. Cela le fit penser aux innombrables fois où sa mère lui hurlait dessus lorsqu'il n'enlevait pas ses chaussures en rentrant.

C'était une véritable maniaque de la propreté, avec une liste longue comme le bras de règles à respecter.

Pas de doute, l'endroit avait été visité.

Au moins deux fois, songea Lucas en prenant appui sur le sol de sa main droite. Cela confirmait les dires du message anonyme. S'il paraissait évident que l'une des traces appartenait à la femme qui venait juste de filer sous son nez, les autres le laissaient perplexe.

Lucas se releva et jeta un œil dans la cuisine sur sa gauche, pour constater qu'elle avait été fouillée à la hâte, comme s'il s'agissait d'une formalité.

La première chose qu'il remarqua en investissant la salle de séjour fut la petite télévision à écran plat brisée et les éclats de verre partout sur le sol. Face à elle, la table basse renversée gisait au milieu d'un amoncellement de journaux, coupures de publicités et romans déchirés aux feuilles éparpillées. Lucas s'approcha et s'attarda sur le sofa aux coussins lacérés, déchiquetés par endroits et qui laissaient entrevoir la mousse blanche sous-jacente. Les deux répliques de Goya – *Tribunal de l'Inquisition* et *Tres de Mayo* – ainsi que les photos de famille qui ornaient les murs avaient échappé au carnage, à sa grande surprise.

Lucas se raidit en dominant du regard la demeure profanée de sa mère. L'appartement avait été passé à sac avec une violence inouïe. Tout le dirigeait hors d'une simple enquête de police. La tristesse accumulée laissa peu à peu la place au magma de colère qui bouillonnait en lui, prêt à exploser, alors qu'il gagnait la première chambre, celle où il avait grandi et que sa mère avait transformée en bureau annexe après son départ à l'âge de dix-huit ans.

Par réflexe, son attention se porta sur sa gauche. Le MacBook Air offert à sa mère pour ses soixante ans avait disparu. Il se précipita et claqua la paume de ses mains contre la station de travail en verre laqué. Le souffle court, il fixa l'armoire adjacente, évidée. Un flot de dossiers, organisateurs et autres fournitures de bureau colonisaient le centre de la pièce. Une dizaine de pochettes vertes jonchaient le sol. Il se baissa pour saisir les trois premières d'une main hésitante. *Lienard, Savinaud, Koffi, Desprès.*

Quatre noms inscrits en gros au marqueur noir. Les pochettes étaient vides, mais il retrouva les feuilles correspondantes sur le sol. Il était rare que sa mère ramène plus d'un dossier à la fois à la maison. Elle devait avoir une bonne raison pour en prendre autant d'un coup.

La mine contrite, Lucas scanna la pièce une nouvelle fois. Hormis le Mac, un autre objet pouvait-il avoir été dérobé ? Un dossier ? Une simple feuille ? Ou alors, rien du tout ? Sans la propriétaire des lieux, bien malin serait celui qui pourrait le déterminer. Même lui, son fils, l'ignorait. Un frisson de déception le parcourut.

Résigné, il décida d'aller inspecter la chambre à coucher. L'endroit, recouvert de sous-vêtements, jupes et pantalons jetés avec précipitation, se trouvait dépourvu de sa fonction principale. Les habits occupaient presque chaque mètre carré de surface disponible. Il déblaya le passage à la hâte pour reluquer l'intérieur des armoires. Vides.

Il retourna au salon et s'assit sur ce qu'il restait du bras du sofa, avant de se prendre la tête à deux mains. Qu'est-ce que tout cela signifiait ? Qui tenir responsable de ce bazar ?

Sa mémoire accrocha l'image de la blonde devant le pas de la porte. Rien ne clochait chez elle. Elle ne portait rien de suspect, à part ce sac en bandoulière trop petit pour emporter des objets volumineux. *Clairement pas assez pour embarquer le Mac*, conclut Lucas.

Il y mettrait sa main à couper : la police le détenait. Pourquoi ? Quelles informations le petit concentré de technologie recelait-il pour les intéresser de la sorte ?

Peut-être que rien n'avait retenu leur attention et qu'ils l'avaient embarqué par précaution ? Il ne pouvait pas écarter cette possibilité. Après tout, le message anonyme disait vrai à propos de l'état de l'appartement...

Un sourd mélange de confusion, de fatigue, d'énervement et de peur lui sauta à la gorge. Lucas ne lutta pas et se laissa aller sur le canapé.

Putain, je ne comprends rien à rien ! Aucun indice ! Même pas l'ombre du début d'une piste...

Incapable de tenir en place, il se leva et inspecta une nouvelle fois les lieux.

Réfléchis, Lucas, réfléchis. Ta mère n'est – n'était – vraiment pas du genre à se faire avoir.

Il ratissa la cuisine avant de revenir au bureau pour se plonger dans tous les documents à sa portée, de la simple facture de service aux avis d'imposition, en passant par les dossiers chauds du cabinet d'avocats. C'est à ce moment que son iPhone se mit à vibrer.

Jipé. Ça ne peut être que lui. Il a dû terminer avec... son corps.

Lucas soupira en tirant le Smartphone de sa poche. Il afficha une moue dubitative à la vue du numéro entrant : Marylise.

10

Lucas resta stoïque face à l'appareil qui vibrait, comme pour le presser de faire glisser cette fichue flèche vers la droite pour prendre l'appel. Il n'appréciait pas beaucoup l'associée de sa mère. Froide, apathique, elle ne souriait jamais et semblait plus préoccupée par les comptes du cabinet que par le confort de vie auquel elle devrait aspirer à l'aube de la retraite. Elle avait la chance d'avoir des petits-enfants, elle, au moins. Sauf que c'était le dernier de ses soucis.

C'est vrai qu'elle ne m'a pas encore adressé ses condoléances... Eh bien, elle aura tout le loisir de s'exprimer auprès de ma boîte vocale.

Lucas posa l'iPhone au sol et se remit à la tâche. Mais le téléphone décida de l'interrompre avant même qu'il ne remette la main sur l'un des dossiers. Encore elle.

Il se résigna à décrocher en tentant de faire au mieux pour masquer son ennui.

– Bonjour, Lucas, commença Marylise d'une voix tiraillée par l'émotion. Je... je... suis tellement désolée mon garçon... toutes mes condoléances. C'est un tel choc...

– Merci, Marylise. Ce n'est pas facile, mais je dois vivre avec désormais, récita-t-il.

Un silence malsain s'instaura entre l'urgentiste et l'avocate. Lucas sentait bien qu'elle cherchait ses mots.

– Si tu as besoin de quoi que ce soit, la porte est ouverte. N'hésite jamais. Jamais ! D'accord ?

– Je n'y manquerai pas, c'est promis. Merci à vous pour ces paroles réconfortantes.

– Je t'en prie. Pour le cabinet, je m'occupe de tout, si tu le souhaites.

Lucas ferma les yeux et tenta de se contenir. Le cabinet était le dernier de ses soucis.

Est-ce que Marylise œuvrait en silence pour en prendre le contrôle total ? Ça ne l'étonnerait même pas. Son caractère opportuniste refaisait surface.

– Ce n'est pas une histoire de business, ajouta-t-elle comme si elle lisait dans ses pensées. Je pense juste que tu dois avoir d'autres chats à fouetter, n'est-ce pas ?

– Euh... oui, c'est le moins qu'on puisse dire, répliqua-t-il, désarçonné.

– Dans ce cas, considère que le cabinet n'est pas un problème de plus à gérer. Je m'en occupe. Nous pourrons en discuter quand le timing te semblera approprié. En attendant, tout ce qui appartenait à Gaëlle te revient de droit, l'informa-t-elle.

– Merci pour cette attention, Marylise. Je ne sais pas trop quoi dire d'autre, je suis désolé. Tout est flou en ce moment.

– Je peux comprendre. Ta mère était une femme merveilleuse et si douée pour son métier... Je n'arrive pas à croire que... qu'elle ne soit plus là.

Lucas sourcilla. Il n'avait pas l'habitude de parler autant avec l'avocate. D'ailleurs, cette dernière lui semblait bien bavarde.

La réciproque se vérifiait et il s'apprêtait à écourter la conversation quand Marylise l'interpella.

– Lucas ?

– Oui ?

– En fait, je me demandais si tu n'avais pas un peu de temps libre aujourd'hui ?

Des rides strièrent le front de l'urgentiste. Pourquoi ce soudain coup de fil et cette demande qui, derrière cette exécution maladroite, lui avait l'air d'être préparée ?

– Euh... oui, j'étais de nuit, donc je ne travaille pas aujourd'hui. Pourquoi ?

– Tu voudrais passer au cabinet ? Il est fermé, bien sûr. Je ne me permettrais pas de traiter des cas alors qu'on vient de... perdre Gaëlle, précisa-t-elle la voix cassée.

Lucas l'entendit sangloter derrière le combiné. Se trompait-il sur son compte ? Elle n'était peut-être pas si insensible que ça, après tout. Il n'eut pas le loisir d'y réfléchir bien longtemps. Marylise se chargea de provoquer l'étincelle de motivation nécessaire pour le convaincre de venir.

– Je ne sais pas comment amener ça, mais... Gaëlle voulait que je te voie et que je te parle, si quoi que ce soit lui arrivait.

– Pardon ?

– Je préfère ne pas trop en dire au téléphone. Il serait préférable que l'on se rencontre, si tu veux bien. Je ne l'ai pas prise au sérieux quand elle m'a demandé ça, la première fois... mais force est de constater qu'elle avait vraiment des soucis. Enfin, autre chose que...

– Que sa maladie ? compléta Lucas. J'ai appris ce matin qu'elle souffrait d'un cancer.

– Je suis vraiment désolée. Je sais que tu n'étais pas au courant, mais c'était sa décision.

Lucas n'en croyait pas ses oreilles. Sa mère avait prévu les choses à ce point ?

– Je peux être là dans moins d'une heure, est-ce que ça vous irait ?

– Oui, bien sûr. Pas de problème, je suis à deux pas du bureau.

– Disons... dans trente minutes ?

– Vous êtes sûre que c'est bon pour vous ? se hasarda Lucas.

– Je t'avoue que je ne sais pas quoi penser. Gaëlle n'est pas du genre à se donner la mort, bien au contraire. Même ce fichu crabe n'entamait pas sa volonté de vivre. J'ai un mauvais pressentiment, mais je veux faire honneur à la confiance qu'elle avait en moi. Je ne peux pas aller à l'encontre de sa volonté. On a toujours tout fait ensemble. Si je peux aider son fils, ne serait-ce qu'un tout petit peu, alors je le ferai avec joie.

– Merci beaucoup, Marylise, ça me touche vraiment.

Pour la première fois, il sentit une onde d'empathie se dégager d'elle. Sa prévenance venait de faire mouche.

– Alors on se dit à très vite, Lucas.

– Oui, à tout à l'heure. Et... soyez prudente, s'il vous plaît. Je ne sais pas ce qui se passe, mais...

– Je prendrai mes précautions, le coupa l'avocate. Ne t'inquiète pas.

Lucas décolla le téléphone de son oreille et le posa au sol, puis resta assis, adossé au mur, à se demander ce que Marylise voulait bien dire par « je ne peux pas aller à l'encontre de sa volonté ». Il avait l'étrange impression de se faire balader. Un message dans sa boîte aux lettres, une femme mystérieuse et un appel inattendu dans la même matinée. Sans compter la police aux abonnés absents. Ça ne lui disait rien qui vaille. Lucas sentit ses muscles s'engourdir peu à peu. Son corps sursauta sans crier gare.

Pas le temps de roupiller ! Je suis au beau milieu d'un endroit où je ne suis pas censé me trouver !

Il se leva et jeta un œil empli de regrets à la pile de papiers au sol, avant d'attraper son caban dans le salon et de quitter l'appartement. Distrait, il prêta à peine attention à l'homme aux cheveux courts, au bouc naissant et à la large cicatrice frontale qu'il croisa au beau milieu de l'escalier de service.

11

Un éphémère sentiment de liberté. Pendant une minute, Lucas s'éloigna de toutes les souffrances endurées ces dernières quarante-huit heures. Il en oublia presque la vision bouleversante du corps froid de sa mère sous les scialytiques, plus tôt dans la matinée. Il s'était infligé ça tout seul et s'en voulait. Le vent clément jouait avec son visage et le renvoya aux maintes fois où il s'était rendu ici.

Tout avait changé ou presque sur l'île de Nantes, mais le sentiment de bien-être persistait. Autrefois beaucoup plus clairsemé et plutôt doté d'infrastructures industrielles, ce bout de terre avait vocation à devenir le cœur de la ville à l'horizon 2020. De nombreuses tours modernes furent dressées dans ce but, abritant des appartements et des bureaux pour répondre au défi de la densification de la population environnante. Sa mère lui vantait souvent les mérites de cet endroit. La fierté transpirait sur son visage à chaque fois qu'elle évoquait le futur de « sa » ville et de ce quartier en particulier, l'épicentre de ses convictions professionnelles. Le cabinet Blanchet & Morvan avait vu le jour dans le cœur de

Nantes, mais la décision de déménager sur l'île fut prise peu après l'achèvement du nouveau palais de justice, non loin de là. Douze ans plus tard, toute une flopée d'avocats avait envahi le secteur.

Lucas se retourna pour contempler la façade de verre du cabinet sous la lumière du soleil froid d'octobre. Situé au rez-de-chaussée d'une résidence de sept étages, il faisait face au bras de la Madeleine, qui délimitait l'île par le nord.

Une vue splendide dont il se délectait à chaque fois qu'il avait l'occasion de venir voir sa mère au bureau. Aujourd'hui, la nostalgie prenait le dessus. Gaëlle n'était plus là. Plus rien ne serait comme avant. Lucas pivota et son regard sans éclat se noya dans les eaux froides de la Loire.

– Il y a des choses qui ne changent pas, n'est-ce pas, Lucas ?

La voix mordante lui arracha un sursaut. Marylise Blanchet, toujours aussi chétive, l'observait. Lucas perçut son diastème derrière son sourire forcé. Ses prunelles noires brillaient. Il y décela la compassion sincère et déstabilisante de la sexagénaire. Lucas baissa les yeux. Il avait toujours autant de mal à la cerner, et la gêne ressentie au téléphone paraissait décuplée maintenant qu'il lui faisait face.

– Ne t'en fais pas, je ne vais pas prendre tout ton temps. Vu ton état, il faudrait que tu te reposes, même si c'est juste une heure ou deux ! lui fit remarquer l'avocate après l'avoir scruté de haut en bas.

L'urgentiste sourit pour la première fois depuis des lustres. Un sourire emprunté, vite remplacé par un masque de compassion. Cette femme était pleine de contradictions. Il avisa les poches béantes que Marylise arborait derrière ses lunettes carrées. Son visage paraissait plus sévère que d'habitude. Nul doute qu'elle avait autant besoin que lui d'un peu de répit salvateur !

L'avocate lui emboîta le pas et ils se dirigèrent vers la grille de la petite résidence qui abritait le bureau. Ils croisèrent un bon nombre de costards-cravates provenant du palais de justice et du consulat général de Turquie, situés non loin de là. Lucas jeta un coup d'œil à sa montre. Midi. Marylise le dévisagea.

— Tu as faim ? On peut très bien changer de plan si tu veux, proposa-t-elle en pointant du doigt le café jouxtant le cabinet. J'ai choisi la facilité en te demandant de venir ici, mais peu importe l'endroit, en fait.

Lucas acquiesça, l'air songeur. L'objectif de la rencontre venait de refaire surface, et son lot d'interrogations avec. D'ailleurs, Jipé ne l'avait pas appelé depuis son passage. Il se laissa guider tout en réfléchissant à ce que son ami pouvait bien être en train de faire.

Ils s'installèrent sur de confortables fauteuils en cuir noir, un peu en retrait de l'agitation qui régnait dans le lieu. Marylise commanda un cappuccino, Lucas opta pour un café noir. Il avait honte de se trouver là, juste à côté du lieu où sa mère passait ses journées. Jamais il n'aurait imaginé partager un moment ici sans elle. Et encore moins avec son associée.

Marylise passa la main dans ses cheveux grisonnants et se tourna vers lui. Elle adopta un ton grave, celui qu'il connaissait le mieux et qu'il avait entendu toutes ces années quand elle s'adressait à lui.

— Il y a dix jours, nous étions ici même, ta mère et moi, commença-t-elle. Elle tenait le coup malgré la maladie. Elle voulait absolument te parler et cherchait le bon moment pour le faire.

— À propos de son cancer ?

— C'est ce que je pensais au départ... Je ne voyais rien d'autre, jusqu'à hier, quand la police a débarqué pour m'annoncer qu'elle était décédée.

— Qui est venu vous voir ?

— Un vieux flic et son adjoint. Ils sont venus au cabinet, comme ça, de but en blanc, sans prévenir. Comme deux éléphants dans un magasin de porcelaine.

Sa voix s'étrangla.

— Ils nous ont balancé la nouvelle en pleine figure. Notre secrétaire est carrément tombée dans les pommes ! Tu imagines la scène !

— J'ai eu droit au même traitement de faveur, concéda Lucas. L'adjoint en moins.

Lucas trempa ses lèvres dans son café. Il ne savait pas s'il avait soif ou mal. La manière d'agir des flics le révulsait.

— J'ai bien sûr annulé tous nos rendez-vous, donné congé à Hélène, et fermé le cabinet dans l'heure qui suivait, poursuivit Marylise. On a aussi dû abandonner le cas Desprès. Je l'ai confié à un collègue de longue date en qui j'ai toute confiance.

L'avocate marqua une pause et se mordilla les lèvres.

— Que pensez-vous de tout ça ? demanda Lucas.

— Eh bien, pour tout te dire... Je doute fortement que Gaëlle ait pu commettre un acte aussi lâche que le suicide. Ça ne lui correspond tellement pas !

— Moi aussi.

L'urgentiste s'arrêta net.

Fallait-il lui parler du message anonyme ? De l'autopsie ? Après une courte, mais intense bataille interne, il décida de lui épargner ça pour l'instant.

— Sans surprise, nous sommes d'accord, conclut Marylise après avoir bu une gorgée de cappuccino. En tout cas, une chose est sûre : elle m'a demandé de te voir en face-à-face au cas où quelque chose lui arriverait. J'ai trouvé ça bizarre, bien entendu, mais sur le moment, je n'ai pas cherché plus loin. Je pensais à sa maladie. Et puis... Cet inspecteur s'est présenté au cabinet avec cette nouvelle atroce, peu de temps après... J'ai trouvé ça louche, pour être honnête.

— À quoi il ressemblait ?

— Pas très grand, chauve, assez âgé. Je l'ai trouvé très tendu, limite désagréable. Inspecteur Mandé, si mes souvenirs sont bons. Je sais que je ne suis pas un modèle de sociabilité, mais il avait l'air encore moins aimable que moi, avoua-t-elle en rougissant. Je n'ai rien retenu, si ce n'est l'annonce de la mort de Gaëlle.

— C'est lui ! J'ai eu affaire au même agent. Et son adjoint ?

– Un jeune homme qui ne s'est même pas présenté !
enragea-t-elle. Il ne faisait pas attention à moi. Il avait l'air
préoccupé.

L'avocate trempa à nouveau les lèvres dans sa tasse.

– Bref, tout ça pour te dire que je ne les sens pas, ces
officiers. Et Gaëlle a vraiment insisté pour que je te transmette ce drôle de message...

Lucas, loin de se douter qu'on l'observait, bouillonna
sur son fauteuil. Ses yeux se plantèrent dans ceux de l'avocate. Il allait enfin savoir.

12

Jean-Philippe transpirait tant qu'un mince filet de fumée se détachait de son front ruisselant de sueur. Enfin terminé. Ça n'avait pas été une partie de plaisir, loin de là. Surtout avec la boîte crânienne. Mais l'autopsie, qu'il assimilait à une véritable profanation au vu des circonstances, avait été concluante. Même s'il s'en était fallu de peu pour qu'il se plante dans l'analyse des points d'entrée et de sortie de la balle fatale.

La dépouille de Gaëlle Morvan de nouveau à sa place dans la salle de conservation, le légiste se dirigea vers le petit local attenant et retira sa blouse, ses gants et son bonnet. Il était temps de se purifier, selon son expression. Ses mains glissèrent sous le jet d'eau tiède.

Lucas l'inquiétait. Qu'est-ce qu'il lui avait pris de se ramener ici en pleine autopsie ? De participer en plongeant la tête la première dans le cerveau à nu de sa mère ? Où était-il parti ensuite ? Son comportement l'intriguait. Quelque chose avait dû se passer plus tôt dans la journée... un truc assez grave pour que Lucas lui demande de pratiquer une autopsie contre l'avis des autorités.

Jean-Philippe soupira. Il se devait de tirer tout ça au clair pour deux raisons. Primo, ne pas rester dans le flou. Il pensait pouvoir aider Lucas les yeux fermés, mais en pratique, ça se révélait plus complexe et stressant que prévu. Deuzio, le plus évident : ne pas laisser Lucas tout seul souffrir dans son coin. La police le menait en bateau. Gaëlle avait été assassinée.

Du travail de pro, avec ça. Les plaies tromperaient la majorité des légistes, mais pas lui. Avec cette trouvaille, Lucas et lui partageaient le même sort à présent.

Il gagna la salle de pause en se demandant quelle suite donner à tout cela.

— Ça y est, tes découpes clandestines sont finies ?

Ludovic Mercier adressa un sourire au légiste et posa les pieds sur la table basse.

— Fini ! Terminé ! assura Jean-Philippe en levant les deux mains. S'il te plaît, pas un mot de tout ça à la hiérarchie, Ludo. C'était pour aider un ami, rien de plus.

— Pas de problème, compte sur moi, Jean-Phi. Tu me vois me pointer et dire au dirlo, « Boss, mon chef ouvre des corps hors procédure pour aider ses potes » ? Il me prendrait pour un taré.

Ludovic laissa échapper un ricanement.

— Tu as trouvé ce que tu cherchais, au moins ?

— Oui et non... C'est pas à toi que je vais l'apprendre, mais sans radios, sans prélèvements, c'est tout de suite plus compliqué. Mais bon, je pense qu'on a trouvé l'essentiel.

– Tant mieux ! T'imagines, si t'avais fait ça dans le vent ? La grosse galère ! C'était pour le type qui s'est ramené à l'improviste, tout à l'heure ? Pourquoi il t'a demandé ça ?

Jean-Philippe sortit un gobelet en plastique et se fit couler un café.

– Je t'en pose des questions moi, Ludo ! Oui... c'était pour lui. C'est mon meilleur pote, je pouvais pas lui refuser ça. C'était courageux de sa part de me demander d'autopsier sa mère. Même si franchement, entre nous, c'était bien glauque.

– T'en as conclu quoi ?

– Rien du tout, n'insiste pas. Ça, c'est entre Lucas et moi. Top secret. Vaut mieux que ça reste comme ça, d'ailleurs. Désolé.

– Pas de problème, je comprends. Tiens, et si on se retrouvait dans un bar du centre-ville ce soir pour t'aider à tourner la page ? proposa Ludovic en se redressant sur sa chaise. Rien de tel qu'une bonne pinte de blonde pour noyer ses soucis !

Jean-Philippe fixa la machine à café en rétorquant :

– Bon déjà, je préfère les bières brunes, ça me rappelle la bonne époque où je vadrouillais dans les Highlands. Sinon, pour ce soir... Je vais voir. Ça me ferait pas de mal, c'est clair. Mais je te promets rien.

Sur ces paroles, le légiste quitta la salle et s'adossa au mur en crépi du sous-sol de l'hôpital. Il avait besoin de solitude. Ludo était bien bavard et intrusif aujourd'hui. De mémoire, il bouclait son troisième mois dans le service. Mais il ne le connaissait pas plus que ça. Il se surprit à considérer la soudaine proposition de son collègue, la première du genre. Mais le visage défait de Lucas fixant sa mère sur la table d'autopsie lui revint à l'esprit.

La vie s'étendait comme un océan. Y naviguer se résumait à une succession de choix. Décider de la prochaine escale dépendait de ses priorités et convictions. Et la priorité du moment portait un nom : Lucas.

Jean-Philippe hésita avant de l'appeler. Même s'il n'y croyait pas trop, il y avait une infime chance que son ami soit enfin chez lui, en train de se reposer. Pas question de venir le troubler, ça pouvait attendre quelques heures de plus. Le temps pour lui de vérifier autre chose.

Il se contenta d'envoyer un SMS à Lucas et regagna la salle de pause. Il entrouvrit la porte et observa Ludovic qui pianotait sur son Smartphone. Les yeux rivés sur l'écran rétroéclairé, dans sa bulle, le technicien arborait un air sérieux qui ne collait pas avec sa personnalité enjouée. La contrariété se lisait sur ses joues creusées et ses lèvres rétrécies. Il se mordait l'intérieur de la joue et ne prêta pas attention à ce qui se passait autour de lui pendant une bonne dizaine de secondes. Jean-Philippe se décida à entrer. Son technicien le gratifia de son habituel sourire idiot.

– C'est l'heure, Ludo. On retourne au boulot. Avec un peu de chance, on pourra finir tôt.

Le technicien resta collé à ses basques toute l'après-midi, le noyant de blagues mal senties et de commentaires graveleux. Ludo avait une fâcheuse tendance à trop en

80

faire, mais il était efficace dans son boulot. Le technicien insista pour l'apéro et Jean-Philippe finit par céder, lui donnant même rendez-vous dans ce pub écossais qu'il adorait. Établissement bien pratique puisqu'il se trouvait à deux pas de l'appartement de Lucas.

Le soleil déclinait lorsque le légiste quitta le CHU, flanqué de son encombrant subordonné. Ses trapèzes, raides comme des bouts de bois, témoignaient de l'âpreté de sa journée. Il s'étira et ses vertèbres craquèrent dans un bruit sec.

La réponse de Lucas au SMS envoyé plus tôt lui parvint à cet instant-là. Ce soir, il ferait d'une pierre deux coups.

13

« Dis à Lucas que si quelque chose venait à m'arriver, qu'il ne se terre pas dans le travail, comme il aime le faire quand les choses ne vont pas dans son sens. Tu sais à quel point il peut être têtu. Dis-lui de prendre des vacances. »

Lucas mémorisa chaque mot, chaque intonation de cette phrase délivrée par Marylise dans l'agitation du café quelques heures plus tôt. Mais ça ne l'avançait pas pour autant. Il avait planché sur ces paroles sur le chemin du retour, puis dans le calme de son appartement, jusqu'à l'épuisement.

Des vacances. Ce message était tout sauf anodin. Qu'est-ce que ça signifiait ? Oui, on le taxait de bourreau de travail et oui, il s'y réfugiait à la moindre occasion. Et alors ? Ça le réconfortait. Quoi de mieux que de s'occuper des malheurs des autres pour relativiser, minimiser, voire oublier ses propres problèmes ? Ce trait de caractère, il l'avait hérité de sa mère. C'est d'ailleurs ce qui donnait tant de valeur à cet étrange message. C'est comme si elle s'adressait à lui de là où elle était...

Le décor changea subitement.

Lucas se vit seul, au beau milieu d'un champ, avec pour seule compagnie de la neige à perte de vue. Une rafale de vent vint le gifler. Son bonnet s'envola et le lobe de ses oreilles échappa à ses sensations. Il grelottait sous les trois couches de laine et la grosse doudoune qu'il portait. Il tenta de progresser contre les éléments, marchant à grands pas vers un point qui disparaissait sans cesse à l'horizon.

Ce dernier laissa place à un rideau de flocons gros comme des balles de ping-pong. Une véritable tempête blanche s'installa. Lucas progressait difficilement. Le gel l'agrippa jusqu'aux genoux et il se débattit, mais le froid referma sur lui ses griffes acérées. Ses forces l'abandonnèrent et il chuta. Au mental, il se releva, pour mieux s'échouer quelques pas plus loin. Seul dans les steppes, Lucas se vit partir. La morsure du froid se chargea d'éteindre son odorat. Ses extrémités gelèrent et il perdit la sensation du toucher. Le vent qui balayait l'immense plaine perturba son ouïe et sa vision. Sa conscience, en bon capitaine, quitta le navire en dernier, glissant hors de son être dans un dernier soupir.

En nage, Lucas se réveilla dans un spasme salvateur, prostré sur le sofa scandinave de son salon. L'appartement était plongé dans la semi-obscurité. Le médecin jeta un œil à son téléphone. 18 h 55, et un message de Jipé en prime, reçu à 14 h 32.

J'ai dormi tout le temps ?

Cette alerte remit sa conscience d'aplomb.

« Luke, j'ai fini. Tout va bien ? Pas question de te laisser tout seul. Fais-moi signe et je passerai te voir. A+ »

83

Du Jipé dans le texte. Fidèle à lui-même. Cette attention lui mit du baume au cœur. Il répondit dans la foulée, l'invitant à passer quand bon lui semblait.

Lucas abandonna son téléphone et profita de ce temps libre pour filer dans la salle de bains. Il n'avait même pas pris le soin de se laver depuis sa garde de la veille.

Le pommeau de la douche pluie tenta de rincer sa fatigue, son chagrin, ses peurs et ses doutes pendant plus de vingt minutes, sans y parvenir. Son esprit demeurait fermé, accaparé par le message de sa mère. Lucas repensa à son entrevue avec Marylise, à la recherche d'un autre indice. De quelque chose d'insignifiant pour elle, mais bourré de sens pour lui. Mais rien ne sortit du lot.

Il se reconcentra sur le message. Où allait-il en vacances ? Au bout du monde ! Il partait une fois par an en moyenne depuis sa titularisation à l'hôpital, pour des destinations toujours plus lointaines : l'Andalousie, le Sahel, le Népal ou encore la Bolivie. Il partait toujours seul et il adorait ça. Lucas maugréa en signe de dépit. Rien dans son carnet de voyages ne faisait sens. Les regrets le rongèrent.

Si j'avais su, j'aurais passé plus de temps avec elle, comme quand...

La réponse le frappa de plein fouet.

Comme quand j'étais enfant ?

Il se précipita dans sa chambre et sortit l'album de famille qu'il gardait religieusement dans le compartiment du haut de son armoire. Il sut qu'il visait juste dès les premières pages. Ils étaient là, tous les deux, souriant sur des clichés jaunis par le temps, dont le grain lui rappela à quel point le temps transformait tout : les gens, les émotions, les endroits, les souvenirs... même les plus précieux. Rien ne lui échappait, à tel point que ça en était effrayant. Lucas tourna les feuillets plastifiés d'une main hésitante. Il vit les plages de sable et les bateaux qui l'émerveillaient tant.

Il se souvint des balades sur le maxi-catamaran et de ce fichu mal de mer qu'il avait mis des années à dompter... Autant de moments tombés dans l'oubli sitôt franchies les portes de l'enfer des études de médecine. Il continua son exploration du vieil album et contempla des photos du patrimoine local : le vieux port, la vieille horloge, ou encore ces rues à arcades qui le laissaient sans voix. Il retint son souffle à la vue de cette bâtisse où ils passaient tous leurs étés quand il n'était encore qu'un adolescent. Cette maison de plain-pied aux volets verts le plongea dans un tourbillon de souvenirs.

Lucas délaissa le livret pour retourner dans la salle de bains. Il grimaça devant son reflet dans le miroir. Seuls ses yeux brillaient. Pour la première fois depuis longtemps, il se prit d'excitation en pensant à ce qu'il devait faire. Bien sûr, ça restait à vérifier et son instinct lui ordonnait de ne pas s'emballer. Il se rasa la barbe pour se débarrasser du Lucas penaud, déprimé, qui s'apitoyait sur son sort, pour devenir un Lucas nouveau, revanchard et en quête de vérité. Sa mère avait fait preuve d'une prudence démesurée. La raison devait être du même acabit. Et même s'il ne savait pas quoi chercher, il savait au moins où se rendre.

C'était un bon début.

Il attrapa son iPhone.

Temps de mettre Jipé dans la boucle.

Son ami avait fait preuve de beaucoup d'altruisme en accédant à sa requête, ce matin. À son tour de lui rendre la pareille. De toute façon, il avait besoin d'aide. Il n'y arriverait pas seul.

14

Comme tous les vendredis soir, le quartier du Bouffay étouffait, débordant de travailleurs trop heureux de fêter le week-end. Les bars faisaient le plein et les restaurants affichaient complet. Seule la lune, barrée par les nuages, manquait son rendez-vous hebdomadaire avec les Nantais.

Jean-Philippe trempa ses lèvres dans sa pinte de Guinness. Il adorait prendre sa dose de malt au milieu de l'odeur boisée et des lumières tamisées du John McByrne. La chaleur du pub écossais contrastait avec le froid qui avait repris ses droits à la nuit tombée. Ludo tournait à la Foster's et avait la main droite plongée en permanence dans l'assiette de frites qu'il venait de commander. L'œil distrait par la belle brune qui attendait seule au comptoir, il questionnait le légiste sur les bons endroits à découvrir à Nantes et sa région. Jean-Philippe décela un léger accent du Sud chez le jeune homme, qui criait presque pour couvrir l'agitation ambiante. Le légiste se laissa aller sur son tabouret. Sa compagnie n'était pas aussi désagréable qu'il l'avait imaginé, mais quelque chose sonnait creux chez le technicien. Même cette atmosphère légère et festive n'effaçait pas ce sentiment. Il décida de ne pas lui en tenir rigueur, mettant ça sur le compte de leur peu d'interactions hors de l'hôpital.

Le reste de ses soupçons s'évapora en même temps que sa première pinte, quand Ludo, qui louchait toujours sur le comptoir, lui avoua qu'il aimait bien participer aux soirées Meetup, lui aussi. Intrigué, Jipé se retourna et fut happé par tant de beauté.

Brune, coupe courte, un tatouage qu'il n'arrivait pas à distinguer sur sa nuque, la jeune femme accoudée au bar attendait qu'on la serve. Il s'attarda sur la robe cintrée noire qui dessinait ses courbes. Un collant assorti soulignait ses jambes fines, perchées sur de hauts escarpins.

– Sympa, hein ? lui souffla Ludo, sourire accroché aux lèvres.

– Je te le fais pas dire. C'est tout à fait mon genre !

Ludo avisa la pinte de Guinness vide sur la table.

– Bouge pas. La prochaine tournée est pour moi !

Le technicien s'éloigna en bombant le torse et sauta sur l'occasion pour aller s'adresser à la jeune femme. Jean-Philippe gloussa face à tant de témérité. C'en était presque comique. Son subordonné se donnait du mal pour lui faire oublier cette journée difficile.

Après quelques minutes, Ludo revint avec deux pintes et un message de la belle.

– Et voilà ! Une Guinness bien fraîche pour toi. Et... figure-toi qu'elle est célibataire !

– T'es comme ça, toi ? Du genre, direct ? s'amusa Jean-Philippe en désignant le comptoir d'un hochement de tête.

– Tu verras avec le temps, tu t'y habitueras ! Alors, tu en penses quoi ? Elle te branche ou pas ?

– Non, non, c'est vraiment pas le jour pour ça, Ludo. Noyer mes soucis dans un verre ou deux, passe, mais je suis pas d'humeur à taper la discute !

– Qu'est-ce qui t'en empêche ? Je vois bien qu'elle t'intéresse...

Jean-Philippe s'interdit d'évoquer Lucas, de peur de relancer la discussion qu'il avait eu tant de mal à clore dans la salle de pause, plus tôt dans la journée.

– Tu vois bien qu'elle attend quelqu'un, argua-t-il pour se prémunir d'une nouvelle attaque.

– Mais non, elle attend juste une amie. Allez viens, on va se poser au comptoir !

Ludo joignit le geste à la parole et ne lui laissa pas d'échappatoire. Le duo entama la conversation avec la jeune femme, prénommée Fanny, qui sembla surprise en le voyant débarquer. Mais elle se laissa aborder avec le sourire. La deuxième pinte rendit l'âme avant que le légiste ne s'en rende compte et Ludo insista pour une troisième tournée. Fanny voulut refuser, prétextant que son amie n'allait pas tarder, mais céda devant la persévérance du technicien. Jean-Philippe se promit que la troisième Guinness serait sa dernière. Il manquait d'air dans le pub toujours plus bondé et proposa à la troupe de se trouver un espace dehors, sur l'un des tonneaux qui servait de table aux buveurs bravant le froid. Là, il inspecta Fanny, toujours souriante et emmitouflée dans une doudoune kaki.

C'est vrai qu'elle est très charmante. Je me demande si je devrais pas me laisser tenter...

C'est en vidant son verre qu'il lut dans les yeux de la jeune femme que quelqu'un arrivait dans son dos. Jean-Philippe se retourna pour tomber nez à nez avec un homme aussi grand que lui. Ses yeux se portèrent tout de suite sur son imposante musculature et il se sentit minuscule.

– Ça va l'ami, on passe du bon temps avec ma copine ? cracha-t-il en se pressant contre lui.

Le légiste recula, incommodé par la forte odeur de musc qui se dégageait de l'individu.

– Attendez ! Oh ! J'ai rien fait de mal ! se défendit-il tout en cherchant de l'aide dans les yeux de ses collègues de tablée.

– Tu me prends pour un con, en plus ? Tu la touches pas, c'est tout ! On va régler ça entre hommes, toi et moi !

Sans crier gare, l'inconnu agrippa Jean-Philippe par le col de son manteau. Le légiste se débattit et continua de protester, mais il fut trimbalé comme un jouet sur quelques mètres, vers une rue parallèle. Ludo jaillit pour les séparer, mais malgré sa carrure, sa taille le faisait passer pour un poids plumes débutant face au champion du monde de la catégorie poids lourds.

– Mais demandez-lui, vous verrez que j'ai rien fait, bordel !

Jean-Philippe scruta l'entrée du pub d'un œil affolé. Fanny avait disparu.

Alors que le mastodonte continuait à le pousser, il vit à la faveur d'un rai de lune ses grands yeux argentés transpercer son regard. Le visage déformé par la colère, l'inconnu écarta des passants qui observaient la scène.

Jean-Philippe recula et se retrouva dans l'obscurité d'une impasse.

– Puisque je vous dis qu'on ne faisait que discuter !

La mine de l'individu se mua en un rictus sinistre.

– Si tu savais ce que j'en ai à foutre de ta copine, Jean-Philippe Duval, concéda-t-il de sa voix rauque.

Le légiste écarquilla les yeux et se figea, stupéfait face au changement de ton et l'énoncé de son nom. L'inconnu aux yeux d'argent se colla une nouvelle fois à lui et une douleur sourde l'irradia dans le bas-ventre, lui coupant net le souffle. Une deuxième onde de souffrance le percuta dans la foulée et le fit tituber. Un froid intense et opportuniste l'enserra alors que la sueur s'échappait par tous les pores de sa peau. Sa respiration redoubla de fréquence dans une recherche désespérée d'oxygène. Son pouls s'accéléra et bientôt il ne perçut que les cognements sourds du sang dans ses veines.

Jean-Philippe voulut crier à l'aide, mais la douleur le cisailla. Il se recroquevilla dans un râle, se laissant tomber sur le sol, contre un mur, dans le noir total, les mains rouges de sang. Ses yeux se portèrent sur Ludo, effaré, qui se précipita sur lui. Puis sa vision se troubla sur l'inconnu qui camoufla sa lame et quitta l'impasse, sans un mot.

15

Cinq tonalités de plus. Pas de réponse. Lucas grommela et jeta son iPhone sur le sofa. Il fila dans la chambre pour terminer de s'habiller et se chaussa. Plutôt que d'attendre comme un idiot ici, il valait mieux prendre les devants et retrouver Jipé. Une fois qu'il aura répondu à ce fichu téléphone.

Lucas tourna en rond, café fumant à la main, comme si l'appartement, soudain devenu plus étroit, l'oppressait. Il n'avait qu'une hâte : partager sa trouvaille avec son ami de toujours. Il ne se calmerait pas avant.

Je ne peux pas lui en vouloir. Il a dû sortir sans moi, en se disant que je n'avais pas la tête à ça...

Le mobile vibra alors qu'il commençait à perdre espoir. Enfin !

Lucas se jeta sur l'appareil et relâcha sa frustration.

— C'est pas trop tôt, Jipé ! Je sais que j'aurais dû t'appeler avant, mais...

— Euh... Lucas ? Allô ? Lucas ?

Lucas s'immobilisa net en réalisant qu'il ne connaissait pas cette voix.

– C'est... c'est Ludo ! Le technicien de Jean-Phi ! Il...
il est à côté de moi, il s'est fait poignarder !

– Quoi ? Mais qu'est-ce que...

– Viens vite, putain ! coupa Ludo. Il va y passer ! T'es
urgentiste, non ? Cet enfoiré lui a troué le ventre !

Lucas laissa échapper sa tasse, qui vint se briser avec
fracas sur le sol. Ludovic criait d'une voix aiguë, si tremblante qu'elle le transperçait.

– Vous êtes où, bon sang !

– Dans une impasse, juste en face du John McByrne !
C'est juste à côté d'ici !

– J'arrive tout de suite ! Et appelle les urgences, si ce
n'est pas déjà fait ! Allonge-le sur le sol, trouve un bout
de tissu, n'importe quoi, et presse-le à l'endroit de la blessure ! Ne le laisse surtout pas perdre conscience, tu m'entends ?

Lucas raccrocha sans attendre de réponse, prit le nécessaire et quitta l'appartement dans la précipitation. Trois-
cents mètres le séparaient du pub préféré de Jipé. Dopé
par l'adrénaline, il dévala les escaliers et se lança dans une
course hallucinée. Il remonta la rue de la Marne comme
un dératé, sans un regard pour les galeries Lafayette qui
s'y étendaient, ni pour les groupes de jeunes imbibés
d'alcool qui gagnaient le centre-ville en chantant. Sa tête
tourna quand il rejoignit la place du Pilori, encore elle, qui
le narguait comme si elle se portait responsable de cette
journée de pur cauchemar.

Plus vite, merde !

Il fonça tête baissée au risque de glisser sur les pavés. Il ne voyait plus que droit devant lui. Si Jipé s'est fait perforer l'abdomen, chaque seconde compte double.

Il pria pour que ses collègues arrivent sur les lieux le plus vite possible. En approchant du dernier croisement avant l'impasse fatidique, il vit le bleu tournoyant des gyrophares de la police balayer la zone. Un homme posté devant un véhicule des forces de l'ordre lui barrait l'accès à l'impasse. Ce dernier écarquilla les yeux et leva la main.

— Stop !

Lucas sentit ses poils se hérisser sous sa veste.

— Mais je suis médecin ! Et c'est mon pote qui est en train de crever là-bas !

Le policier écarta les bras et secoua la tête pour renouveler son interdiction.

— Putain, mais vous êtes qui pour m'empêcher d'y aller ? J'ai reçu un appel !

— De qui ?

— Ludovic, son assistant.

— Ludovic ? Il n'y avait personne quand on est arrivés sur place. Juste ton ami. Écoute, les secours ne vont pas tarder. Et on va se dire « tu », nous deux, OK, Lucas ?

L'urgentiste esquissa un mouvement de recul.

Comment ce mec connaît mon prénom ?

Il le détailla du regard. Le flic devait avoir la trentaine, comme lui. Il remarqua une cicatrice rectiligne sur la droite de son front, vestige d'une coupure profonde.

L'individu, plus grand que lui, le garda à distance raisonnable tout en grattant son bouc naissant, se demandant sans doute comment procéder.

Cette cicatrice...

Il revit dans un flash l'homme croisé dans l'escalier de la résidence de sa mère. Ce souvenir se recoupa avec les paroles de Marylise au sujet du « jeune homme » qui accompagnait le vieux flic au cabinet pour lui annoncer la mort de son associée.

– C'était v... C'était toi à la résidence ce matin ? Tu... tu me suis ou quoi ?

– C'est compliqué. Calme-toi, je vais t'expliquer. Pour commencer, je m'appelle Loïc Mandé. Lieutenant de la police nationale.

Lucas répliqua avec agressivité.

– Arrête de raconter des conneries ! J'ai eu affaire à l'inspecteur Mandé, c'est lui qui m'a annoncé la mort de ma mère !

Le policier l'attrapa par le bras et l'amena à l'écart avec autorité.

– Calmos, ordonna-t-il en dégainant son insigne. Ça te va comme ça ? Suis-moi, on ne va pas rester comme deux idiots à se disputer sur la voie publique.

Le cri strident d'une sirène perça la nuit. Une camionnette arrivait à vive allure.

Les urgences !

Lucas soupira. Même si sa conscience avait des ratés à l'idée d'abandonner son ami de toujours, il devait se

95

rendre à l'évidence : ses collègues étaient mieux équipés que lui.

Loïc le conduisit à l'abri des regards.

– Bon, déjà, ce n'est pas « l'inspecteur » Mandé que tu as vu. C'est le commissaire Mandé. Et ce n'est pas moi... c'est mon père.

Lucas, toujours suspicieux et préoccupé par le sort de Jipé, le sonda du regard.

– Je ne suis pas là pour t'arrêter, continua Loïc.

– Encore heureux ! Je n'ai rien fait de mal, à ce que je sache !

– Non, justement. Pour être honnête, ça fait déjà un moment que je te suis.

– Ça, je l'ai bien compris, rétorqua l'urgentiste. Pourquoi ?

– Parce que j'ai de gros doutes sur le suicide de ta mère. Il y a quelque chose de pas net dans la manière dont cette affaire est traitée, et ça me fout hors de moi. Je dois tirer ça au clair. Le meilleur moyen d'en savoir plus sans éveiller les soupçons de mon paternel était de partager cette info avec toi et de te coller aux basques quelque temps...

– Partager cette info avec moi ? Qu'est-ce que tu veux dire ?

– Ce mot dans ta boîte aux lettres ce matin... c'était moi.

16

Le temps se suspendit. Passée la confusion, Lucas se souvint de ces mots tracés à l'encre rouge qui l'avaient interpellé.

« *Condoléances pour la mort de votre mère... L'enquête est bâclée et douteuse. L'appartement de votre mère a été retourné... Un suicide ? J'en doute. Vous avez le droit d'en douter aussi. Soyez prudent... Ne faites rien d'irrespon-sable... Je vous recontacterai bientôt.* »

Seul un flic ou un juge pouvait savoir si l'enquête était bâclée ou non. Si l'appartement avait été saccagé ou non. Pourquoi n'y avait-il pas pensé plus tôt ?

– Je n'ai rien contre toi, ajouta Loïc. Au contraire. Désolé pour la méthode, mais je n'ai pas trouvé mieux. J'avais même prévu de venir à ta rencontre, ce soir. Mais j'ai dû rappliquer ici quand un de mes hommes m'a appelé au sujet d'une attaque à l'arme blanche.

Lucas haussa les sourcils.

– Tu voulais venir me voir ?

– Je comptais prendre contact avec toi et te demander de ne pas impliquer tes amis, si tu tiens un tant soit peu à eux.

Loïc désigna de l'index la zone bouclée par la police.

— Désolé pour ton collègue. Je n'ai pas été assez prudent... Il va falloir que je me rencarde au sujet de ce Ludovic.

Le lieutenant se racla la gorge.

— Sinon... J'étais dans ce café, sur l'île de Nantes, ce midi... Et j'ai entendu quelques bribes de ta conversation avec l'associée de ta mère.

— Quoi ? Tu m'as suivi jusque-là ?

— Je voulais aussi te demander de quitter la ville dès que possible, Lucas, continua Loïc en ignorant la question de l'urgentiste. Donc ça tombe très bien. J'imagine que tu sais où aller, non ?

— Possible.

— Alors tant mieux. De mon côté, je dois rester à Nantes pour réfléchir à tout ça. Je ne sais pas où tu dois te rendre et tu n'es pas obligé de me le dire. Tout ce que je veux, c'est que tu partes le plus vite possible.

Lucas leva les mains en signe de protestation.

— Attends une seconde... Pourquoi tu fais tout ça ? C'est osé de la part d'un flic, non ?

Loïc esquissa un sourire et hocha la tête.

— Osé ? Oh que oui ! Mais je ne peux pas me rouler les pouces quand je vois une enquête pareille.

L'urgentiste regarda autour de lui pour s'assurer que personne ne les entende.

— Tu... Tu crois que c'est un meurtre ?

— C'est évident, non ? Le pire, c'est l'attitude de mon père. Laisser passer ça ne lui ressemble pas, mais alors pas du tout ! Quel con, franchement !

Lucas tempéra la situation.

– Et s'il n'était pas si con que ça, justement ? S'il n'avait pas le choix ?

Le lieutenant siffla puis fit la moue.

– Pas mal ! Oui, ça fait partie des hypothèses. Mais dis-toi bien une chose : mon paternel n'est plus que l'ombre du flic brillant que j'adulais quand j'étais gosse. Et surtout, il a la mémoire bien courte.

Loïc resta songeur pendant un instant.

– Bref. Lucas, le message de ce matin, c'est ma conscience de flic qui parle. Que tu le croies ou non. Cette lettre te donnait deux options : soit tu ne te posais pas plus de questions que ça, soit tu te mettais à fouiller partout pour savoir ce qu'il avait bien pu se passer. Je me doutais que tu choisirais la deuxième. Et c'est ce que tu as fait. Je vois bien dans tes yeux que tu ne lâcheras pas l'affaire aussi facilement.

– Pas le choix, se défendit l'urgentiste. Je ne veux pas que l'on croie que ma mère était ce genre de femme.

– Je ne vais pas te faire un dessin, mais vu ce qu'il est arrivé à ton pote, j'espère que tu comprends bien dans quel merdier tu te mets ?

Loïc planta ses yeux dans ceux de Lucas.

– Tu veux vraiment te lancer là-dedans ?

– Je te l'ai déjà dit. Pas le choix. Je dois le faire.

– OK ! Alors je vais te filer un coup de main. On va retrouver le type qui a fait ça. C'est l'honneur des Mandé qui est en jeu. Je ne vais pas laisser mon père continuer ses conneries !

Loïc soufflait comme un bœuf. Lucas remarqua les veines saillantes dans le cou et sur le front du lieutenant, prêtes à éclater. C'est un caractériel, un sanguin, mais il n'agit pas sur un coup de tête. Il agit par conviction. Lucas était à la croisée des chemins. C'est presque s'il en oubliait son objectif principal. La maison de campagne.

– Oh, Lucas, tu es avec moi ? Prends ça.

Loïc lui tendit un BlackBerry à l'écran rayé et au clavier défraîchi, usé par le temps et les tribulations de son propriétaire.

– Mon numéro est dedans. Ne l'utilise que pour me contacter, c'est clair ? ajouta le lieutenant pour parer à toute question. On restera en liaison par ce moyen, et ce moyen uniquement. Pour ton job, appelle-les simplement pour leur dire que tu dois t'absenter. Vu les circonstances, ils comprendront.

– Et si on me cherche ?

– Ça n'arrivera pas. Pas dans les premiers temps, du moins. Peut-être plus tard. Mais je m'en occuperai, fais-moi confiance.

Lucas tressaillit.

Confiance ? Il me suit toute la journée, et il attend que Jipé se fasse planter pour se décider à me parler ? Est-ce que je peux vraiment me fier à lui ?

– Garde les yeux ouverts, lui conseilla Loïc. Ne te fais pas remarquer davantage. En forçant l'autopsie de ta mère, tu t'es mis dans un sacré pétrin, crois-moi. Je pensais que ça pouvait attendre demain, mais à mon avis, tu ferais mieux de partir ce soir. Je vais faire le nécessaire.

Les sirènes se remirent à hurler.

Jipé.

Dans un réflexe, Lucas s'éloigna de Loïc.

Les collègues l'emmènent au CHU. Dans quel état ? Pourvu qu'il soit en vie...

Les larmes montèrent et menacèrent de rouler sur ses joues. Il les chassa d'un revers de manche, claqua ses paumes sur ses joues et respira profondément. Il fallait faire sans son pote de toujours. Sans personne. Il n'était plus question de risquer la vie de son entourage pour suivre son instinct.

— Désolé d'insister, mais j'espère que tu sais où aller ? On n'a pas le temps de tergiverser.

— Oui, oui. J'ai quelque chose à vérifier.

— Parfait. Tu me tiendras informé.

Lucas repensa au message de sa mère et un éclair le traversa. Marylise !

— Lieutenant...

— Appelle-moi Loïc.

— Il faut absolument protéger Marylise Blanchet ! Si Jipé s'est fait attaquer, alors...

Les traits de Loïc se crispèrent.

— Je vais voir ça. La priorité, c'est que tu partes d'ici. Suis-moi.

17

Les yeux de Lucas picotaient. Au volant de l'Audi A3 noire du lieutenant Mandé, il tenta de conserver un regard mobile sur les tracés déserts de l'autoroute A83. L'écran LCD du cadran à gauche du compteur lui indiqua l'heure.

22 h 27.

Déjà un bon moment qu'il roulait, en se demandant ce qui avait poussé le lieutenant à aller jusqu'à lui prêter son véhicule pour précipiter son départ. Juste avant de partir, il lui avait même confié une petite enveloppe bourrée de billets. De quoi éviter de se faire remarquer en utilisant sa carte bancaire. Bien sûr, il trouvait tout ça étrange. Qui ne douterait pas face à des attentions aussi soudaines et démesurées ? Loïc avait préparé son coup, ça se voyait. Mais Lucas n'avait pas eu le temps de le considérer, ni même de le contester. La situation parlait d'elle-même : quelqu'un lui en voulait et s'attaquait à ceux qui lui venaient en aide. Il avait une idée de la signification du message de sa mère. Il fallait partir. Point.

Il dépassa le panneau indiquant la sortie 7, proche de Sainte-Hermine.

J'y suis presque.

Lucas se dandina sur son siège devenu inconfortable. Sa nuque s'était raidie, signe que la fatigue le gangrenait. Mais pas question de faire une pause.

Il fallait rallier Aytré au plus vite. Aytré, là où se trouvait la maison de ses souvenirs.

Avant de partir, l'ultime appel passé depuis son iPhone avait été pour les Berthet, couple de septuagénaires qui s'occupait de l'accueil des locataires saisonniers de la maison familiale des Morvan. Fidèles à eux-mêmes dès qu'il s'agissait du « petit Lucas », ils jouaient les prolongations pour qu'il récupère les clés à son arrivée, en dépit de sa requête de dernière minute. Le bien était rarement loué hors-saison, et par chance cela se vérifiait aujourd'hui.

Lucas baissa un peu la vitre côté passager et l'air frais s'engouffra dans l'habitacle. Rien de tel pour se donner un coup de fouet et chasser la somnolence qui se propageait en lui minute après minute. Il profita de ce regain temporaire d'attention pour retracer sa journée, depuis son départ du CHU au petit matin jusqu'à cet instant précis où il pilotait ce bolide qui ne lui appartenait pas. Tout n'avait été qu'une succession de surprises et d'horreurs dont il ne pourrait se dépêtrer. Il se répéta à l'envi que plus rien ne serait jamais pareil, alimentant la boule d'angoisse qui grossissait dans son ventre. Il n'avait plus qu'un seul mot d'ordre : foncer. Lever le voile sur le meurtre de sa mère avant de se faire reprendre par celui ou ceux qui s'y opposaient. L'inconnue au visage d'ange de la rue Saint-Vincent complotait-elle contre lui ? Et ce Ludovic qui l'avait appelé en catastrophe, mais qui était porté disparu depuis ? Les deux se connaissaient-ils ?

L'Audi se déportait au milieu de l'autoroute quand le BlackBerry sonna, tirant Lucas de la léthargie qui se réinstallait. Il saisit le portable de sa main libre et le déverrouilla selon les instructions du lieutenant.

La messagerie comptait une unique entrée qu'il consulta par à-coups, en gardant un œil sur la route. Les mots directs de Loïc Mandé le frappèrent au travers de l'écran fissuré.

« Désolé, Lucas. Marylise Blanchet ne s'en est pas tirée. Pas eu les c... de te le dire en face. Appelle-moi dès que tu es arrivé. »

Lucas envoya voltiger l'appareil sur le siège passager dans un accès de rage. Ses doigts s'enroulèrent autour du volant et il le comprima de toutes ses forces, avant de lâcher un cri bestial mêlant rage et désespoir.

Marylise n'était plus. Il serra les dents. Oui, il ne portait pas l'avocate dans son cœur, mais sans elle, il ne serait pas là ce soir, en route pour la Charente. Pour une simple conversation de café, elle avait perdu la vie ! Même si le texto du lieutenant ne précisait rien sur les circonstances du décès, il se doutait bien de son caractère non accidentel. Quelle impuissance !

Putain, mais qui sont ces mecs ? C'est du délire !

Combien étaient-ils ? Que lui voulaient-ils ? Son inquiétude grandit quand il pensa à Jipé. Dans quel état ses collègues l'avaient-ils ramené au CHU ?

Lucas songea à l'appeler sur son mobile pour lui laisser un message vocal, mais il raya cette option presque aussitôt. Son iPhone brisé gisait quelque part dans les égouts de Nantes et avec lui, ses contacts, collègues et amis. Sa vie d'avant. Le désespoir l'accompagna jusque sur une vieille départementale non éclairée, coupant à travers champs.

Il ralentit avant de s'engager sur un petit chemin de terre au bout duquel il aperçut, malgré l'obscurité, la maison de son enfance.

4, chemin du Pontreau.

Il descendit et l'air de la campagne rochelaise s'infiltra dans ses poumons. Ses yeux s'accommodèrent peu à peu au manque de lumière. Le calme du lieu contrastait tant avec l'agitation malsaine rencontrée en ville. Il dégourdit ses jambes ankylosées puis s'étira. Son estomac grommela pour se rappeler à son bon souvenir. Lucas remonta le chemin de terre à pied et regagna la départementale en prenant soin de rester hors du bitume, même s'il ne voyait pas l'ombre d'un véhicule à des dizaines de mètres à la ronde. Il bifurqua à la première occasion pour se retrouver face à la maison des Berthet, très similaire à la sienne avec sa façade crème et ses volets verts. La lumière d'une lampe halogène s'échappait depuis la fenêtre sur sa droite.

L'urgentiste approcha du perron et toqua à la porte. Il sursauta lorsque celle-ci s'ouvrit dans la seconde, dévoilant une femme boulotte dans un ample pyjama en satin bleu, cheveux blancs en bataille, un grand sourire accroché aux lèvres malgré l'heure tardive.

— Lucas ! Mon petit !

Une voix aussi douce que dans ses souvenirs.

– Bonsoir, Louise, articula-t-il timidement en l'embrassant.

– René ! René ! Viens donc par ici, veux-tu ? Le petit Lucas est arrivé !

René Berthet quitta le salon et la chaleur du confortable canapé en cuir dans lequel il campait. En pyjama lui aussi, il leva les bras en direction du jeune homme et combla non sans mal les quelques mètres jusqu'à l'entrée pour venir l'accueillir.

– Doc ! s'exclama-t-il d'une voix rocailleuse. Il lui donna une accolade pleine d'affection. Entre, entre, mon garçon !

Lucas s'exécuta.

– Qu'est-ce qui t'amène ici tout à coup, mon petit ? s'enquit Louise. Est-ce que tout va bien ? Tu veux un café, un thé ? Tu as mangé ?

L'hospitalité légendaire des Berthet ne souffrait pas des caprices du temps. Lucas accepta et Louise revint avec de quoi satisfaire son appétit et étancher sa soif. Il ne s'attarda pas plus que ça sur les raisons de sa venue, préférant taire les événements tragiques de ces derniers jours, épargnant au couple la cruelle vérité de la mort de sa mère.

Pendant un court, mais précieux moment, il replongea dans son adolescence et son cœur se serra lorsqu'il évoqua avec ses hôtes ses souvenirs des longues soirées d'été, des dizaines d'années plus tôt.

18

Lucas prit congé des Berthet un peu avant minuit. Louise l'accompagna sur le perron et lui remit les clés de la maison.

– J'ai vidé la boîte aux lettres et je t'ai tout déposé sur la grande table de la salle à manger, l'informa-t-elle. Tu en as pour des lustres à regarder tout ça ! Je n'ai pas osé m'en débarrasser, mais tu feras ce que bon te semble, mon petit.

Elle posa une main affectueuse sur son bras droit.

– Ah ! Et je t'ai laissé deux ou trois choses dans le frigo, au cas où. De quoi tenir jusqu'à demain !

L'urgentiste la remercia et se surprit à sourire sur le chemin du retour. Louise percevait toujours en lui le petit garçon frêle et introverti qui autrefois séjournait chaque été dans la région. La gentillesse du couple agissait comme un baume temporaire aux maux de son cœur devenu adulte.

Lucas retourna dans l'allée du numéro 4 et la magie cessa d'opérer lorsqu'il se trouva à la hauteur de l'Audi du lieutenant Mandé, sombre marqueur de son retour aux choses sérieuses. Il inséra la clé dans la serrure en cuivre et investit la demeure, le cœur lourd.

Entrer ici ne faisait que mettre l'accent sur la disparition de sa mère. La première chose qu'il aperçut fut l'amoncellement hétéroclite de lettres et prospectus en tout genre sur la grande table en bois de teck qui trônait au centre de la salle de séjour.

Il tira une chaise et se laissa tomber sur l'assise en paille rongée par le temps, puis tira le BlackBerry de la poche interne de son manteau.

Avant même qu'il ne puisse se mettre en quête du menu « contacts », l'appareil sonna.

– Tu ne devais pas m'appeler en arrivant ?

Lucas s'imagina le visage balafré du lieutenant virer au rouge.

– Désolé, ça a duré plus longtemps que prévu pour récupérer les clés. Je ne pouvais pas refuser ça à mes voisins ! Et je ne voulais pas les alerter.

– Compris. Mais à partir de maintenant, si possible, évite toute interaction inutile.

– Si tu le dis.

– Bien. Passons aux choses sérieuses. Si j'ai bien compris, tu es dans une baraque. Tu n'as pas eu le temps de trouver quoi que ce soit, je présume ?

– Non, je viens tout juste de me poser, là. Je vais m'y mettre.

– Parfait. Écoute...

– Qu'est-ce qui est arrivé à Marylise ? coupa l'urgentiste.

Loïc Mandé se racla la gorge et déglutit avant de soupirer, trahissant sa gêne grandissante. Lucas entendit également des klaxons, synonymes d'agitation autour du lieutenant.

— On a reçu un appel en fin d'après-midi, précisa Loïc en élevant la voix. Elle a soi-disant chuté dans les escaliers.

— Comme c'est commode ! Quelle est la cause de la mort ? Sois franc, je n'ai pas besoin que tu me maternes.

— Fracture du crâne. Ça sent le coup foireux à plein nez, mais je ne t'apprends rien !

Lucas imagina la pauvre avocate sans vie et s'en voulut terriblement. Un éclair d'inquiétude le traversa.

— Et pour mon pote, Jipé ? Des nouvelles ?

— Aucune pour l'instant, mais je te fais un topo dès que j'en sais plus. Mais s'il était mort, je l'aurais déjà appris.

Lucas ferma les yeux et expira tout l'air emmagasiné. Il restait de l'espoir pour Jipé.

— D'ici là, fais profil bas, ajouta Loïc. Je ferai pareil ici. Préviens-moi si tu trouves quelque chose.

— Tu ne me connais pas, mais tu veux risquer ta carrière – voire ta vie – à cause de mes histoires ?

— C'est ça. La vérité, c'est que je ne reconnais plus mon père depuis la mort de Gaëlle Morvan. J'ai l'impression qu'il repart dans ses magouilles à la con. Il est hors de question de le laisser remettre le couvert. C'est compliqué, mais je t'expliquerai.

— De toute manière, tu es le seul qui puisse m'aider à l'heure actuelle, donc je n'ai pas le choix.

Le lieutenant ne releva pas.

– Allez, tu dois t'y mettre. Avec la mort de Marylise Blanchet, on ne sait pas à quoi s'attendre. On ferait mieux de se dépêcher.

Loïc coupa la communication sans crier gare, laissant Lucas songeur.

Le froid enveloppa le médecin de son souffle déplaisant. Lucas alluma le chauffage et dégota sur le canapé une couverture dont il se drapa. Il déambula de pièce en pièce, ravivant des souvenirs enfouis dans sa mémoire. Rien n'avait changé ou presque. Bien sûr, les murs défraîchis et le mobilier usé par les années mériteraient qu'on s'attarde sur leur sort. Mais à quoi bon maintenant ? Ils ne venaient plus ici depuis qu'il avait réussi avec brio sa première année de médecine. Une autre époque. Une autre vie.

Profitant de la situation avantageuse de la maison, à quelques kilomètres du littoral, sa mère l'avait mise à disposition sur les plateformes de locations communautaires. Toutes les rentes perçues s'ajoutaient au petit pactole réservé à ses vieux jours. Lucas se souvint des moments où elle lui courait après pour qu'il s'occupe des annonces et de la logistique. Il avait fallu mettre de côté tous les biens personnels pour rendre la demeure aussi standard que possible avant de pouvoir la louer.

Lucas chercha un point invisible dans le vide devant lui. Lui transmettre un message dans cette bicoque s'avérait difficile sans se dévoiler à la vue des voyageurs qui y transitaient. Les mains en croix devant sa poitrine, enveloppant

la couverture autour de son corps frissonnant, il s'interrogea.

Réfléchis... Tu aurais fait quoi à sa place, toi ?

La réponse se présenta à lui, limpide. Il tourna la tête
pour s'étonner à nouveau de la quantité impressionnante
de courrier qui envahissait la table à côté de lui.

Les paupières mi-closes, un mal de crâne naissant causé
par la fatigue accumulée, il se laissa choir devant la montagne de papier.

SAMEDI
11 OCTOBRE 2014

19

Lucas se massa les paupières du pouce et du majeur de la main droite. Le repas chez les Berthet s'assimilait à un festin par rapport à ce qu'il avait ingurgité ces derniers jours. Il sentit son corps s'engourdir et se réchauffer peu à peu. Sa respiration ralentit.

Pas le temps de roupiller, mon vieux.

Lucas abandonna la couverture sur l'une des chaises sur sa droite. La pile de courrier lui arracha un soupir de dépit. Des mois et des mois de lettres s'entassaient devant lui. De quoi décourager n'importe quelle bonne volonté. Il se leva. Autant le faire dans de bonnes conditions. Avec le tic-tac de l'horloge murale beige collée au mur opposé et le compresseur du frigo pour seuls bruits d'ambiance, il fouilla le placard derrière lui. La maison, impersonnelle sur le fond, n'avait pas rendu toutes ses armes côté fonctionnel. Certaines pratiques perduraient, traversant les années et même les locations successives. Il trouva un petit stock de café soluble au fond du placard, là où il piochait toujours étant ado. La date de péremption n'était pas encore passée.

Une aubaine.

Lucas fit chauffer un peu d'eau dans la bouilloire usagée, esseulée sur le plan de travail carrelé d'un autre âge. Il rassembla et écarta la masse de courrier pour se forger un espace de tri, avant de s'installer, tasse en porcelaine fumante à la main. La densité et le goût ferreux du breuvage lui arrachèrent une grimace.

Il toussa et recentra son attention sur la table. Rien de tel qu'un peu de caféine pour relancer la machine. Même si sa provenance demeurait un mystère. Même s'il trouvait ça dégueulasse. Première étape : attraper toutes les publicités inutiles, destinées à nourrir la poubelle en métal chromé qui dormait à côté de lui. Il s'attela à la tâche pour ne conserver qu'une cinquantaine de lettres blanches. Toujours considérable. Depuis combien de temps sa mère n'était plus venue ici pour en accumuler autant ? Il ne trouva pas de réponse dans ses souvenirs immédiats. En tout cas, si elle s'était déplacée, il l'aurait appris d'une manière où d'une autre. Dubitatif, il trempa ses lèvres dans la tasse brûlante. De sa main libre, il aligna grossièrement les enveloppes devant lui. Le BlackBerry choisit cet instant pour se manifester à nouveau.

– Lucas ?

Loïc chuchotait. Quelle mouche l'avait encore piqué ?

– Tu tombes bien, je suis sur une piste. Donne-moi un peu de temps.

Pour toute réponse, Lucas entendit des bruits de pas. Une porte qui claque. Puis plus rien pendant plusieurs secondes, avant que le lieutenant ne refasse surface.

— Lucas ! Pas le temps de t'expliquer, mais il faut que tu te casses ! Tout de suite !

— Quoi ?

— Tu es à Aytré, c'est ça ? Barre-toi de là en quatrième vitesse ! Tu n'es pas en sécurité là-bas non plus. Tu as... Tu n'as plus le temps en fait ! Merde !

L'adrénaline prit la place de la caféine et Lucas se redressa d'un bond. La tasse manqua de rendre son contenu quand il la reposa d'un geste sec sur la table. La voix sèche du lieutenant ne laissait pas de place au doute. Comment savait-il où il était ? Lucas balaya d'un œil affolé l'alignement de lettres à la recherche d'un indice.

— Putain ! Quand est-ce que je sortirai de ce cauchemar ? Je vais me réveiller !

— Tu m'as entendu ? répéta Loïc. Ils savent où tu es ! Ils seront là d'une minute à l'autre !

— Mais qui ça, « ils », bon sang !

— Aucune idée ! Ils ont dû faire parler Marylise avant de se débarrasser d'elle... Et si mes yeux ne m'ont pas trompé ce soir, la police est dans la boucle, plus de doute permis ! Dégage de là, et vite !

Lucas se sentit mal. L'impression de se faire promener par Loïc le saisit aux tripes. Son crâne lui faisait atrocement mal. La pile de courrier ne ressemblait plus qu'à un amas blanc difforme et vide de sens. Le tic-tac de l'horloge l'irrita. Il l'aurait bien fait taire, mais ce n'était pas le moment.

– J'ai compris ! s'insurgea-t-il. Je vais bouger de là ! Laisse-moi une seconde, nom de Dieu !

Il coupa la communication sans prévenir. Et tant pis si Loïc pétait un câble dans son coin.

Bouche ouverte, souffle court, sa conscience le força à déchiffrer chaque ligne de chaque missive, pour ne rien laisser passer. Son attention fut détournée par le bruit de pneus labourant la terre du chemin menant à la bâtisse isolée. Pendant une fraction de seconde, il perçut la puissante lumière blanche de phares transperçant l'obscurité, avant que le noir absolu ne reprenne ses droits.

Plus de temps à perdre. Poussé par l'angoisse, Lucas attrapa son manteau avant de se pencher une ultime fois par-dessus la table. Il oublia de respirer l'espace d'une seconde.

Lucas Morvan
4, chemin du Pontreau – 17440 Aytré

Une petite enveloppe, en bout de ligne, portait son nom. D'un coup d'œil, il reconnut les tracés amples et appuyés, les boucles bien formées et surtout ce « L » majuscule si caractéristique de l'écriture de sa mère. Dehors, une portière claqua. Lucas paniqua. Il le savait : la lumière de la pièce trahissait sa présence. Se cacher et attendre que l'orage passe n'était pas une option.

Improvise.

Poussé par la peur, il se précipita sur la porte au fond du salon, qu'il laissa béante, et s'infiltra dans la grande buanderie. Au bout, une autre ouverture donnait sur le vaste jardin derrière la demeure.

Il prit soin de refermer cette dernière et longea les murs de la propriété, la contournant pour essayer de revenir sur le chemin de terre. Il se colla au mur et retint sa respiration, pour focaliser ses sens sur les bruits provenant de l'intérieur. Aucun son ne lui parvint. À croire qu'il était pourchassé par un fantôme. La propriété tout entière baignait dans le silence nocturne. Seul le léger vent d'automne accompagnait Lucas de son souffle glaçant. Il rasa le mur jusqu'à la porte-fenêtre et se risqua à jeter une œillade. La silhouette noire et corpulente d'un homme entra dans son champ de vision. Il se dirigeait vers la buanderie, une arme de poing ancrée dans la main gauche. Lucas attendit quelques secondes pour s'assurer que l'inconnu pénètre dans la pièce suivante et continua de glisser le long de la façade aux tons lugubres. Arrivé à l'angle, il aperçut l'Audi, barrée par une berline noire.

20

Lucas inspira et s'élança à corps perdu vers la berline, sans se soucier du bruit qu'il provoquait. Il atteignit sa cible en quelques enjambées et son regard croisa le véhicule haut de gamme en porte-à-faux sur le terre-plein. Une Lexus. Le déverrouillage de l'Audi émit une lumière clignotante qui lui arracha un frisson. Pas d'autre choix que de trahir sa présence à ce stade. Il s'engouffra sur le siège conducteur et se précipita pour allumer le contact. Le moteur ronfla lorsqu'il vit dans son rétroviseur l'individu en noir surgir sur le perron. Lucas démarra en trombe, heurtant l'arrière de la berline qui lui obstruait une partie du passage. Le phare gauche de l'Audi vola en éclats et l'aile du même côté frotta celle de la Lexus. La tôle se froissa jusqu'à la porte conducteur, mais le médecin parvint à s'extraire de l'allée et remonta le chemin de terre, pied au plancher, la peur au ventre. L'A3 jaillit hors de la propriété et son moteur rugit sur la départementale inerte. Il sut qu'il était loin d'être tiré d'affaire lorsqu'un halo de lumière blanche se forma derrière lui, avant de gagner en intensité et en espace. Lucas se mordit la lèvre inférieure et regarda droit devant lui. Sous le coup de la panique, il venait de déboucher à gauche et fonçait à travers champs dans la direction opposée à La Rochelle. Plongée dans le noir, la route des plages, longue, étroite et sinueuse, n'offrait que peu d'occasions de semer son poursuivant. Lucas n'avait qu'un seul choix : la remonter aussi vite que possible et espérer un miracle. Car ça ne faisait plus de doute : on attentait à sa vie. Sous la précipitation, son pied droit écrasa la pédale d'accélérateur alors que le moteur était en sous-régime.

Le véhicule finit par regagner du mordant et monta dans les tours. À cette allure sur une voie aussi étroite, la moindre erreur de jugement serait fatale. Avoir un phare en moins compliquait sa tâche.

Le champ lumineux s'élargit dans l'habitacle de l'Audi jusqu'à l'éblouir. Il plissa les yeux, mais ne détourna pas le regard. L'inconnu gagnait du terrain à une vitesse vertigineuse. L'urgentiste finit par entendre le vrombissement du puissant moteur de la Lexus à une dizaine de mètres derrière lui. Lucas resta à fond de quatrième pour tirer parti de la réactivité de son bolide. Les courbes légères s'enchaînèrent.

Lucas passa la cinquième en pleine ligne droite. Mais la mécanique du V6 derrière lui hurlait de plus en plus fort. Le pare-chocs de l'Audi craqua sous un premier coup de butoir. La secousse projeta Lucas au plus près de son volant et lui fit lâcher l'accélérateur. Il faillit perdre le contrôle, mais ses mains restèrent solidement agrippées de part et d'autre du volant. L'Audi gagna un peu de terrain à la faveur du choc, qui cassa la dynamique de son poursuivant un court instant. Lucas embraya. Retour en quatrième et redémarrage de plus belle. Soudain, un claquement sourd déchira la nuit et la lunette arrière de son bolide se craquela. Au même moment, la vitre arrière droite explosa. Un frisson remonta le long de la colonne vertébrale de l'urgentiste. L'Audi perdit de la vitesse.

Il a tiré, l'enfoiré !

Sur cette portion de route rectiligne, Lucas ne pouvait changer de trajectoire sans risquer une sortie de route fatale. La vitre avant droite se brisa sous l'impact d'une deuxième balle au moment où il repéra une petite bretelle au loin.

À la dernière seconde, alors qu'il craignait un troisième tir, il braqua à quarante-cinq degrés sur la gauche et s'y déporta, avant de contre-braquer dans un geste désespéré pour ne pas finir dans les champs avoisinants. L'Audi dérapa et son côté droit désobéit à la gravité, décollant de quelques centimètres avant de s'écraser au sol dans un nuage de poussière. Lucas venait de réussir à se soustraire à la pression ardente de la Lexus.

Les deux véhicules roulaient désormais côte à côte, sur deux tracés parallèles séparés par un fossé d'environ un mètre de large. Les pneus de l'Audi cahotaient sur les graviers et Lucas perdit le contact avec l'accélérateur pendant de précieuses secondes. Impossible de faire demi-tour, il se ferait rattraper en un rien de temps. C'est en scrutant l'horizon que Lucas comprit qu'il était fini. Le petit sentier sur lequel il s'était engagé disparaissait, rejoignant le bitume de la route principale, juste avant un virage sec sur la gauche. Son agresseur allait le cueillir à la sortie. Soudain, deux rais de lumière percèrent la nuit, pile en face de la Lexus. Lucas pila de toutes ses forces pour rester de son côté. Il faillit perdre le contrôle de son bolide, dont les pneus crissèrent avec fracas sur les graviers. Son dos s'affaissa sous l'effet de la gravité et il perdit de vue la scène pour de courtes secondes. L'Audi s'immobilisa dans un nuage de poussière sur le tracé secondaire.

Le klaxon d'une camionnette déchira la nuit sans discontinuer. Jusqu'à ce qu'un crissement de pneus se fasse entendre et que sa calandre fasse connaissance avec la Lexus, lancée comme une balle. Lucas assista impuissant à la collision. Les tôles s'entrechoquèrent dans un vacarme assourdissant.

L'urgentiste se recroquevilla sur son siège avant de scruter la scène, les yeux ronds comme des billes. Le capot de la camionnette faisait corps avec son pare-brise défoncé. Le côté droit de l'utilitaire se résumait à un amas de ferraille diffus qui se déversait sur la chaussée. La Lexus reposait de trois-quarts, le flanc droit embouti, les vitres brisées. Un mince filet de fumée s'échappait du capot noir à la tôle pliée. Lucas ne distingua aucun mouvement au sein des habitacles. C'est à cet instant qu'il réalisa : à cet endroit, la route des plages était à sens unique. Il venait de remonter plus de quatre kilomètres à contresens. Des sueurs froides l'envahirent. Ses réflexes et son sens du devoir de médecin lui dictèrent de venir en aide à l'occupant de la camionnette. Mais il ne pouvait pas prendre le risque de s'approcher de la Lexus. Dans le doute et rongé par la culpabilité, il fit demi-tour et roula à tombeau ouvert jusqu'à repasser devant sa maison. Sans s'arrêter. Lucas continua comme si la mort était à ses trousses jusqu'aux portes de la ville, près d'une petite étendue d'eau d'où il pouvait distinguer la gare. Là, il décida de récupérer la missive sur le sol côté passager et d'abandonner l'Audi en trop mauvais état. Il se débarrassa des clés et s'enfonça dans la nuit glacée, seul et désemparé. La Rochelle, assoupie, se tenait devant lui.

21

Le verre de whisky roula entre le pouce et le majeur de la main droite du lieutenant Loïc Mandé. Il le contempla, la tête penchée, les sourcils froncés. Le regard vide. Il but une rasade et le liquide de feu alluma le fond de sa gorge avant de rouler le long de son œsophage. Quelle agréable sensation ! Le poignet de sa main libre pivota et ses yeux se portèrent sur sa montre.

3 h 37 du matin.

Cette nuit encore, Morphée se refusait à lui. Comme très souvent lorsque l'anxiété le gagnait. Après un troisième verre, peut-être ?

Loïc repensa à Lucas. Malgré ses tentatives, l'urgentiste n'avait pas donné signe de vie après lui avoir raccroché au nez. Ça l'emmerdait à un point tel qu'il n'avait même pas relevé cet affront. Il ferma les yeux et sa cage thoracique se souleva, avant d'expulser avec force l'air accumulé hors de ses narines. Son esprit tenta de s'évader, mais ses paupières se rouvrirent comme un rideau sur la triste réalité. Et celle-ci n'avait rien d'une pièce de théâtre. Il se traînait là, en pleine nuit, encore et toujours au poste, avec quelques agents mobilisés depuis le début du fameux « dossier » Lucas Morvan. Rien ne l'attendait chez lui. Ni femme ni enfant. Pas qu'il n'en veuille pas, bien au contraire. Mais le boulot avait phagocyté les restes de sa vie sociale le jour où il avait investi le commissariat central de Nantes, sous les ordres du paternel, l'illustre Christophe Mandé. Le superflic. Le type qu'il admirait depuis qu'il était gamin et à qui il voulait succéder un jour.

Avec tout le zèle nécessaire et les œillères bien fixées pour ne pas se disperser. Ils étaient restés concentrés sur la tâche qui leur incombait, comme des robots. Empreintes étrangères : zéro. Enquête de proximité : zéro. Implication du procureur, malgré les circonstances douteuses du décès : zéro. Et pire encore, tout le sale boulot s'associait à son nom, notamment le saccage incompréhensible de l'appartement de la disparue, rue Saint-Vincent. Il avait bien tenté de se rebeller et faire valoir son point de vue. Sans succès. Son paternel, lui, se montrait une fois le plus gros du travail accompli, pour faire le point sur la situation et en récolter les lauriers auprès des personnes impliquées.

Ah ça, se confondre en condoléances, clore les dossiers, il sait faire, cet idiot.

Loïc l'avait suivi, comme un pantin, comme un bleu qui ne connaissait rien au métier. Ils avaient envahi le cabinet Blanchet & Morvan comme deux malotrus, sans âme, sans cœur, sans une once d'humanité. À cause de son père, pas du genre à prendre de gants, il avait dû venir en aide à la secrétaire, retournée par la nouvelle de la disparition d'une de ses patronnes. Facile de deviner laquelle des deux elle aimait le plus. Ça sautait aux yeux.

Loïc vida son verre d'un geste sec avant de se pencher pour piocher à nouveau dans le tiroir de son bureau, là où il planquait toujours son anti-stress favori. Rien de tel qu'un peu de whisky pour l'aider à apaiser ses frustrations nocturnes. Il déboucha la bouteille de Yamazaki et le liquide couleur or jaillit pour garnir son verre. Le lieutenant se redressa et se traîna jusque sur le petit canapé calé à l'angle de la pièce, à l'opposé de l'entrée. Le voilà peut-être, le seul avantage d'être le fils du patron.

Loïc jouissait d'une réputation presque égale à celle de son père, et des honneurs qui allaient avec. Ce vaste bureau au troisième étage de l'hôtel de police avec vue sur l'Erdre en était la preuve. Il déplia ses jambes et trempa les lèvres dans son verre. Presque trois heures sans nouvelles de Lucas. Le lieutenant évalua les scénarios possibles, allant de la fuite à l'assassinat pur et simple, en passant par le kidnapping et la torture. Et au milieu de ce champ de possibilités, un rouage essentiel. Une donnée qui déciderait du sort de Lucas : ce que ce dernier avait bien pu trouver – ou non – dans cette baraque dans la Charente.

Loïc se leva et scruta Nantes, endormie, au travers de la fenêtre. Les effluves boisés du whisky commençaient à faire effet quand quelqu'un toqua à la porte. La poignée s'abaissa, et le nez fin, les cheveux lissés et les joues ébène de Stéphanie s'immiscèrent dans l'embrasure. La jeune gardienne de la paix le sonda de ses yeux bruns marqués par la fatigue.

Loïc ne dissimula pas son verre de liqueur.

– Oui ?

– Lieutenant, je sais qu'il est tard, mais votre p..., euh, le commissaire, est là.

22

Quelle mouche avait piqué son père pour qu'il se pointe au commissariat à cette heure de la nuit ?

— Merci de m'avoir prévenu, Stéphanie. Dites-lui que s'il veut me parler, il sait où me trouver.

La policière acquiesça avant de s'effacer, abandonnant Loïc à ses démons.

Qu'est-ce qu'il me veut, le vieux ?

Question idiote, tant il voyait clair dans son jeu. Sa réponse tenait en deux mots. Lucas Morvan.

Le lieutenant posa son verre sur la table face au canapé et fit les cent pas. Puis il s'arrêta, joignit les mains derrière son dos et ses vertèbres émirent un craquement sinistre. Ses yeux s'embuèrent lorsqu'il lâcha un bâillement long et appuyé. Tout son corps le démangeait. Il n'avait plus aucune envie de rester là maintenant que son paternel avait franchi les portes du commissariat. Mais il se devait de l'affronter.

— Ça travaille dur à ce que je vois.

La voix grinçante de Christophe Mandé lui arracha un soupir de dépit. Entrer sans même frapper. Une des nombreuses habitudes de son père qu'il avait remarquées depuis qu'il l'avait descendu de son piédestal.

Insensible dans son costume sans pli, son père le toisa d'un air hautain et supérieur. Conforme à son standing et à sa personnalité de façade. Le commissaire tira comme un forcené sur sa vapoteuse, avant de pointer de ses doigts frêles la bouteille de Yamazaki à peine entamée sur la table basse.

– On se fait plaisir en pleine nuit ?

Sans un mot, Loïc servit un verre supplémentaire et le lui tendit. Puis il lui tourna le dos, préférant les lumières urbaines au-delà de la fenêtre à son regard perçant, son visage distendu et sa calvitie déjà bien installée.

– Qu'est-ce qui t'amène ici à cette heure ?

Les pas de Christophe Mandé claquèrent sur le sol. Loïc le sentit juste derrière lui. Le silence pesant lui permettait même d'entendre le souffle de sa respiration.

– Tu en as de bonnes, Loïc. D'après toi, qu'est-ce que je viendrais foutre au central à cette heure-ci, au lieu de pioncer tranquillement ? Lucas Morvan. Où est-il ?

Loïc se retourna et planta ses yeux rougis par la fatigue dans ceux vitreux de son paternel.

– Pourquoi tu me poses la question, alors que tu sais pertinemment qu'il s'est volatilisé ? cracha le lieutenant. Tu as donné l'ordre à mes hommes de fouiller l'ordinateur de Gaëlle Morvan, non ? Tu croyais que je ne m'en apercevrais pas ? Tu peux m'expliquer ce que tu fous ?

– Tâche de le retrouver, au lieu de siroter comme un con ! ordonna Christophe en passant sous silence la remarque de son fils.

– Et ensuite ? Je fais quoi, hein ? Je te le signale, pour qu'il se refasse pourchasser par je-ne-sais-qui ? C'est ça ? Franchement, pour qui tu me prends ? Tu crois que je suis aveugle ?

Le vieil homme afficha une mine déconfite, avant de prendre une rasade de whisky.

– Ne discute pas les ordres, Loïc !

C'en était trop pour le lieutenant, qui monta dans les tours.

– C'est tout ce que tu sais dire ? Qu'est-ce qu'il y a de si important avec les Morvan pour que tu te couches comme une merde ? Ne me dis pas que tu ne sais rien, je ne te croirai pas !

– Je ne sais pas tout, mais ce sont les ordres. C'est comme ça ! C'est la centième fois que je te le dis. Apprends à rester à ta place !

Loïc serra les dents pour ne pas exploser face à l'air condescendant de son paternel, dont l'arrogance transpirait par tous les pores.

– Ça suffit, tu m'entends ! Pourquoi Marylise Blanchet a été tuée ? Ne me dis pas qu'elle est tombée toute seule dans les escaliers, putain ! Pourquoi Jean-Philippe Duval s'est fait agresser le même jour ? Tu m'expliques ça comment ? hurla le lieutenant.

– Aucune idée, se défendit Christophe sur un ton qui se voulait plus calme.

– Tu ne trouves pas ça louche ? Tu suis les ordres, maintenant ? Tu te laisses faire ? À moins que tu ne fasses partie de toute cette mascarade ? Ne me dis pas que tu es une larve à ce point ?

Ulcéré, Loïc fit un pas en direction de son père.

– Tu as oublié tout ce que Gaëlle Morvan a fait pour toi ?

Christophe Mandé encaissa avec l'expérience d'un boxeur vétéran. Seules les nervures striant son front et qui s'étendaient sur ses tempes trahissaient sa tension. Il resta de marbre face à l'ouragan Loïc, pour qui la privation d'information formait la goutte de trop. La goutte qui allait tomber dans le vase rempli à ras bords de sa colère. Le commissaire vit le reflet de lui-même en son fils. Jeune. Impétueux. Doué. Porté par ses convictions. Mais c'est tout ce qu'il pouvait faire : rester calme face à la tempête. Il tira à nouveau sur sa cigarette électronique. Un jour, Loïc comprendrait. Le silence se fit avant qu'il ne s'en rende compte. Face à lui, son fils semblait avoir recouvré une partie de son calme. Christophe vida son verre d'un trait.

– Tu dois partir, fiston. Saute dans une banalisée et retrouve Lucas, par tous les moyens. C'est tout ce que je peux te dire.

Loïc cilla.

– Je vais y aller, pour une raison toute simple. C'est parce que je vais l'aider, moi ! Que ça te plaise ou non. Mais avant ça, j'ai besoin d'une info.

– Laquelle ?

– Est-ce que Jean-Philippe Duval est toujours en vie ?

23

Transi de froid, Lucas peinait à chacun de ses pas dans la nuit noire. Il traversa un rond-point balayé par les vents. Des arbustes sans couleur et sans âme, semblables à des ombres, meublaient le terre-plein central. L'éclairage disparate donnait à l'ensemble une sensation d'insécurité maximale. Lucas avançait sans trop savoir où aller, le précieux rectangle de papier laissé par sa mère à l'abri dans son caban refermé, la nuit claire d'octobre pour seul réconfort. Il tira le col de son manteau pour y fourrer son menton, mais le froid ambiant se joua de cette vaine barrière corporelle pour lui arracher toujours plus de frissons, nourrissant sa fatigue. Ses mollets raidis, aussi durs que de la pierre, semblaient peser une tonne. Son dos était voûté comme s'il portait sur lui toute la misère du monde.

Lucas scruta les environs avec fébrilité, à la recherche d'une lumière bienveillante qui, avec un peu de chance, lui indiquerait la route pour débusquer son graal. Un Abribus, une ruelle coincée entre deux hauts bâtiments, un recoin... tout lui convenait tant qu'il pourrait se protéger du froid pour les quelques heures à venir. Sa main droite se posa sur son caban, à l'endroit où dormait la lettre. La situation ne se prêtait pas à la lecture, mais cette perspective lui donna un coup de fouet. Son esprit se remobilisa.

La gare ferroviaire se trouvait à quelques encablures de là. Il avait pu la discerner depuis l'endroit où reposait l'Audi. Son visage se ferma en se revoyant en train de jeter les clés. Il s'en voulut de ne pas avoir gardé le bolide un peu plus longtemps.

Mais sa conscience répliqua sans attendre : le choix se justifiait. Mieux valait laisser le maximum de distance entre lui et cette voiture de malheur, cet engin qui avait failli devenir son tombeau. Et puis, rouler dans le centre-ville avec le véhicule défoncé attirerait plus l'œil qu'autre chose.

Les images du crash s'imposèrent à lui et des spasmes s'emparèrent de son corps. Son cerveau s'emballa et remonta le temps. Les pires vingt-quatre heures de sa vie. Ou presque. Venaient en premier les heures suivant la mort de sa mère. Ses deux expériences les plus traumatiques, l'une après l'autre, la même semaine. Un cauchemar. Et au milieu de celui-ci demeuraient Nantes, Jipé, Marylise. Sans compter ce lieutenant qui lui voulait soi-disant du bien et toute la suspicion qui l'accompagnait. Loïc Mandé. Qui était vraiment cet homme ? Le temps écoulé entre son arrivée à Aytré et sa fuite rocambolesque était si infime que le doute trouva à nouveau ses aises dans la panoplie de ses sentiments. Loïc était-il à l'origine de cette atteinte à sa vie ? Impossible à déterminer. Mais la coïncidence était troublante. Après tout, acculé, sous le coup de la panique, du stress et de l'émotion, il n'avait pas eu d'autre choix que de lui faire confiance. Sa main glissa le long de la poche externe de son manteau et effleura le BlackBerry, ainsi que l'offrande faite par le lieutenant pour subvenir à ses besoins les plus urgents. Devait-il se débarrasser de tout ça ? Lucas secoua la tête avec énergie pour chasser cette idée, source de confusion, mais ne réussit qu'à accentuer la sourde douleur qui battait ses tempes. Il ne voulait pas croire que Loïc soit un traître. Pourquoi lui aurait-il apporté son soutien au moment de quitter Nantes ? Pourquoi l'aurait-il appelé, affolé, quelques minutes avant que ce gorille en noir ne s'introduise dans sa maison d'Aytré ? Après tout, ce coup de fil lui avait sauvé la mise !

Une boule d'amertume se forma dans sa gorge. Le contrecoup des derniers événements, opportuniste, se propagea en lui et sa respiration se saccada.

Je suis une cible. C'est la seule chose que je sache à ce stade. J'ai mis les pieds dans un train qui ne marque aucun arrêt. Et le pire, c'est que je ne sais pas où il va.

C'est avec cette impression que Lucas continua tout droit, sur le même axe. L'air se chargea d'humidité et les insectes s'invitèrent à la partie. Bien qu'il ne la distinguât pas, il devina se trouver près d'une nouvelle étendue d'eau. Il trouva un second souffle et progressa sur un faux-plat, face au vent, qui soumit ses jambes à un énième rude effort. Il atteignit un pont bordé de lampadaires qui lui criait de suivre cette voie. Un frisson le parcourut lorsqu'il aperçut les rails qui coupaient la ville en deux. La gare de La Rochelle, ou plutôt sa silhouette, solitaire et sinistre, se dressa devant lui. Il accéléra le pas en direction du centre.

Ses souvenirs d'enfant remontèrent à la surface lorsqu'il s'enfonça dans le quartier du Vieux-Port. La nostalgie l'envahit et il s'évada pour un court répit hors du temps, près de sa mère, à l'époque où ils venaient prendre du bon temps sous le soleil, non loin des trois tours de La Rochelle. Ses pas le menèrent sur les quais, en terrain connu. Presque comme si Gaëlle le guidait.

Le vent redoubla d'intensité. Il lutta, yeux mi-clos et épaules resserrées, jusqu'à s'arrêter devant une vieille bâtisse en pierre aux volets blancs, face à un panneau rectangulaire rouge flanqué d'un gros « H » et de deux étoiles de couleur blanche. Une source de lumière chaude se diffusait jusqu'à la porte vitrée, l'invitant à entrer.

Lucas, frigorifié, se présenta dans le hall de l'hôtel de la Tour de Nesle. L'horloge de l'accueil lui indiqua 2 h 30 du matin. Il ne soupçonnait pas un espace aussi grand derrière une devanture si modeste. Un homme d'âge mur, caché derrière un haut bureau marbré en arc de cercle, le dévisagea en ouvrant grand les yeux, avant de lui adresser un sourire compatissant sous sa moustache poivre et sel. Il restait une chambre de libre, que le réceptionniste bienveillant accepta de lui louer pour le reste de la nuit.

Le corps de l'urgentiste s'apaisa, pour la première fois depuis des lustres. La chance, qui ne lui épargnait rien, loin de là, daignait lui offrir quelques heures de trêve.

Comme un zombie, Lucas emprunta les larges escaliers de marbre jusqu'au deuxième étage. Le seuil de sa chambre avait des allures de *finish line* d'un grand marathon. Sauf que le froid remplaçait la chaleur de l'effort et que le calme se substituait à la ferveur des spectateurs. Que la solitude était la seule récompense promise au vainqueur.

Lucas intégra la pièce et la sublime vue sur le port endormi capta son attention. Il eut à peine le temps de retirer son caban que la fatigue, qui l'attendait au tournant, lui asséna un coup aussi violent que sournois alors qu'il s'asseyait sur le lit double. Lucas ouvrit la lettre de sa mère et lutta pour la lire d'un trait. Épuisé, à bout de forces, il baissa pavillon face au sommeil sans même le réaliser.

24

La Peugeot 308 grise banalisée filait droit comme une flèche sur sa cible, enregistrée dans le GPS de Loïc Mandé, grâce aux informations de son père. Il était si près qu'il pouvait voir le drapeau à damiers indiquant l'arrivée sur le petit écran LCD tactile. Les dernières évolutions confirmaient que son père savait pour la baraque. Il connaissait même l'adresse. Hormis le MacBook de l'avocate, sur quelle autre information avait-il mis la main ? Mystère. Cramponné à son volant, Loïc lança un regard vers le tableau de bord central.

5h45

Il tenait à l'adrénaline. Une constante chez lui, insomniaque de première. Il fit craquer ses cervicales d'un mouvement circulaire de la tête, tout en gardant les yeux rivés sur la route. Excepté la raideur bien installée sur sa nuque, s'étalant jusque sur ses omoplates, il ne ressentait pas la fatigue. Son Samsung sonna sur son support et l'intro de « To Live Is to Die » de Metallica trouva écho dans l'habitacle, alors qu'il ne se trouvait plus qu'à quelques encablures de sa destination.

Oh putain, encore lui.

D'un geste nerveux, Loïc réarrangea l'oreillette Bluetooth sur son oreille droite avant de faire glisser le bouton vert pour décrocher.

— Qu'est-ce que tu me veux encore ?

— Allons, Loïc, on se calme ! Tu ne vas pas recommencer ! s'exclama le commissaire.

— Je suis parfaitement calme. Qu'est-ce qu'il y a ?

— On a du nouveau dans ta zone.

— Du nouveau ? Vas-y, je t'écoute, soupira Loïc, vaincu par la curiosité.

— J'ai demandé à ce qu'on me remonte toute info pertinente autour d'Aytré, et figure-toi qu'il y a eu un accident cette nuit sur une petite route de campagne, à quatre kilomètres de ta destination.

Le lieutenant tressaillit. *Ne me dis pas qu'il a clamsé sur cette route. Manquerait plus que ça.*

— Tu as des précisions ?

— Ça aurait eu lieu entre 1 heure et 1 h 30 du matin. C'est tout ce que je sais. File fissa confirmer si ça a un rapport avec Lucas Morvan.

Mais bien sûr que ça a un rapport, il le fait exprès ou quoi ?

— Loïc, tu me reçois ? insista le commissaire. C'est ta priorité désormais.

– Ouais, je te reçois cinq sur cinq. Compris, je file là-bas. Donne-moi la position.

Le lieutenant entendit le bruit caractéristique d'une feuille de papier que l'on tourne.

– C'est à proximité d'un camping... attends... ah ! « Les Sables », précisa Christophe. C'est à deux pas de la départementale 137. Coordonnées : 46.0897...

– OK, OK, coupa Loïc d'une voix sèche. Pas besoin de chiffres, ça ne veut rien dire, ces conneries. Laisse-moi faire.

– Comme tu voudras.

– À plus.

Loïc voulut ajouter un « merci quand même pour le coup de fil », mais s'abstint et raccrocha.

Il reprogramma le GPS de sa main libre, ciblant ledit camping. Il se démerderait ensuite pour remonter la bonne route. Au vu de la carte, il n'y en avait pas des masses, de toute façon. Et vu le temps écoulé depuis l'accident, il risquait de rentrer bredouille. Son pied droit écrasa la pédale d'accélérateur pour essayer de gratter de précieuses minutes.

Il débarqua sur les lieux peu avant 6 heures du matin, pour ne trouver qu'une grosse dépanneuse ainsi que deux Renault Megane de la police rochelaise. La nuit ne faisait plus autant rage. L'horizon ocre indiquait que le soleil se lèverait d'ici une heure ou deux, tout au plus. Le théâtre de la collision, délimité par un ruban de signalisation flottant dans le vent et noué autour de fers à béton, rendait ses derniers secrets. Il s'arrêta malgré tout, posant le pied

140

à terre et rejoignit la scène d'un pas assuré. Un agent vint à sa rencontre et Loïc dégaina aussitôt son insigne en guise d'introduction.

— Tiens, que fait un officier de Loire-Atlantique dans ce trou perdu et à cette heure-ci ? s'interrogea le policier d'une voix nasillarde.

— Pure coïncidence, je passais par ici, et la route est bloquée, vous le voyez bien ! Qu'est-ce qu'on a ?

L'agent au visage émacié reluqua Loïc de ses yeux sombres. Il l'examina sous toutes les coutures, comme s'il ne lui revenait pas, avant d'aviser, sourcils froncés, la berline garée non loin de là.

— Y a eu un crash de bagnole pendant la nuit. Un truc costaud.

— Des pertes ?

— Oui, une personne et un mystère.

Un mystère ? reprit Loïc en fourrant les mains dans ses poches.

Le lieutenant faisait de son mieux pour masquer son impatience.

— Oui, un mystère, c'est bien ce que je dis, continua l'agent en se grattant la tête. Le carton a eu lieu entre une camionnette blanche, une Renault répertoriée ici, et une grosse Lexus immatriculée dans l'Oise. Je sais pas ce qu'il foutait là, mais il était pas du coin, ça se voit vu le carnage que c'est. Le mec roulait à contresens ! Et il traçait sa route, le con.

Loïc serra les dents face à l'apathie de son jeune interlocuteur.

— Et vous disiez ?

— Pour la perte, c'est le mec de la camionnette. Il a fini en compote. Je vous passe les détails. C'était dégueulasse !

L'agent pointa du pouce la scène derrière lui.

— Quant au type qui conduisait le bolide, il s'est volatilisé ! C'est comme si la bagnole avait été conduite par un fantôme.

Loïc fit quelques pas de côté pour mieux appréhender la situation. *Premier constat : l'Audi n'est pas là.*

— Quoi ? Avec un crash comme ça, vous me dites que le conducteur de la Lexus s'est évaporé ?

— C'est que c'est solide, ces bagnoles, argumenta l'agent. Niveau sécurité et tout, c'est le top. Et puis, si vous regardez bien la scène, on voit bien que la Lexus a eu le temps d'éviter le choc frontal. De justesse. Le type a dû avoir un sacré réflexe. Mais bon, ça ne m'avance pas plus, hein. Même si l'expert de la police scientifique est passé, comment faire ce fichu procès-verbal sans acteurs ni témoins de l'accident ? On a un mort sur les bras, putain !

Le lieutenant ne répliqua pas et abandonna l'agent de police à ses soucis de paperasse. Il ne savait pas quelle émotion arborer lorsqu'il remonta dans la 308. Le soulagement de voir que son Audi n'était pas impliquée dans le crash ? Et par extension, de penser que Lucas n'avait rien à voir avec tout ça ? Son intuition lui suggérait la méfiance. La Lexus aux vitres teintées appartenait sans aucun doute aux types qui en voulaient à Lucas. Et le « mystère » souligné par l'agent un peu mou à qui il avait eu affaire ne lui disait rien qui vaille.

Deuxième constat : un mec ne se barre pas d'un accident de cette ampleur sans y laisser des plumes.

Une théorie naquit dans son esprit. Il sortit son téléphone et tenta d'appeler Lucas. Une sonnerie se fit entendre, puis il tomba sur sa propre voix lui indiquant de le rappeler ultérieurement.

Putain. Il a disparu pour de bon.

Loïc décida de se remettre en route. Suivant les consignes de la police rochelaise, il emprunta une bretelle gravillonneuse qui contournait la scène pour remonter le chemin.

Un sentier marqué par de grosses traces de freinage.

25

La 308 avançait à allure modérée sur la route de campagne. L'air chargé d'humidité accentuait la sensation de froid, et le bitume affichait des tons plus sombres, comme s'il avait plu. L'image rémanente de la Lexus accidentée hantait l'esprit de Loïc sous son masque de concentration.

Putain, des véhicules comme ça, on n'en voit pas tous les jours dans la campagne charentaise !

La voix nasillarde et peu éloquente de l'agent chétif lui revint en mémoire.

Je sais pas ce qu'il foutait là, mais il était pas du coin, ça se voit vu le carnage que c'est.

Il pouvait faire confiance à la police sur ce coup. L'évidence même au vu de la plaque de la Lexus.

Le mec roulait à contresens !

Loïc s'interrogea sur le parcours du conducteur fantôme jusqu'au site du crash, en partant du principe qu'il avait poursuivi Lucas. Une ébauche de scénario prit forme.

Si cet enfoiré de paternel s'était bougé le cul plus tôt, rien de tout ça serait arrivé !

Alors que le lieutenant s'agitait et serrait le volant du poing comme s'il avait le cou de son géniteur entre les mains, un bruit sec et continu sous les roues du véhicule le rappela à l'ordre. Il freina lorsque les craquements cessèrent avant de jeter un œil dans son rétroviseur gauche. Des milliers de petits morceaux de verre peuplaient une partie du bitume. Il estima à un kilomètre la distance parcourue depuis le lieu du crash.

Loïc hésitait à faire demi-tour pour observer ça de plus près, lorsqu'il aperçut devant lui à environ cent mètres un deuxième cimetière de glace, beaucoup plus important. Cette fois, il stoppa net et descendit pour se précipiter sur ce dernier. Il se pencha et saisit avec précaution deux gros bouts de verre trempé. Sous ses doigts boudinés, il remarqua leur forme incurvée et les stries horizontales qui les parcouraient. Il contempla le reste des éclats au sol et décela sur certains morceaux une traînée de petits ronds noirs, sur le bord extérieur.

Loïc relâcha ses prises, dubitatif.

Lunette arrière de voiture.

Il soupira en signe d'impuissance. Il n'avait pas pris le temps de se pencher sur les deux véhicules impliqués dans l'accident. Sans ce type d'inspection, impossible de confirmer à quelle voiture appartenaient ces débris. Le lieutenant hésita une nouvelle fois sur la marche à suivre, avant de se résoudre à rejoindre sa destination finale. Un mauvais pressentiment parcourut son échine et l'enjoignit à la prudence. Le moteur cent-cinquante chevaux de la 308 se montra plus calme et ronronna dans l'allée de terre jusqu'à s'immobiliser à une cinquantaine de mètres du seuil de la maison des Morvan. Loïc s'extirpa du véhicule et le froid le cueillit. Sa cognition capta deux faits presque au même moment, le laissant pantois, bouche ouverte et sourcils relevés.

Un coup d'œil droit devant lui suffit pour comprendre que son Audi A3 n'était plus là. Les traces fraîches de terre retournée confirmaient avec certitude qu'une voiture s'était engagée ici il n'y a pas si longtemps. Et au vu du nombre de sillons, il devina qu'il s'agissait d'au moins deux véhicules.

Putain.

Au-delà, la grande porte d'entrée de la maison était béante.

Putain de merde !

Loïc courut pour rejoindre le perron, mais un énième élément accapara ses sens en traversant le cœur de l'allée. De nouveaux bris de glace. Moins nombreux, plus fins, crasseux sur la face interne. Cette fois, peu voire pas de doute quant à leur provenance. Son ébauche de scénario se développa et le déroulement potentiel des événements défila devant ses yeux. Tout était fluide désormais. Loïc se précipita dans la maison ouverte aux quatre vents et tomba sur la table de la salle de séjour, ornée d'un curieux assemblage de lettres. Disposées à plat les unes à côté des autres, comme on associerait des pièces de puzzle, elles formaient un carré presque parfait. Sauf sur le côté droit, face à lui. Une tasse de café traînait à côté d'un espace vide, qui complétait la figure. Il déchiffra les destinataires des missives laissées ici. Toutes avaient été envoyées au nom de Gaëlle Morvan.

Le lieutenant se projeta dans la peau de Lucas. Sûrement sa façon bien à lui de faire la part des choses dans ce bordel. L'espace vacant ne lui laissa pas de doute. Lucas avait mis la main sur un élément important dans cette pièce la nuit dernière.

Puis il s'était débrouillé pour reprendre contrôle de l'Audi, avant d'être pris en chasse par un mystérieux individu. L'occupant de la Lexus. Il en était sûr. Seul hic : aucune trace de l'A3 dans les environs. Loïc reprit espoir. Par il ne savait quel miracle, Lucas s'en était tiré, il le sentait. Il n'avait plus rien à faire ici.

Loïc devait mettre la main sur Lucas et lever le voile sur sa trouvaille. Les potentiels lieux de repli n'étaient pas légion. Il sortit en prenant soin de claquer la porte et retourna dans la 308. Là, il saisit son Samsung et accéda au panneau de contrôle du logiciel *mSpy*. Il détestait avoir recours à de telles pratiques et s'était juré que ce ne serait qu'en cas d'urgence.

C'est pour ces situations de merde que je l'ai installé sur le BlackBerry, après tout.

Le logiciel n'était pas infaillible, il le savait. Mais le système donnait assez précisément la zone couverte tant que le téléphone cible était allumé. Il nota les derniers emplacements connus du téléphone donné à Lucas et programma son GPS en conséquence.

Arc-bouté sur son siège, le lieutenant tira parti de la puissance de son véhicule pour remonter les longues avenues entrecoupées de ronds-points qui le séparaient de La Rochelle. Il imagina le pétrin dans lequel Lucas s'était débattu, en pleine nuit.

Quel merdier, sans déconner.

Le visage rougi, marqué par la colère alors qu'il continuait de lancer des injures en l'air, son cœur bondit hors de sa poitrine quand il aperçut, au loin, une masse noire sur le bas-côté.

Il braqua sans prévenir pour sortir du tronçon de bitume et s'engagea sur la pelouse qui recouvrait la zone. L'Audi gisait là, dans l'aube naissante, tel un cadavre en décomposition. La lunette arrière, ou plutôt ce qu'il en restait, ressemblait à une passoire. Les deux vitres sur le flanc droit avaient explosé. Loïc, incrédule, observa les éclats de verre dans l'habitacle, à l'arrière. Il se pencha sur les sièges avant, mais ne trouva rien d'autre. Pas de sang. Il tourna autour de l'épave comme un vautour et confirma les ravages entrevus plus tôt devant la maison des Morvan. Plus de phare avant gauche. Large rayure sur le flanc avant, du même côté. Le lieutenant scruta l'horizon droit devant lui et comprit sans mal que l'urgentiste avait fini la route à pied. Dans la solitude la plus complète.

26

Dans sa chambre, Lucas pouvait deviner les éclats de voix déchirer la tempête qui sévissait au-dehors. Tout près. Puissants. Un crescendo vocal, dévastateur, qui lui glaçait les sangs. Il distinguait au moins deux voix. L'une d'elles, erratique, témoignait de la conscience trouble de son porteur. Tantôt assurée, rugissante, tantôt éraillée, montant dans les aigus. Il ne la connaissait pas. Une personne à bout ? Difficile de le déterminer. Tout ce qu'il savait, c'est que ça ne laissait rien présager de bon. La tension se propageait dans l'air comme un fumet macabre, se diffusant dans tous les recoins de la bâtisse, asservissant tous ceux qui par malheur croisaient son chemin.

Lucas regarda à travers la fenêtre embuée et son front se plissa. La vue, d'ordinaire si belle, n'était plus que blizzard. Les champs à perte de vue avaient laissé place à un voile blanc, indiscipliné et impénétrable. Un froid qu'il devinait mortel. L'ampoule plantée au plafond de la pièce grésillait, menaçant de rendre l'âme à chaque instant. Son ouïe fut soudain mise à contribution, une fois de plus. Un semblant de discours dans la pièce d'à côté puis un cri déchirant. Des pleurs. Une personne qui pleure à chaudes larmes. Une autre qui hurle comme un chien fou. Une dispute ? Lucas ne saurait dire. Il s'approcha de la porte de sa chambre, mais une main le retint en tiraillant sa manche.

– Reste ici.

– Mais...

– Reste ici, Lucas. N'ouvre pas cette porte, ce n'est pas pour toi.

Lucas s'immobilisa et la tension quitta ses muscles saillants. Ses bras morts vinrent heurter ses hanches.

– C'est ça. Laisse-toi aller. C'est mieux comme ça, non ?

La voix chaleureuse à ses côtés l'enveloppait. Le réconfortait. Il acquiesça et reprit place sur le bord de son lit. Le silence s'installa.

Pas pour longtemps.

Les cris se turent, ne laissant place qu'aux lamentations de la première personne. Puis tout alla trop vite pour Lucas. Les cris, qui laissèrent place à des hurlements déchirants. L'agitation subite qui envahit la pièce d'à côté. La même main qui l'agrippe fermement par la manche, puis par le bras. Des tremblements. Un loquet que l'on ferme. Une ampoule qui claque. Un sursaut. Le noir. Le vide. La peur. Les cris, les pleurs de nouveau, et un maelström d'émotions contradictoires. La lumière.

Lucas ouvrit les yeux pour constater qu'il broyait les draps de ses mains tremblantes, striées de veines. Il serrait si fort que ses avant-bras, endoloris, ne se relâchèrent qu'après une bonne minute. Une décharge d'adrénaline soudaine lui ordonna de se redresser. Comme la veille dans son appartement, il se réveillait en sursaut, hagard, tendu. Habillé. Le soleil qui perçait la pièce de son rai lumineux s'était substitué au vent glacial qui le médusait quelques minutes plus tôt. Il tenta de se remémorer cette vision, mais la confusion s'en mêla. Un sentiment de mal-être le parcourait dès que son corps meurtri, au propre comme au figuré, se mettait en veille. Au moindre signal, son âme vagabondait vers des contrées inconnues et inhospitalières. Combien de temps avait-il dormi ?

Le BlackBerry ne pourrait pas l'en informer. Son écran noir lui indiqua que la batterie avait rendu les armes.

Sonné, Lucas se rapprocha de l'ouverture et jeta un œil à l'extérieur, malgré le mal de tête lancinant qui se rappelait à son bon souvenir, comme s'il émergeait après une soirée trop arrosée. Le port s'éveillait. Il discerna un peu d'activité, mais rien de bien inquiétant. Son regard se figea sur les reflets de l'aube sur l'eau et un frisson le parcourut.

La lettre.

Il s'était écroulé, détruit, relâchant son chagrin jusqu'à l'épuisement après l'avoir lue. Il la retrouva au sol, près de la table de chevet, avant de venir se coller dos à la fenêtre. Son attention tout entière fut happée par l'enveloppe. Le tampon de la poste la datait du 5 septembre 2014. Il y a un peu plus d'un mois. Ses mains déplièrent le papier qui l'accompagnait avec la précaution d'un orfèvre. L'écriture propre, appuyée, si caractéristique de sa mère s'étalait devant ses yeux humides, déjà prisonniers de l'émotion qui l'envahissait à nouveau. Il remarqua dans les boursouflures sur le coin inférieur droit du papier des taches rondes, irrégulières, disparates. Sèches. Les larmes roulèrent sur ses joues en comprenant quelle était la cause de ces aspérités. Lucas appliqua les paumes de sa main pour mettre un terme à ce déferlement de tristesse, puis ouvrit grand les yeux et inspira pour capter autant d'air que possible.

Lucas, mon chéri,

Si tu lis ces lignes, cela signifie beaucoup pour moi. J'imagine que je ne suis plus de ce monde. Je n'en avais plus pour très longtemps, de toute façon…

Tu l'as peut-être appris, mais on m'a décelé une tumeur au cerveau il y a plusieurs mois. La situation est difficile, pour ne pas dire critique. Je souffre en silence. Je ne sais pas combien de temps il me reste, avant que ma conscience me lâche. Pardonne-moi de ne pas t'avoir mis au courant, même si, fatalement, tu l'aurais appris dans les derniers moments. Même si je sais que je n'aurais pas pu te le cacher indéfiniment, je voulais te préserver le plus possible. J'espère que tu comprends, et que tu ne m'en veux pas ?…

Lucas déglutit pour ne pas éclater en sanglots. Bien sûr qu'il ne lui en voulait pas. C'est à lui-même qu'il s'en prenait pour ne pas s'en être aperçu plus tôt.

J'aurais tellement voulu te voir rencontrer une femme, fonder une famille. Connaître mes petits-enfants. Les voir grandir. Te voir heureux, tout simplement. Même si je ne suis plus là, c'est mon souhait le plus cher. Ne l'oublie pas.

Il y a une chose très importante dont je voulais discuter avec toi avant que la maladie m'emporte. Bien sûr, j'aurais préféré t'en faire part de vive voix. C'était ma priorité. Si tu es ici aujourd'hui, avec cette lettre dans les mains, c'est que l'on m'en a empêchée. Sois-en certain.

Depuis le jour où j'ai pris la décision de te dire ce qui suit, j'ai commencé à observer des comportements étranges autour de moi. Comme si l'on me surveillait, scrutait les moindres de mes faits et gestes. Comme si je dérangeais. Cette sensation m'a poussée à imaginer ce stratagème, au cas où mes craintes seraient justifiées. Et je suis loin d'être parano, tu le sais. J'aime anticiper sur toute probabilité. Même les plus folles. Quitte à écrire ces mots dans le vent. J'aimerais tant que ce soit le cas...

Mais je me répète : si tu as cette lettre entre les mains, c'est que la pire des hypothèses s'est confirmée.

J'ai bien conscience de te mettre en danger en te révélant ceci. Quel danger ? Je n'en ai aucune idée, malheureusement. Je dois avoir pas mal d'ennemis, comme tout avocat qui se respecte. Mais il est de mon devoir de mère que tu le saches. Il ne peut pas en être autrement. Je ne peux pas te laisser dans l'ignorance, ce serait injuste pour toi.

Lucas avala la section suivante d'un trait et ses yeux se bloquèrent sur le néant. Il n'était pas tombé d'épuisement, la veille.

C'en était trop. Son esprit l'avait lâché en lisant ça.

Son monde s'écroulait une deuxième fois.

27

Christophe Mandé ruminait dans son fauteuil ergonomique. Des volutes de fumée senteur pomme se frayaient un chemin par ses narines pour s'évaporer dans les hautes strates de la pièce, tandis qu'il battait de l'index sur son bureau acajou avec frénésie, tout en fixant son téléphone mobile. Il tira comme un forcené sur sa cigarette électronique toute neuve en scrutant l'horloge digitale de son appareil.

7h59

Fumeur invétéré, il s'était résolu à basculer vers la « technologie », comme il appelait toute chose dont la conception le dépassait, après les dernières réprimandes de Chantal, sa femme. L'adaptation n'avait pas été évidente. Passer de vingt clopes par jour à cet appareil de malheur, même avec des recharges à 16 mg/ml de nicotine, l'irritait au plus haut point. Et le plaisir dans tout ça ? Sortir une nouvelle cigarette de son paquet, comme un gosse piocherait dans son paquet de bonbons ? L'allumer de son Zippo favori, dans un geste répété des milliers de fois ? Et la saveur inégalée de la première taffe, avec un bon café noir sans sucre, devant le flash infos de la matinée ? Plaisir et saveur. Disparus. Envolés. Tout comme son calme et sa bonne humeur légendaires. Sacrifiés sur l'autel de son mariage et remplacés par cet appareil plus commercial qu'utile pour lutter contre son addiction.

Tu vas finir par crever à force de fumer comme un pompier ! lui avait dit sa femme.

Exécrable. Voilà comment on jugeait sa compagnie ces derniers temps. Il s'incommodait lui-même. La tension du commissaire grimpait chaque jour un peu plus. Et sans les cours de sophrologie que sa femme lui imposait depuis le début de l'été, l'implosion se rapprocherait sans doute plus vite encore. Qui sait si elle n'avait pas même déjà eu lieu. Pour ne rien arranger, il était embourbé dans cette affaire chaotique, liée à la mort de Gaëlle. Cette même Gaëlle qu'il connaissait depuis si longtemps et à qui il devait une bonne partie de sa réputation. Sans son aide, il n'aurait peut-être jamais pu mettre la main sur celui qui se faisait appeler le « baron de l'Atlantique », ce taré qui menaçait à terme l'équilibre de la société en semant dans tout le pays le dérivé d'un psychotrope extrêmement puissant, poussant ses consommateurs à se rebeller contre le système. Elle lui avait rendu un fier service en se plongeant dans cette enquête avec lui et en réussissant à faire parler le bras droit de l'homme que toutes les polices de France recherchaient. Mandé soupira en repensant à son action, ou plutôt son inaction, depuis l'assassinat de l'avocate.

Pourquoi obéissait-il comme un chiot aux ordres venus d'en haut ? Pourquoi n'essayait-il pas de creuser pour savoir ce que ces pourritures cachaient ?

La réponse était simple. Pour s'assurer une retraite paisible. Protéger Loïc et assurer son avenir. Parce qu'il risquait gros en tentant quoi que ce soit et parce que de toute façon, morte pour morte, il ne pouvait plus rien faire pour Gaëlle. C'est ce qu'il pensait. Mais chaque regard, chaque mot qui sortait de la bouche de son fils nourrissait ce sentiment malsain. Cette sensation de trahison. Il restait quelqu'un à protéger.

8 heures

Son cœur battit plus fort en voyant son iPhone vibrer devant lui, frétillant comme un poisson tout juste pêché qui lutte pour sa survie. Appel masqué. Il prit une ultime taffe sur son e-cigarette et la posa sur le bureau, avant de décrocher d'un geste hésitant de la main droite. Il s'agrippa avec force au bord du bureau de sa main libre. Il savait pertinemment qui se tenait à l'autre bout du fil, mais initia la conversation d'une voix rêche, presque provocante.

— Mandé. Qu'est-ce que vous me voulez, cette fois ?

— Bonjour, commissaire. Que se passe-t-il, on s'est levé du pied gauche ce matin ?

Tu parles, j'ai passé une putain de nuit blanche.

Mandé fulminait et se contint pour ne pas exploser.

— Venons-en aux faits, reprit la voix rocailleuse. Quelle est la situation actuelle ?

— Aucune idée.

— Vraiment ? Vous voulez jouer à ça ? Je vais quand même vous le dire : le gosse s'est échappé avant qu'on ait pu lui mettre le grappin dessus. Comment expliquez-vous ça ?

Le commissaire serra le bureau un peu plus fort et son dos se voûta. Ses traits se durcirent et ses muscles dorsaux se tendirent.

— Je n'ai pas d'explication à vous donner. Tout s'est passé comme prévu. Vous m'avez filé l'info à propos du message de l'avocate, et on a fait parler l'ordi. Point. Je ne sais pas ce qu'il s'est passé ensuite.

Juste une petite mise en scène pour mettre la puce à l'oreille de Loïc, se félicita-t-il.

— Je suis sûr que votre fils n'est pas tout blanc dans cette affaire, s'avança l'individu, comme s'il lisait en lui. Vous feriez bien de le tenir un peu plus fermement. Enfin, si vous tenez à votre réputation et à votre siège ! Et puis, entre nous... Vous ne voudriez pas qu'il lui arrive quelque chose de fâcheux, non ? Un incident est si vite arrivé...

Christophe entendit les ricanements de son interlocuteur. Quelle raclure ! La situation lui échappait presque. Fallait-il se résigner et préserver ce qui pouvait l'être ? Sa mâchoire se contracta et il fit un effort surhumain, allant jusqu'à couper sa respiration, pour ne pas prononcer des mots qui dépasseraient sa pensée.

— Donnez-moi juste la marche à suivre et foutez-moi la paix.

— Voilà ! se félicita l'individu. On est tout de suite plus compréhensif, hein, Mandé. Je sais à quel point votre réputation vous tient à cœur. Je vais être très clair. Démerdez-vous comme vous voulez, mais retrouvez le gosse. Je veux savoir où il est, ce qu'il fait et quels sont ses plans. Compris ?

Le silence du commissaire s'instaura pour toute réponse.

— Et je ne le répéterai pas assez, faites votre boulot et ne vous occupez pas du reste. N'intervenez en aucun cas. Ni vous ni votre imbécile téméraire de fils.

Sans attendre, il saisit à nouveau son iPhone et trouva son numéro en tête de gondole dans ses contacts.

J'ai bien fait de la garder sous le coude, celle-là. On dirait que tout n'est pas bon à jeter chez moi, après tout.

Son instinct d'ex-superflic remontait à la surface.

C'est l'heure de prendre des risques, mon vieux. Action numéro un.

Après trois sonneries, la voix d'une femme méfiante, imprimée d'un fort accent, se fit entendre.

28

Des gouttes d'eau venaient frapper le corps nu de Lucas comme des milliers d'aiguilles perçant à travers sa peau. Tout son être se crispa. C'était loin de l'effet escompté en se précipitant sous la douche, laissant la précieuse missive de sa mère sur le lit. Pour ne rien arranger, le poing qui venait taper la faïence à intervalle réguliers, avec une rage et une force inouïes, donnait une dimension physique à l'immense douleur qui se répandait en lui. Tout son savoir, ses acquis, ses certitudes disparurent, pour ne laisser que confusion, doute et désolation.

C'est juste impossible !

Même les larmes ne sortaient plus. Le choc, trop soudain, trop important, avait asséché ses glandes lacrymales comme un sèche-cheveux propulsant de l'air brûlant à même ses globes oculaires, laissant ses yeux secs et rougis par l'incompréhension. Il était déjà loin, le Lucas nouveau forgé la veille. Le Lucas revigoré, ragaillardi qui repousserait le doute et avancerait plein d'espoir, torse bombé et tête relevée, vers son objectif. Dans un sens, le but était atteint. Il avait trouvé ce qu'il était venu chercher. Mais jamais, au grand jamais il n'aurait imaginé la nature des révélations que sa mère gardait en elle, comme dans le coffre-fort d'une banque de haute sécurité. Lucas était abasourdi, assommé par la douleur et l'ampleur de ce qu'il avait appris. Pendant un instant, il se maudit d'avoir remonté cette fichue piste, tel un bulldozer, renversant tout sur son passage, sans réfléchir aux conséquences. D'avoir ouvert cette lettre aux allures de boîte de Pandore.

Tous ces risques pris pour en arriver là. Plus de retour en arrière possible, désormais. Tout était remis en cause pour lui. Et par sa faute, nombre de ceux qui l'aidaient avaient eu de gros ennuis. Marylise. En restant sagement dans son coin, elle n'aurait pas eu à souffrir. À mourir. Jipé. Cette foutue autopsie qui lui avait arraché le peu de dignité qui lui restait, était en train de lui prendre bien plus encore. La vie de son meilleur ami. Ses poings se serrèrent alors qu'il se sermonnait.

Et toi, Lucas. En t'emparant des derniers mots, des ultimes pensées de ta mère à ton égard, tu viens de te poignarder en plein cœur.

Lucas tourna un peu plus le robinet d'eau chaude pour essayer de se détendre. Peu à peu, les tremblements qui l'électrisaient stoppèrent. La salle d'eau s'embua, l'enveloppant dans un cocon de vapeur. Il se concentra sur cette nouvelle situation pour atténuer la douleur qui le rongeait.

Que lui restait-il ? Ce flic douteux qui lui avait permis d'accélérer ses découvertes, mais failli lui ôter la vie par la même occasion. Jouait-il un double jeu ? La tête de Lucas heurta la faïence et il expira avec force.

La police n'est pas exempte de tout reproche, ça c'est sûr. Vu le mal qu'ils se sont donné pour se mettre en travers du moindre détail de cette histoire... Pour une raison qui m'échappe, ils ne tiennent pas à ce que je remonte le fil de tout ce foutoir.

Mais alors pourquoi cet appel désespéré de la part du lieutenant, le prévenant du danger imminent qu'il encourait ? Ça n'avait aucun sens !

Il se souvint alors du ressenti très mitigé qu'il avait eu en croisant la route de Loïc Mandé la première fois. Un mec caractériel. Sanguin. Direct. Agissant par conviction. Une combinaison peu orthodoxe pour un flic. Pour une raison qu'il n'arrivait pas à déterminer, l'envie de lui faire confiance, de s'appuyer sur ses compétences et ses valeurs naquit dans ses pensées. Comme si son instinct lui hurlait de tenter le coup. De toute façon, qu'avait-t-il d'autre à perdre ? Il n'avait que lui à présent. Qui sait, le lieutenant pourrait peut-être le protéger du danger qui se dresserait devant lui, à chaque virage de la route sinueuse qu'il emprunterait à ses risques et périls. Car oui, il continuerait son chemin. Pour comprendre qui il était. Pour retrouver un semblant de vie. Cette conclusion s'imposa à lui alors qu'il se séchait et regagnait la chambre. Lucas descendit dix minutes plus tard et la chance voulut que le vieil homme moustachu lui déniche un câble de recharge pour son BlackBerry. Une aubaine, tant ces téléphones devenaient rares. Il profita de l'attente nécessaire au chargement de l'appareil pour prendre place sur le lit et se repencher sur la deuxième partie de la lettre. La plus douloureuse.

Je sais que cette nouvelle provoquera un choc, et c'est bien pour ça que j'aurais tant aimé te l'annoncer moi-même. Tu seras en danger, mais pour être honnête, je ne sais pas de quoi il s'agit. Sois prudent si tu t'engages dans cette voie. C'est un peu paradoxal car je sais que si tu me lis, c'est que tu es venu à Aytré mettre la main sur cette lettre. Si je ne suis réellement plus là pour t'en parler, c'est que les enjeux sont suffisamment grands pour que des gens aient la volonté de te nuire. Pardonne-moi pour ces mots si abrupts. Lucas... je ne suis pas ta véritable mère. Je t'ai adopté, le 1ᵉʳ juin 1984. Je m'en souviendrai toute ma vie. C'était un vendredi. Tu étais si mignon. Tes boucles brunes et tes yeux océan m'avaient fait fondre en un instant. J'étais tellement heureuse de pouvoir prendre soin de toi.

Alors que son mal de crâne s'intensifiait, ses yeux se portèrent sur la vieille photo craquelée jointe au message, tenue aux derniers mots de Gaëlle par un simple point de colle.

Tu avais un peu plus de deux ans à l'époque, dont environ six mois passés à l'orphelinat. Je ne sais pas si cet endroit existe toujours. Mais je préfère te laisser le choix – ou non – de le retrouver. Je ne dois pas interférer avec la décision que tu prendras. Donc je ne te tenterai pas en évoquant ce lieu. Jamais je n'aurais imaginé que ton identité puisse poser

problème au point de me faire disparaître. J'aurais telle-
ment aimé être là, avec toi. J'espère que tu ne m'en veux
pas de ne jamais t'avoir mis au courant. J'aurais dû le faire
il y a si longtemps... Mais je n'en ai pas trouvé le courage.
Aujourd'hui, au vu des événements, je me dis que c'était
une sage décision. J'étais ta mère, je le suis, et j'espère que je
le resterai toujours dans ton cœur.

Lucas atteignit la zone boursouflée par les larmes de
Gaëlle. Les larmes de sa mère adoptive. Il rejeta en bloc
cette appellation. Pas question d'en entendre parler !

Quoi que tu choisisses de faire, je suis derrière toi. Je veil-
lerai sur toi. Je t'aime tellement, mon fils. Tu es ma plus
grande fierté.
Maman.

L'émotion rattrapa le jeune homme à la vue de ces mots
et il se vit partir une nouvelle fois. Tout n'était que confusion. Non, il ne lui en voulait pas. Pour la simple et bonne
raison qu'il ne pouvait pas y croire ! Elle avait fait de lui
l'adulte qui se tenait là aujourd'hui. Avec tout ce que ça
impliquait de caractère et de ténacité. C'était sa mère, un
point c'est tout !

Cette lettre ne peut pas être réelle, ce n'est pas vrai ! Ce
n'est pas vrai...

Il l'arracha sans effort et la retourna à la recherche de
l'habituel marquage temporel imprimé : 01/06/1984.

Le jour de son adoption. Trente ans plus tôt. Comme mentionné dans la lettre. Le cauchemar prenait vie. Les larmes se mirent à couler à nouveau face à cette date. Cet ancrage dans le temps. Ce jour où basculait une vie dont il ne se rappelait rien. Cette autre existence.

29

Dans le confort relatif d'une petite citadine, une femme attendait. D'un revers de la main, elle caressa le vide qui remplaçait l'endroit où se tenait, il y a encore quelques heures, sa queue de cheval fétiche. Elle ferma les yeux et gloussa nerveusement à l'idée d'avoir fait ce sacrifice. Elle ne reculerait devant rien pour mener à bien sa mission. Même pas face à une petite coupe improvisée à la hâte avant de se rendre à La Rochelle à la vitesse de l'éclair. Affalée sur le siège conducteur en toile noir, sa patience s'étiolait. Déjà une bonne heure depuis son arrivée et il ne se passait toujours rien. À croire que le vieux lui avait menti. Elle éclata d'un rire teinté d'ironie. Impossible ! S'il l'avait recontactée, surtout après l'avoir coffrée pour son intrusion dans l'appartement de Gaëlle Morvan, la raison devait en valoir la peine.

Je ne sais pas ce qu'il a derrière la tête, mais peu importe. L'occasion est trop belle.

Son arrestation, la veille, remonta à la surface de l'océan de ses souvenirs. Qui aurait cru que cet appartement, ce foutoir pas possible, soit en plus équipé de caméras ?

Qu'est-ce qui avait bien pu passer par la tête du commissaire pour prendre ce type d'initiatives ? À moins qu'il ne suive des ordres ? En tout cas, elle en avait fait les frais en tombant dans le piège la tête la première.

Heureusement, en quelque sorte. Sans ça, je ne serais pas dans cette voiture, dans cette ville, à cet instant. Quelque chose me dit que je ne suis pas au bout de mes surprises.

Derrière ses grandes lunettes de soleil noires, elle scruta l'avenue, droit devant elle. Encore et toujours. Elle s'y reprit à plusieurs fois avant d'apercevoir la Peugeot 308 grise qui stationnait sur le trottoir opposé, à l'ombre d'un bâtiment en pierre blanche, environ cent-cinquante mètres plus haut. Ça devait être celle-là. La dernière position donnée par le vieux indiquait clairement la zone des quais, et c'est la seule qui correspondait. Elle mit la main dans son sac en cuir beige pour en retirer une petite paire de jumelles, qu'elle ajusta après avoir relevé ses lunettes sur son front.

Un homme se vautrait dans la berline comme s'il se tenait là depuis des lustres. Elle put mieux le distinguer à la faveur de ses mouvements. Cheveux courts, l'air baraqué, bouc bien entretenu et joli minois. Et surtout, une cicatrice horizontale bien marquée lui donnant un faux air de *bad boy*, qui s'étendait du milieu du front jusqu'à la tempe droite et qu'elle distinguait de trois quarts.

Pas de doute, il s'agissait du lieutenant Loïc Mandé. Elle attendait là, au bon endroit, au bon moment. Car ça ne faisait pas de mystère à présent. Le lieutenant attendait que Lucas Morvan apparaisse.

« Le » Lucas. Celui qu'elle traquait et qu'elle avait rencontré un peu trop tôt à son goût en quittant l'appartement. Peut-être l'une des clés de toute son histoire. De ses interrogations. De ses recherches effrénées depuis tant d'années. Là, dans cet hôtel bon marché du centre-ville de La Rochelle, à une poignée de mètres d'elle.

Peu avant 11 heures, son souhait fut exaucé en voyant l'urgentiste franchir les portes de l'établissement, la démarche peu assurée. Il avait une mine affreuse. Visage rouge, bouffi comme s'il venait de pleurer toutes les larmes de son corps. La prudence se lisait dans son comportement, statique, balayant la zone de gauche à droite avec concentration.

La jeune femme se redressa d'un bond sur son siège, la main sur les clés, prête à démarrer à tout instant. Mais son initiative fut stoppée net lorsqu'elle aperçut le lieutenant de police se jeter hors de son véhicule pour intercepter Lucas, comme un lion bondirait hors de sa cachette pour maîtriser sa proie. Elle s'agrippa au volant tout en continuant de regarder à travers les jumelles, discernant l'étonnement dans les mimiques de l'urgentiste, qui gela sur place avant de gesticuler comme un pantin. Il doit se demander comment le lieutenant a fait pour le retrouver. Elle se le demandait aussi, d'ailleurs. Mais peu importait, du moment qu'elle pouvait vérifier les dires du vieux. Ce qui était le cas. Ses poings martelèrent le volant de la Clio pour célébrer la nouvelle.

Information confirmée à 100 %.

Le lieutenant tendit sa main droite vers Lucas, qui l'empoigna après avoir baissé les yeux à plusieurs reprises pour considérer l'offrande. La main de nouveau sur les clés, la jeune femme abandonna en se rendant compte que les deux hommes ne gagnaient pas la 308, mais remontaient la rue dans sa direction. Son sang ne fit qu'un tour et elle enleva ses jumelles, puis attrapa son bonnet gris sur le siège passager pour l'enfiler à la hâte, camouflant ainsi sa chevelure dorée, avec une certaine maladresse.

Je me fais des idées, impossible qu'ils me reconnaissent !

Le duo continua de s'approcher tout en conversant, agrémentant leurs paroles de grands gestes. Lucas avait le bras gauche pointé droit devant lui.

Droit sur elle.

Avant qu'ils n'arrivent à sa hauteur, elle se pencha de tout son long sur sa droite, à la recherche du vide de sa boîte à gants. Elle n'osa plus bouger pendant une dizaine de secondes tout en simulant la recherche d'un éventuel document confiné dans le petit espace. Une éternité. L'avaient-ils remarquée ? Reconnue ? Elle se résolut à tourner la tête dans le sens même où elle les avait vus venir. Personne. La jeune femme soupira en se relâchant, et sursauta en sentant le pommeau du levier de vitesses contre ses côtes. Elle retira les clés du contact et les fourra dans son sac, avant de s'assurer que rien ne manquait. Il fallait faire vite, avant qu'elle ne les perde. Téléphone, portefeuille, passeport, carte de correspondant de presse, enregistreur audio à activation vocale.

Tout est OK.

Un dernier coup d'œil dans le rétroviseur et elle sauta hors de la Renault Clio bleu roi de location, claqua la porte et verrouilla le véhicule d'une pression sur la clé. La jeune femme se remémora la discussion avec le vieux croulant quelques heures plus tôt.

« *Si tu suis sa trace, je suis certain que tu mettras la main sur ce que tu recherches.* »

Des paroles lourdes de sens lorsqu'elles venaient d'un représentant des forces de l'ordre. D'un commissaire.

La journaliste remonta le zip de sa doudoune kaki *ultra warm* et se lança derrière ses deux cibles. Elle regretta d'avoir troqué ses sempiternelles Stan Smith pour des bottines noires, beaucoup moins pratiques pour ce genre d'activités.

Mais il fallait écarter tout risque, même minime, que Lucas la reconnaisse. Au bout de la rue, elle les vit bifurquer à droite. Son regard accrocha l'inscription blanche sur le panneau rectangulaire bleu. Rue Saint-Nicolas. Cent mètres plus loin, elle les aperçut tourner une fois de plus à droite, pour rejoindre le quai adjacent à celui d'où ils venaient. Curieuse manœuvre. La jeune femme resta en retrait jusqu'à les voir remonter l'artère, avant de franchir les portes d'un établissement. Elle entra à son tour après s'être assurée que l'endroit était assez bien fréquenté. Rien de tel qu'un restaurant-brasserie bondé pour se fondre dans la masse.

Sa spécialité.

30

Lucas quitta l'hôtel de la Tour de Nesle sur les coups de midi. Son premier réflexe fut de se protéger du froid en resserrant son caban. Autour de lui, le quai grouillait de Rochelais en quête d'un endroit où se poser pour le déjeuner. Le soleil l'agressa de ses rayons frigides et il se protégea en posant une main en visière sur son front. Puis il scanna la zone sans grande conviction, pour s'assurer que personne n'avait remonté la piste jusqu'à lui. Le regard perdu, il se résolut à contacter la seule personne qui pouvait l'être. Il s'apprêtait à dégainer son BlackBerry pour joindre le lieutenant, mais eut la peur de sa vie lorsque ce dernier bondit d'une Peugeot grise stationnée non loin, pour venir le retrouver.

— Putain, Lucas ! Enfin ! J'ai vraiment cru que t'avais passé l'arme à gauche !

— Qu'est-ce que tu fais là ? Comment est-ce que tu as remonté ma trace ?

Il se figea. Question idiote. *Le téléphone, bordel.*

— Je vois que tu as compris, enchaîna Loïc en le voyant baisser les yeux.

– J'aurais dû m'en douter. Un flic qui me passe un téléphone, c'est tout sauf normal. Je me suis fait avoir ! Dire que je m'apprêtais à te contacter...

Loïc trépignait sur place comme un gamin de cinq ans. Puis il se calma en fixant son faciès morne et ses yeux vides.

– Ça ne va pas ?

– Non, pas du tout, avoua Lucas sans détour.

– Si c'est au sujet du téléphone, crois-moi, c'est pour la bonne cause. On a plein de choses à se raconter, toi et moi. Tu connais un endroit où on peut se poser ? Je crève la dalle.

Lucas ne releva pas tout de suite, perdu dans ses pensées. Le BlackBerry était le dernier de ses soucis.

– Oui, finit-il par répliquer. Il y a un restau qu'on aimait bien avec ma mère. Pas loin d'ici, je crois.

L'urgentiste erra un moment à travers le quartier, mais finit par trouver le fameux établissement qu'il évoquait. Le restaurant-brasserie Le Valin occupait l'un des quais du port de La Rochelle. Bien situé, l'endroit était bondé à cette heure. Un homme vêtu de noir de la tête aux pieds leur dégota une table de deux à l'intérieur, en bout de salle. Lucas et Loïc s'installèrent, au chaud. Les yeux du lieutenant se portèrent sur l'un des tabourets orange du comptoir, où une sublime femme vint s'asseoir. Il soupira en signe d'impuissance lorsqu'il constata qu'elle leur tournait le dos.

– Loïc ! Tu m'écoutes ?

– Quoi ?

– Je te parle, bon sang… c'était qui, ce type ? Comment tu savais qu'il arrivait ? Il voulait ma peau, putain !

Le lieutenant se gratta le menton.

– Un gros coup de bol.

– Comment ça ?

– Hier, en fin de soirée, la section technique s'est jetée sans raison sur le MacBook de ta mère. La requête est venue un peu de nulle part, et vu le timing, j'ai compris que c'était une question de minutes avant qu'il t'arrive quelque chose.

Lucas blêmit à l'évocation de sa mère, mais se ressaisit et tapa du poing sur la table. Il avait failli y passer et devait savoir pourquoi.

– Mais ça ne suffit pas, non ?

– N'oublie pas ce qu'il est arrivé à Marylise Blanchet. Quelqu'un l'aura sans doute fait parler pour savoir ce qu'elle t'a dit.

– Mais qui ?

– Aucune idée pour l'instant. Désolé. Laisse-moi creuser ça de mon côté, on verra si j'obtiens quoi que ce soit.

– Et pour Jipé ? Tu as des nouvelles ? Ne me dis pas que tu ne sais rien, encore une fois !

Le lieutenant fronça les sourcils devant ce déferlement de questions si soudain. À l'opposé du Lucas d'il y a dix minutes à peine. Que lui était-il donc arrivé ?

– Il n'est pas mort, répliqua-t-il en gardant son calme. C'est tout ce que je sais. Juré. Et au vu de tes péripéties, je dirais que son agresseur et le tien sont probablement une seule et même personne.

Une étincelle d'euphorie noua l'estomac de Lucas. Un minuscule point lumineux dans les ténèbres de la réalité dans laquelle il était plongé. *Jipé est vivant.*

– Il est encore en danger ?

– Mon père l'a mis sous protection policière. Mais je doute que ce soit gage de sécurité...

Une serveuse interrompit la conversation. Les deux acolytes choisirent la facilité et commandèrent le plat du jour. Loïc soupira sur sa chaise et continua sur sa lancée.

– J'ai craint le pire pour toi. C'est le moins qu'on puisse dire, vu comme l'Audi est bousillée ! Je l'ai trouvée sur le bord de la route, en venant ici.

Lucas baissa les yeux.

– Désolé, mais il n'y a pas photo entre ma vie et ta voiture. On m'a pourchassé et même tiré dessus !

– On s'en tamponne de la bagnole ! Plus important : tu as pu voir la tête du mec qui en voulait à ta vie ?

Le médecin soupira. Échanger avec Loïc lui permettait de s'évader, même si ce n'était qu'un tout petit peu. Même si la discussion n'avait rien d'ordinaire.

– Non. Tout ce que je sais, c'est qu'il est très grand, un bon mètre quatre-vingt-dix, facile. Carré. Je l'ai vu tenir son arme de la main gauche.

– C'est déjà pas mal. Les gauchers ne courent pas les rues, en plus.

– C'est sûr. Mais bon vu le crash, il y a de fortes chances qu'il y soit passé !

Un frisson parcourut l'échine du lieutenant.

– Le crash ?

– Oui...

Le médecin inspira.

– Pour faire court, j'ai réussi à lui échapper quand il s'est encastré dans un autre véhicule sur la route de la Plage.

Loïc revit la scène de l'accident sur la petite route de campagne. La Lexus retrouvée vide. Son hypothèse était la bonne. Lucas avait été poursuivi par cette bagnole. Il expliqua son parcours à l'urgentiste, ainsi que les infos glanées sur la scène de l'accident. Ce dernier ouvrit des yeux grands comme des billes.

– Quoi ? Tu me bassines là, c'est impossible !

– J'aurais bien aimé, oui ! Mais le mec est introuvable. Il va falloir se casser d'ici très vite, on ne sait jamais. Mais parle-moi plutôt de ce que tu as trouvé, toi.

Lucas se lança dans l'explication de son périple à Aytré, de son arrivée à la lettre dégotée dans le séjour. Loïc saisit la balle au bond.

– J'imagine que tu l'as ouverte. Alors ?

Silence. Une boule de remords obstruait la gorge du médecin, l'empêchant de sortir le moindre son. Il se retint pour ne pas exploser en vol.

– Oui, et je me demande si j'aurais dû, regretta-t-il en sortant la missive de sa poche d'une main tremblotante.

L'attention du lieutenant se porta sur la feuille dépliée. Son visage transita par toutes les expressions possibles et imaginables sur le panel des émotions négatives. Sa bouche resta ouverte comme si un corps étranger s'y retrouvait coincé. Un tas de scénarios morbides s'échafaudaient dans sa tête. En permanence. Mais ça, il n'aurait jamais pu s'en douter. Gaëlle Morvan n'était pas la mère biologique de Lucas. Il regarda son compère, paralysé, hagard. Traumatisé. *Est-ce que mon père est au courant ?.... Non, impossible. S'il l'est, ça veut dire qu'il cautionne les agissements de ceux qui veulent la peau de Lucas.*

Loïc se sentit mal à l'aise. Son intuition de flic lui disait que tout ça n'avait rien à voir avec Gaëlle, finalement. Mais plutôt avec son fils. Le sort s'acharnait sur le pauvre Lucas pour une raison qu'il ignorait. *On veut l'empêcher de nuire. Quelqu'un, quelque part, ne veut pas qu'il se mette à fouiner, sans doute de peur qu'il n'établisse sa réelle identité. Je ne peux pas rester là, à rien faire. Vu son état, la prochaine fois, c'est un aller simple pour l'autre monde qui l'attend.*

Le lieutenant trempa ses lèvres dans le verre d'eau fraîche qu'il venait de se servir. Il grimaça. Il aurait tué pour un bon whisky. Sec, de préférence. Mais ce n'était ni l'heure ni l'endroit.

– Laisse-moi t'aider, Lucas.

Le jeune homme hocha la tête en silence, les yeux vitreux, avant de sortir une photo qu'il posa à plat sur la nappe, alors que la serveuse s'évertuait à déposer leurs assiettes de la manière la plus gracieuse possible. Loïc discerna sur le cliché une jeune femme en tailleur sombre, souriante, la jeune trentaine, un enfant dans les bras, dans la cour d'un vaste établissement. Le petit garçon, brun, regardait l'objectif d'un œil suspicieux.

Il reconnut Gaëlle et Lucas Morvan. Quelques mètres derrière, une demi-douzaine de bambins jouaient, sauf une fillette aux couettes blondes, seule sur la droite, portant une robe rouge à pois blancs et souliers vernis noirs. Les bras ballants, le regard triste. Le visage inondé de larmes. Un garçon se tenait juste derrière elle et scrutait l'objectif avec attention. Le revers de la photo lui indiqua que le cliché datait de trente ans passés de quelques mois.

– J'avais… deux ans et demi à l'époque, précisa Lucas d'une voix à peine audible.

Le regard des deux hommes se croisa et Loïc comprit ce qu'il devait faire pour aider l'urgentiste. Le protéger, et trouver cet endroit.

31

Confortablement installée sur le tabouret orange en cuir le plus à gauche, face au bar, la jeune femme retira sa doudoune et l'accrocha à l'emplacement prévu à cet effet, sous le comptoir. Elle commanda un Martini blanc qu'elle siroterait tout en tendant l'oreille, et pivota pour scruter la scène.

À moins de trois mètres, sur la gauche, Lucas Morvan et Loïc Mandé étaient attablés et en plein débat autour d'une image, si elle se référait à ce qu'elle entendait.

— Et la petite, sur la droite, c'est qui ?

La grosse voix du lieutenant de police, peu discret, arriva jusqu'aux oreilles de la journaliste, qui se risqua à une œillade plus prononcée. Elle aperçut la photo. De son piédestal, malgré la mauvaise qualité du cliché, elle devinait les traits de Gaëlle Morvan. Pour le reste, les déductions s'imposaient assez logiquement. Le petit garçon dans les bras de l'avocate : Lucas, sans doute. Quant à la petite fille, elle avait sa propre idée. Ses fines lèvres s'étirèrent en un sourire satisfait. Des frissons la parcoururent sans qu'elle sache si cela était dû à l'excitation ou au

Martini qu'elle venait juste de finir d'un trait. Elle en qué-
manda un deuxième et tenta de faire le point. À moins de
récupérer la photo, elle ne pourrait pas mener son enquête
en les devançant. Pas terrible comme constat. Mais avait-
elle le choix ? Sauf énorme concours de circonstances,
l'occasion de subtiliser le cliché ne se présenterait pas. Et
elle croyait en beaucoup de choses, mais pas aux miracles.

L'apanage des faibles.

*Seul le travail paie, ma vieille. Ce n'est pas le moment de
lâcher prise !*

En observant les deux hommes converser, elle comprit
une chose : ils n'avaient aucune idée du lieu représenté.
Sans compter la foule de gosses que le lieutenant décrivait
avec précision, comme s'il faisait tout pour qu'elle capte
un maximum d'informations.

Décidément, les Mandé sont des personnages étranges.

Elle sortit son calepin pour y griffonner ses nouvelles
trouvailles. Si ses déductions s'avéraient exactes, Lucas
vivait dans l'orphelinat depuis six mois, peut-être un
an, avant que Gaëlle Morvan l'adopte. Ça collait avec ce
qu'elle savait déjà. Restait à compléter le tableau, pour
enfin faire la lumière sur ce passé qui s'accrochait à elle
comme un boulet. L'empêchant de vivre. L'empêchant
d'exister. De s'accomplir. La douleur sourde qui la traversait comme une lame en plein cœur ne s'estomperait
jamais, à moins de mettre un point final à toute cette histoire. Pour elle-même. Pour lui. Ça devrait obligatoire-
ment passer par des étapes plus difficiles les unes que les
autres. Ses ongles vernis de blanc disparurent dans son

poing serré, avant qu'elle le réalise. Son visage fermé se détendit quand le deuxième Martini apparut devant elle comme par magie. Elle leva les yeux et adressa un sourire complice à la serveuse, qui se confondit dans le vert de ses iris. Ses sens la rattrapèrent en plein vol lorsque le lieutenant Mandé, décidément très en verve aujourd'hui, continua sa réflexion à haute voix. Ses paroles couvraient le brouhaha ambiant du restaurant-brasserie. Elle n'eut aucun mal à alimenter les pages à moitié noircies de son carnet. Il était peut-être là, le miracle qu'elle attendait.

– Elle a l'air un peu plus âgée que toi sur cette photo. Celle-là aussi. Et lui, derrière, a l'air intéressé par ce qu'il se passe.

Lucas Morvan acquiesçait en silence, l'air perdu, comme s'il était gêné par la démonstration un peu trop expansive de son compère. La jeune femme appréciait ses traits fins et ses yeux océan. Pas pour lui déplaire. Même cet air de chien battu qu'il affichait en permanence l'attirait.

Le lieutenant ne se soucia guère du tapage qu'il causait et embraya de plus belle. Il semblait vraiment vouloir mettre du cœur à l'ouvrage.

– Tu vois cette cour ? Elle est énorme ! Dans quel orphelinat du milieu des années 80 on pourrait trouver un extérieur aussi grand ? Ça ne doit pas courir les rues !

Lucas approuva sans grande conviction, alors que Mandé dégainait son Smartphone.

– Et regarde-moi cette tour bizarre ! Cette forme en pic, toute fine, surmontée d'une croix ! ajouta-t-il en pianotant.

– Qu'est-ce que tu fais ? finit par articuler l'urgentiste.

– Je vais envoyer cette photo à un de mes contacts. Une femme de confiance. Elle va nous dégoter ça en moins de deux, tu vas voir.

La journaliste griffonna à nouveau.

Orphelinat. Juin 1984. Lucas, 2 ans et 1/2. (Très) grande cour intérieure. Tour, croix. Église ? Loïc Mandé a un contact.

La jeune femme retraça son parcours des mois précédents. Toutes les difficultés rencontrées pour réduire la liste des « Lucas » potentiels à une poignée. La mort de Gaëlle Morvan qui avait agi comme déclencheur. Tout s'était aligné. Cette fois, la chance lui souriait.

Elle se devait de se congratuler parfois. Pour ne pas sombrer dans le gouffre de la frustration. Des doutes. Pour ne pas abandonner. Plus que jamais, elle croyait en sa bonne étoile et en son opiniâtreté, boostée par les deux verres qu'elle venait de tomber coup sur coup. Son entreprise prenait un tournant inespéré. La journaliste fut prise de palpitations en s'imaginant le jour où elle pourrait fièrement rentrer chez elle et déballer toute cette histoire. En plus de la sensation du devoir accompli pour sa famille, elle en retirerait une reconnaissance professionnelle qui, sans nul doute, traverserait les frontières.

Mais il fallait croire que tout ne se passerait pas comme prévu.

Un piment inattendu atterrit dans l'assiette de son enquête lorsque le silence se fit, à côté d'elle.

D'un regard en coin elle capta les deux hommes, livides, fixant la télévision, sur le mur d'en face. Leur expression

181

en disait long sur ce qu'ils y voyaient. Interpellée, la jeune femme tourna la tête avec nonchalance et scruta le gros écran plat fixé sur bras pivotant dans le coin de la salle. Le volume était au minimum, mais un gros bandeau bleu défilait. Elle le lut d'un trait et pensa au vieux Mandé, cet oiseau de malheur, à mesure que son visage se figeait dans une moue d'incompréhension totale.

32

Treize heures pétantes au commissariat de Nantes. Le sort en était jeté. Plus de reculade improvisée de dernière minute. Machine lancée à pleine vitesse. Le pari le plus fou de ses trente dernières années. Ce qu'il défiait le dépassait dans tous les domaines. La taille, l'expertise, le pouvoir. « L'imbécile téméraire » de fils, comme ils appelaient Loïc, tenait d'un imbécile téméraire encore plus grand. Son père.

Christophe Mandé retrouva le calme de son bureau, après avoir affronté – et vaincu – la horde de journalistes sans pitié, prêts à toutes les atrocités, les bassesses possibles et imaginables pour soutirer leur scoop. Leur trésor. Leur précieux. Qu'ils embarquaient avec eux dans la cave qui leur servait de bureau, en le protégeant avec jalousie des regards extérieurs, sortant leurs griffes lorsqu'un autre membre de leur espèce s'en approchait d'un peu trop près. Puis ils s'empresseraient de rédiger leur article pour l'exhiber à la face du monde, avec une fierté non dissimulée, comme s'il s'agissait là de leur plus grande contribution.

Le commissaire utilisait toujours la même méthode avec ces fauves. Une salle bien pensée, préparée, contrôlée au siège près, pour mettre tous ces affamés sur un pied d'égalité, d'entrée de jeu. Ensuite, pas de chichis, pas de favoritisme. Même pour celles qui lui feraient de l'œil, ou qui tentaient de lui faire miroiter les choses les plus folles en échange de la primeur de ses déclarations. Il ne mangeait pas de ce pain-là. C'était *niet*. Un point c'est tout. Une main de fer, un timing et des conditions savamment contrôlées. La clé de sa réussite.

Un sourire narquois s'étira sur son visage. Il se sentait revivre avec cet acte inconsidéré. Car oui, il ne l'avait peu, voire pas réfléchi. Un véritable coup de tête. Comme dans l'ancien temps. Lorsqu'il était jeune, fringuant, plutôt beau gosse. La chevelure touffue, à l'opposé de cette damnée calvitie qu'il arborait d'aujourd'hui. Il avait toujours eu ce petit plus qui le rendait attractif, lui faisait gagner l'attention de ses collègues, de ses supérieurs. De la population. Toujours lui plutôt qu'un autre. Commissaire à trente-six ans, une sacrée prouesse. Un secteur connu et maîtrisé à la perfection, d'une main experte. Son emprise diminuait, certes, mais rien ne venait entraver sa mainmise sur Nantes et sa région. Peu à peu, l'âge n'aidant pas, il s'était embourbé dans les mailles de l'aristocratie, la vie « de la haute » comme il l'appelait. La vie mondaine prenait le pas sur le reste. Le côté purement judiciaire de son travail s'étiolait. Son équipe, ultra-performante, s'occupait de la quasi-totalité des affaires, lui laissant juste le soin de trancher sur celles ayant le plus de portée politico-médiatique. La retraite approchait et d'ici quelques années, il en était persuadé, son fils Loïc prendrait la relève.

Il s'approcha de la fenêtre de son bureau et sortit sa cigarette électronique, symbole du vieux Christophe Mandé. Celui dont les artères se bouchaient comme une rocade pendant une opération escargot et qui devait surveiller tout un tas de paramètres emmerdants. Cœur, poumons, pancréas, et tout le bordel. La panacée d'après son médecin traitant. Après l'avoir dévisagé avec un dégoût non feint, il posa la vapoteuse sur la table et puisa dans le tiroir de son bureau un bon vieux paquet de Marlboro qui traînait là. Le packaging blanc et rouge, même déformé par le poids des dossiers de sa cachette, le renvoya à ses plus jeunes années. Les années folles. Les années fastes. Il sortit un bâton de nicotine et l'alluma avec empressement, à la recherche de la première taffe salvatrice.

Celle qui allait foutre un bon coup de pied à la tension qu'il accumulait depuis trois mois. Enfin ! Ses poumons se délectèrent de cet air nocif qui agressa ses bronches. Il toussota comme un gamin qui crapotait pour la première fois et sourit comme un idiot. Son esprit, dopé par cette soudaine prise, lui rappela l'ordre qu'il avait reçu de ne pas s'attarder outre mesure sur la mort de Gaëlle Morvan. De ne pas médiatiser l'affaire. Le point de départ d'une situation intenable. Néfaste pour sa santé personnelle, pour celle de sa famille. Cruelle pour son fils. Le visage de ce dernier s'imprima dans son esprit.

Heureusement que c'est un Mandé, un vrai de vrai, putain. Il m'a mis le plus gros coup de pied au cul de mon existence.

Où était Loïc en ce moment ? Avait-il retrouvé le gosse ? Certainement. Il avait plus d'un tour dans son sac quand il s'agissait de traquer sa cible. Et puis, il lui avait tout appris. Nul doute qu'il avait mis la main dessus, à cette heure de la journée. Il tira à nouveau sur sa Marlboro qui se consumait un peu trop vite à son goût.

Une seule clope. Sinon je suis en pôle pour une soirée de merde à la maison. Chantal ne me le pardonnera pas. Je serai bon pour squatter sur le canapé, un plaid en guise de couverture et une bière à la main, devant les chaînes d'info continue, le téléphone à côté de moi. Comme un con. Sans pouvoir pioncer, même pas une minute.

Pas question de vivre une seconde nuit blanche. Pourtant, en se sabordant de la sorte, il pouvait commencer à l'envisager. Car leur réaction allait venir. Très vite. Sous quelle forme leur colère se manifesterait-elle ? Il s'en moquait. Il avait pris l'initiative de parler en public et tout le monde connaissait l'affaire Morvan, à présent.

Mandé se savait protégé. Ses donneurs d'ordres n'auraient pas les couilles d'inverser la tendance, qu'il s'agisse de le contredire, de l'éjecter ou même de l'éliminer. L'opinion publique ne comprendrait pas qu'il disparaisse des radars.

Sa hiérarchie lui avait demandé de localiser Lucas Morvan ? Eh bien c'était précisément ce qu'il tentait de faire. Sans compter la deuxième piste, connue de lui seul et incarnée par cette gamine à la crinière blonde. La jeune femme était tombée du ciel, avec son accent bizarre et ses objectifs bien à elle. Pas besoin de connaître ces derniers avec exactitude. Pour l'instant, il s'en contrefichait, tant qu'ils servaient ses propres intérêts et lui permettaient de se sortir de cet étau malsain.

Deux initiatives simultanées. Mandé tenait là son quota d'actions démesurées pour le reste de sa carrière.

Son baroud d'honneur.

33

L'adrénaline pulsa dans les veines de Lucas et son cœur s'emballa, le sortant pour la première fois de la dépression dans laquelle il s'embourbait. La chaîne d'information continue BFM-TV affichait son habituel fil d'actualité sur le bas de l'écran. L'urgentiste resta là, incrédule, attendant que ces quelques lignes qui avaient provoqué tant de remous en lui reviennent.

– ÉPIDÉMIE D'EBOLA : Contre la psychose, le gouvernement met en place un numéro vert.

– LE PROMENEUR D'OISEAU : La Chine choisit un film sino-français pour la représenter aux Oscars.

– BELGIQUE : Le nouveau gouvernement prête serment.

– LOI MAZETIER : Interpellation d'une dizaine d'identitaires exigeant...

L'attention de Lucas chuta un instant, mais fut vite reprise par Loïc.

– Ça repasse !

– AVOCATE RETROUVÉE MORTE À NANTES :
Un homme recherché pour meurtre...

C'était là, à nouveau, devant ses yeux stupéfaits.
Comme pour le convaincre que ce n'était pas un mauvais
rêve. Un de plus. Un meurtre ? Une avocate ? L'enquête
sur sa mère était bouclée, non ? Il devait donc s'agir de
Marylise ! Un homme recherché ? Lucas eut un mauvais
pressentiment. Sa tension grimpa d'un coup en pensant...
à lui-même.

Ses poings se serrèrent. Quelle injustice se dressait
encore devant lui ? Sur une chaîne nationale en plus ?
Mais quel cauchemar !

Il échangea un regard consterné avec Loïc. La surprise
du lieutenant semblait véridique. Impossible de jouer la
comédie dans de telles circonstances. L'écran se dédoubla,
offrant à son audience mystifiée le visage de la présenta-
trice sur la gauche et une vue mouvante sur la droite. Une
caméra tressautait sous les pas de son porteur, courant à
travers le hall du commissariat de Nantes pour essayer
d'attraper quelques mots du patron des lieux.

– Putain, mais qu'est-ce qu'il fout, le vieux ? C'est pas
possible ! Je rêve ! hurla Loïc.

Christophe Mandé, impassible face à l'agitation qui se
tenait autour de lui, sortit d'une salle en se contentant de
battre des mains pour repousser ses assaillants. Échaudé, il
croisa ses avant-bras pour couper court, de manière plus
sèche, à toute sollicitation. Il se dirigea d'un pas pressé

vers l'escalier le plus proche et échappa au déferlement médiatique, qui s'échoua au bord des marches sur le rideau d'agents en faction.

Loïc frappa du poing sur la table. Le tintement des couverts dans son assiette attira l'œil réprobateur de la serveuse et de clients attablés non loin de là. Aveuglé par la colère, le lieutenant ne releva pas. Sans perdre une seconde, il tenta d'appeler son paternel. Sans succès. Nouvel accès de rage. Il expira comme s'il voulait faire voltiger de son souffle tout ce qui se trouvait devant lui, avant de se résigner et ouvrir l'une des nombreuses applications disponibles sur son Smartphone, à la recherche d'une retranscription régionale et plus détaillée des événements.

Le commissaire s'était exprimé quelques minutes auparavant, au travers d'une conférence de presse. Sans caméras. Aucune image disponible, mais des dépêches faisaient état de ses déclarations.

« *Nous avons un suspect pour l'homicide perpétré hier sur l'île de Nantes sur la personne de Marylise Blanchet, avocate de renom exerçant dans la région. L'individu est actuellement en fuite, mais nos services sont mobilisés pour tenter de l'appréhender au plus vite. Le lieutenant Loïc Mandé est en charge de cette affaire. Je ne dirai rien de plus à ce stade. Si vous avez quoi que ce soit à dire, adressez-vous à moi. Je communiquerai plus spécifiquement à une date ultérieure. Merci.* »

Les yeux exorbités de Loïc dévorèrent le reste de l'article, qui défila sous l'impulsion de son index tremblant de rage. Ce phrasé sec et direct, presque hautain : pas de doute, il s'agissait bien de son père. Il avait l'impression d'entendre sa voix grinçante résonner dans sa boîte crânienne : « *Le lieutenant Loïc Mandé est en charge de cette affaire.* »

Il remarqua que Lucas l'interrogeait du regard, mais il l'ignora une seconde, lui préférant l'écran rétroéclairé de son mobile. Le doute l'assaillit. Un tel acte, si soudain, mettait une pression pas possible sur ses épaules. Aussi fort qu'il réfléchisse, il ne comprenait pas les motivations du vieux. Leur entrevue, la nuit dernière, affichait pourtant clairement leurs divergences ! Tout ça ne pouvait être dû au hasard. Pas le genre de la maison. Aucun nom ne sortait, hormis le sien. Mais il le savait : l'homme recherché, c'était Lucas.

— Tu as quelque chose ? s'inquiéta l'urgentiste.

— Oui, j'ai mis la main sur la décla de mon père. Figure-toi qu'il m'a mis sur le cas ! Et...

— C'est moi qu'il veut, c'est ça ?

Loïc afficha une mine grave.

Il ne le dit pas explicitement, mais j'en suis certain. Désolé. Pourtant, il sait que je suis ici et que j'ai déjà dû te mettre la main dessus. Il connaît mes méthodes, ma façon de penser. Tout ça est vraiment étrange. C'est comme si...

Le lieutenant ne termina pas sa phrase. Et si son coup de sang, amplifié par le whisky ingurgité dans son bureau, avait fait mouche ? Ses méninges s'embrasèrent. Un flic comme son père avait forcément des restes. Il suffisait de les réveiller, de les remobiliser pour qu'ils s'électrisent une dernière fois, comme en souvenir du bon temps. En se mettant à la place de son paternel, Loïc assimila cette initiative à un coup de poker monstrueux. Il se tourna vers Lucas.

— C'est comme s'il me donnait l'ordre de te pousser le plus loin possible.

Les traits du médecin se tirèrent.

— Je ne comprends pas, là. Explique-toi clairement.

— Lui et moi sommes en désaccord depuis le début. On se connaît à peine, donc je comprends que tu puisses en douter. Mais je pense que ton ressenti était le bon, Lucas.

— C'est-à-dire ?

— Quelqu'un, et quelqu'un de haut placé, si tu veux mon avis, ne veut pas que tu découvres qui tu es. Cette personne a sûrement beaucoup à y perdre. Je voulais mener mon enquête pour expliquer l'inaction douteuse de mes supérieurs, mais cette idée s'est cassé la gueule à l'instant même où mon père a imaginé cette conférence de presse. En résumé : il sait que je doute de toute cette affaire. Il m'a mis à la tête de ces recherches pour me mettre face à mes convictions et me permettre de me déplacer à ma guise.

— Une carte blanche, en quelque sorte ?

— C'est ça. Je n'en reviens pas, mais ce vieux con s'est réveillé, on dirait.

— Si c'est bien ça, c'est assez habile de sa part. Mais dangereux pour toi.

Loïc sourit à cette remarque compatissante. Lucas revenait peu à peu à lui. Et il serait là pour l'épauler. Le Samsung choisit cet instant pour vibrer dans sa main moite. Il capta l'écran des yeux et un mélange de surprise et de satisfaction se lut sur son visage. Déjà ?

Lucas, déboussolé par cette série d'événements, se prenait la tête à deux mains quand Loïc s'écria :

– Meudon !

– Quoi, Meudon ?

– Mon contact a déniché trois structures qui pourraient correspondre à l'établissement où tu vivais avant qu'on t'adopte. Apparemment, s'il y en a un qui vaut le coup d'œil, c'est le plus grand des trois. Celui de Meudon-sur-Seine.

Le cœur de Lucas cogna contre sa poitrine, comme pour le secouer, le supplier de surmonter sa douleur.

Il le savait : désormais, il ne pouvait qu'aller de l'avant. La route vers l'apaisement et l'acceptation passait par la quête de son identité.

– Qu'est-ce qu'on fait encore là ? lança-t-il.

– On règle ce repas et on se casse illico, conclut Loïc.

Le lieutenant se tourna vers le comptoir pour solliciter la personne qui s'affairait près de la machine à café. Devant elle, il contempla le verre à cocktail et le tabouret orange.

Vides.

34

Christophe Mandé exhuma une deuxième clope. Et tant pis pour les représailles conjugales. Il se sentait léger. Il flottait presque. La magie avait opéré à merveille.

Putain, que c'est bon de se sentir vivant à nouveau.

Il retira ses mocassins, allongea ses courtes jambes sur le bureau, et bascula la tête en arrière dans un soupir de satisfaction. Près de ses mollets écrasés par la tranche du plateau acajou, son téléphone se mit à vibrer. Pour la troisième fois. Le commissaire ferma les yeux et ignora la plainte de l'appareil, la cigarette plantée à la commissure de ses lèvres. Vu le timing, pas besoin d'être devin pour savoir de qui il s'agissait.

Que ces enfoirés aillent au diable.

Il allait les faire enrager une heure ou deux au minimum avant de se décider à décrocher. Ensuite, il ferait face à leur courroux comme une digue face à la marée. Sans céder. Son esprit ressassa la suite logique des événements. Nul doute qu'ils allaient détester son intervention « les pieds dans le plat ». Qu'ils le menaceraient. Lui, sa femme, son Yorkshire terrier, son Maine Coon, sa maison, sa famille sur plusieurs générations, ses amis... et surtout son fils, en première ligne. Il sourit. Loïc n'était pas vieux, usé ni affaibli par des dizaines d'années de pratique. Loïc n'était pas con. Loin de là. Il comprendrait sa manœuvre. Le commissaire coinça sa cigarette entre le pouce et l'index de sa main droite, et tendit le bras en l'air, le regard vague.

Il pariait que son rejeton finirait par faire confiance à son abruti de père. Qu'il analyserait la situation avec minutie, anticiperait sur les actions à prendre, appréhenderait le danger grandissant. Et qu'il s'en sortirait avec brio. Comme toujours. Avec l'énergie débordante qui était la sienne. Pendant ce temps, le vieux croulant qu'il était gérait la marmaille en coulisse. Ces foutus cols blancs qui se croyaient au-dessus des lois. Ces racailles de la haute. Une bataille des mots, un duel de prises de décision. Un combat sans merci. Celui qui aurait le plus de nerfs l'emporterait. Il ne craquerait pas.

Christophe Mandé se redressa et saisit son téléphone. Un SMS. Il s'était trompé. À sa grande surprise, aucun appel ni message ne provenait d'eux. C'était elle. Intrigué, il débloqua son iPhone pour dévoiler l'ensemble du texte.

« *Je confirme pour Lucas. Il est avec votre fils. Ils cherchent un orphelinat, à Meudon. Je continue de les suivre.* »

– Sympa à elle de me prévenir, se murmura-t-il, le sourire aux lèvres.

Quelle aubaine ! Il savait bien qu'il déconnait en obéissant aux ordres, suite à la mort violente de Gaëlle Morvan, mais il n'avait aucune idée du pourquoi de ces foutues directives, dont il était le seul destinataire. C'est là que la gamine entrait en jeu. En la chopant la veille, il avait mis la main sur la poule aux œufs d'or. Une mine d'informations pour qui savait en tirer parti, en actionnant les bons leviers. Il lui avait promis de la relâcher, passant l'éponge sur son infraction, ce flagrant délit de rupture de scellé et tout ce qui s'en était suivi, qui pouvait s'avérer très problématique, surtout dans son cas.

En échange d'une chose. Ses motivations. La belle avait accepté dans la seconde. Sans hésiter.

Ces foutus journaleux vendraient père et mère pour qu'on les laisse agir, au nom de la « liberté de la presse », du « droit à l'information » et je-ne-sais quelles conneries encore. D'où qu'ils viennent.

Elle enquêtait au sujet d'un dénommé Lucas. Une recherche aux paramètres multiples. Bien spécifiques. Trop précis pour qu'elle se foute de sa gueule. Pas sûr qu'elle lui ait tout confié, cependant. Mais elle avait lâché plus d'une information qui méritait le détour. La plus importante, sans conteste : Gaëlle Morvan n'était pas la mère biologique de Lucas. La jeune femme cherchait donc à confirmer l'identité de l'urgentiste. Mais pas que. Elle semblait être sur les traces d'une deuxième personne. Minimum. Dans quel but ? Il l'ignorait. Elle avait invoqué une vague histoire de succession, une personne à qui Lucas devait des comptes.

Des foutaises. Ce n'est pas à un vieux singe qu'on apprend à faire la grimace, ma jolie.

Il serait le plus malin. Il l'avait déjà démontré, en remettant la jeune femme sur la piste de Lucas. Elle ne s'y attendait pas, et pourtant, elle s'était jetée dessus. Encore une preuve que ces crevures de journalistes ne valaient pas un kopeck. Cerise sur le gâteau : elle prenait même la peine de l'informer. La gentille gamine. Tout ça valait son pesant d'or.

Pas sûr que la jouer perso serait efficace. Fallait-il mettre Loïc dans la confidence ? En agissant de la sorte, la gonzesse perdrait l'avantage du terrain. Sa filature tomberait à l'eau. Et ses mises à jour inattendues par la même occasion.

Sauf si son fils la jouait fine... Mais non. Cette carte n'était pas la bonne à jouer. Pour l'instant, il la garderait en main. Au chaud.

Tout compte fait, j'ai peut-être intérêt à la laisser faire jusqu'à ce qu'elle retrouve tous ceux après qui elle court. J'aviserai ensuite.

Le commissaire écrasa sa cigarette et succombait à l'envie d'une troisième quand une main lourde toqua à sa porte. Il fulmina. Il ne voulait aucun visiteur. La paix totale. Rituel post-conf' de presse.

— Je suis occupé ! cracha-t-il.

Une timide voix masculine se fit entendre de l'autre côté du mur.

— Mais, monsieur le commissaire, c'est que...

— C'est que quoi ?

— Cet homme, avec moi, veut absolument vous voir. C'est urgent. En rapport avec la conférence de presse.

Il dit que les ordres viennent d'en haut. Je n'ai pas eu d'autre choix que d'obéir et le conduire jusqu'à vous.

Les palpitations reprirent et le cœur du commissaire cogna de plus belle contre sa frêle cage thoracique. L'excitation ? Ou la peur de se confronter à eux ? Il ne saurait dire. En tout cas, ces enfoirés n'avaient que faire des préliminaires. Ils passaient directement à l'action.

35

Lessivée.

La jeune femme sortit de la salle de sport, rue Saint-Lazare, pour regagner son domicile. Comme très souvent, elle n'avait pas pris sa douche dans les cabines de l'enceinte *low cost* où elle était abonnée. Hygiène douteuse.

Ça ne valait pas le coup, alors que son deux-pièces se trouvait à moins de dix minutes de marche. Et peu importait de se mélanger aux Parisiens sous sa tenue d'effort, encore transpirante après ses dix kilomètres hebdomadaires sur son tapis de course fétiche. Les mollets tiraillaient, mais elle se sentait bien. L'endorphine était à l'œuvre dans ses veines pour la faire planer. Le froid ambiant se cassait les dents sur elle. Un esprit sain dans un corps sain. Sa maxime de prédilection. Le besoin viscéral de se défouler chaque samedi comme pour remettre à l'heure les pendules de son mental, parfois défaillant face aux atrocités dont elle témoignait dans l'exercice de ses fonctions.

Elle ferma son coupe-vent, dénoua ses cheveux bruns et remonta la rue de Caumartin d'un pas rapide.

Sa silhouette fine et musclée, malgré sa petite taille, en faisait se retourner plus d'un sur son passage. Elle les voyait du coin de l'œil, ces pervers, faisant semblant de l'ignorer pour ensuite se retourner, les yeux scotchés sur son physique. Elle en était fière, de son corps d'athlète. Taillé pour le demi-fond depuis le plus jeune âge, il lui était bien utile pour courir après les délinquants en herbe de la région parisienne. Arrivée au croisement du boulevard Haussmann, elle s'arrêta dans un restaurant japonais pour commander un menu à emporter.

Son combo habituel : six sushis, six makis et une bouteille de thé vert.

L'animation dans le 9e arrondissement de la capitale lui allait à ravir. Exit Nanterre, près du boulot, certes, mais ennuyeuse à mourir. Pour une jeune trentenaire à la situation amoureuse aussi chaotique que le trafic sur la ligne de RER qu'elle empruntait au quotidien, rien de tel que la vie de quartier trépidante du cœur de Paris. Pas d'emmerdes pour sortir le soir, encore moins pour rentrer. Tout se faisait à pied, en Vélib, ou au pire en taxi. L'usage du sacro-saint métro, ou de tout autre transport ferroviaire francilien, hors raisons professionnelles, revêtait un caractère exceptionnel. Et pour cause : le Parisien des profondeurs était une espèce à éviter à tout prix. Râleur, éternel pressé, doté d'un sens civique proche du néant, goujat comme pas permis, il cumulait tous les inconvénients qu'elle listait chez les mecs. Elle les mettait dans le même sac que ces derniers : moins elle les fréquentait, mieux elle se portait. Mais il fallait croire qu'elle les attirait, ces imbéciles. Pas plus tard qu'hier soir, en goguette dans un bar allemand avec *beer garden*, dans le 17ᵉ arrondissement, elle avait dû se coltiner le gars le plus lourd du coin. L'ami d'un ami, comme souvent. Imbibé d'alcool, un peu trop entreprenant. Sûr de lui. Collant. Vulgaire. Remis en place *manu militari*.

Son sac de sport dans une main, son repas dans l'autre, elle se pointa devant l'entrée d'une bâtisse haussmannienne dont les lignes fuyantes s'étiraient sur toute la rue. Elle entra et grimpa les marches quatre à quatre jusqu'au deuxième étage, portée par son estomac, qui lui parlait du pays. Pas question de manger dans cet état. Elle investit ses trente mètres carrés, posa ses victuailles sur le bureau et fila sous la douche.

L'eau chaude apaisa sa tension musculaire. Les yeux fermés, elle pensa à son week-end. Qu'allait-elle bien pouvoir faire du reste de sa journée ? Et du lendemain ? Elle aimait apprivoiser l'air frais de l'automne pour flâner ou faire quelques courses dans le quartier des Galeries Lafayette tout proche. Cette idée l'accompagna jusqu'à son retour dans le séjour, où elle s'installa sur le sofa, retira le couvercle en plastique de la boîte à bento[1] et craqua ses baguettes avec empressement. Elle attrapa un maki d'un pincement habile, tout en allumant la télé. Puis elle sortit son téléphone de la poche avant de son sac. Le voyant frontal de ce dernier clignotait d'un blanc

---

1. Terme japonais désignant un repas rapide contenu dans un coffret compartimenté.

immaculé toutes les deux secondes. Un message. Elle l'ouvrit en mâchouillant son premier carré de riz fourré imprégné de sauce soja.

« *Salut, Caro, comment tu vas ? J'ai une faveur à te demander. Tu pourrais jeter un œil à ça, stp ? Je dois trouver cet endroit et m'y rendre le plus vite possible. Un orphelinat. Photo de 1984. Fais-moi signe si tu as quelque chose ! C'est urgent. Merci d'avance ! ++ Loïc* »

La jeune femme écarquilla les yeux. Si elle s'y attendait ! Loïc Mandé, le mec qu'elle avait le plus de mal à oublier, refaisait surface. Même s'ils ne se voyaient plus depuis qu'elle avait rallié Paris, ils gardaient néanmoins le contact à intervalles assez réguliers. Toujours là, à lui demander de l'aider.

Il ne changeait pas. Ça l'exaspérait. Il sollicitait ses services, puis disparaissait, parfois pendant des semaines, voire des mois, avant de réapparaître comme une fleur. Avec une nouvelle requête. Trop gentille, elle cédait à chaque fois. Comme une idiote. Loïc pouvait se targuer d'être le seul à posséder un semblant d'emprise sur elle. Loïc Mandé, son talon d'Achille.

Le SMS précédait un fichier joint. Une photo prise à la va-vite, démontrant toutes les qualités artistiques de son ami : proche du néant. Caroline posa les yeux sur le cliché d'un autre âge. Une femme, deux enfants au premier plan et une multitude derrière. Elle engloutit un nouveau maki tout en pestant. Son boulot consistait à traquer les malades qui commettaient des enlèvements, pas de faire guide touristique ! Elle se pencha bon gré mal gré sur le décor en arrière-plan. Une cour gigantesque, gazonnée selon un cercle. Du ciment tout autour. Un bâtiment très caractéristique, à l'architecture baroque. Majestueux. Et que dire de cette tour, très fine, semblable à la lame d'un couteau, avec une garde sertie de barres de fer ? Plus loin, à l'horizon, elle devinait quelques maisons, et ce qui ressemblait à un massif forestier. Ses yeux marron se recadrèrent sur le domaine.

Ce mastodonte ? Un orphelinat ? Facile à vérifier.

Caro dégaina sa machine de guerre : un MSI i7 Stealth dernier cri. Son joujou perso. La bécane du boulot faisait office de jouet pour enfant à côté de cet ordinateur.

Premier indice : la forêt. Un espace de cette taille ne courait pas les rues sur le territoire. Couplé à un bâtiment de cette taille et de ce style, la recherche gagnait en pertinence. Il ne lui fallut pas plus de dix minutes pour qu'elle mette la main sur trois endroits susceptibles de correspondre. L'un d'eux, en particulier, attira son attention. Semblable à la photo dans les grandes largeurs. Mais il y avait un hic. Caro jeta un œil à son horloge murale : bientôt 13 heures. La bouche pleine, elle attrapa son téléphone portable, répondit à Loïc, avant de finir son repas et se prélasser devant les news.

36

Christophe Mandé serra les dents.

Comme si j'avais un putain de choix.

— C'est bon, entrez, nom de Dieu ! vociféra-t-il.

La porte s'ouvrit sur un agent aussi grand que maigre, cheveux courts coiffés en brosse, qui n'osa pas affronter la mine réprobatrice du commissaire. Ce dernier lui lança un regard mauvais, comme s'il allait le bouffer tout cru, avant d'attraper sa cigarette électronique qui gisait échouée sur le bureau.

Retour à la frustration et à cette satanée clope 2.0.

Le jeune homme s'effaça pour faire place au nouvel arrivant. Le visage de Mandé se figea dans une expression mêlant surprise et défiance absolue. Voilà donc à quoi ressemble la façade de la maison du Diable. Un homme d'une quarantaine d'années, chemise blanche, col ouvert, costard bleu nuit sans pli, impeccable comme s'il sortait lui-même du pressing, s'avança en arborant son plus beau sourire, main tendue. Un type méprisable qui se distinguait par sa taille. Il était grand, très grand.

— Alors, Mandé, c'est comme ça qu'on reçoit ses invités ?

Cette voix rocailleuse. Condescendante. Pas de doute, le type qui le harcelait au téléphone depuis la mort de Gaëlle Morvan se tenait là, devant lui. Bizarre, à l'entendre au téléphone, il lui aurait bien donné dix ou quinze ans de plus.

Le commissaire accepta la poignée de main offerte par le grand échalas aux allures de jeune premier.

– Ça alors ! On daigne se montrer en personne, monsieur... ?

– Je vois que vous m'avez reconnu. Appelez-moi Laurentis.

– Laurentis ?

– C'est ça, vous comprenez vite, mon cher.

Mandé se tourna vers l'agent, planté comme un piquet dans l'embrasure de la porte.

– Hé, Marconnet ! Ne restez donc pas là et amenez-nous deux cafés, vous voulez bien ?

Le policier grimaça en hochant la tête, avant de disparaître sans un mot. Le commissaire refit face à son invité surprise. Ce dernier ne prit pas de gants pour entamer ce qui ressemblait plus à un match d'égo entre deux adversaires de catégories différentes. Le jeune contre le vieux. La fougue contre l'expérience.

– Qu'est-ce qui vous a pris, cher commissaire ? Pour me mettre à votre niveau, je dirais même : c'est quoi ce foutoir ?

Mandé ne put réprimer un sourire, qui vira en un ricanement teinté d'ironie. Il tira à nouveau sur son e-cigarette, comme pour alimenter sa nervosité.

– Je pourrais aisément vous retourner la question, monsieur Laurentis. Que cachez-vous de si grave, « là-haut », pour me pousser à agir comme le dernier de vos larbins ?

– Ce ne sont pas vos affaires. Comme si j'allais vous le dire ! En tout cas, vos initiatives m'emmerdent au plus haut point.

– Vous m'en voyez ravi. Mais vous êtes certains que c'est réellement vous que ça emmerde ? Je taperais bien un peu plus haut dans l'organigramme, pour voir.

– Je vous avise de ne même pas essayer. Les conséquences pourraient vous dépasser, vous et votre petit jeu de commissaire de seconde zone.

Marconnet choisit cet instant pour se signaler et réinvestir la pièce. Il s'aventura jusqu'au bureau et déposa deux tasses de café noir, fumantes, ainsi que des sticks de sucre en poudre. Les deux hommes le dévisagèrent, ne lui laissant pas d'autre choix que de s'éclipser en faisant profil bas. La porte claqua.

– On voit que vous maîtrisez bien vos agents, cher commissaire.

Mais méfiez-vous : on rencontre toujours plus fort que soi.

Reprise des hostilités. Mandé se voyait sur un ring, en challenger, face au grand dadais de champion qui se pavanait devant lui, brandissant sa ceinture dorée. L'air supérieur, arrogant et fier. Bon Dieu, il lui casserait bien la gueule.

– Le commissaire de seconde zone est encore en charge de cette enquête, si je ne m'abuse, ironisa Mandé tout en attrapant une des tasses.

Il désigna le second mug de sa main libre. Son interlocuteur s'exécuta en silence, et vida trois sticks de sucre dans son breuvage, sous les yeux interloqués du commissaire.

— Vous allez finir par être diabétique, mon pauvre.

Laurentis ne releva pas et poursuivit sur sa lancée.

— Je ne vais pas vous démettre, la décision serait incomprise par les médias et risque d'attirer l'attention plus que de raison. Mais je vais vous pourrir la vie, croyez-moi. Et ça commence maintenant.

— J'aimerais bien vous y voir !

La bouche de l'homme s'étira en un sourire satisfait.

— Mais c'est déjà en partie le cas, mon cher.

— Pardon ?

Laurentis trempa ses lèvres dans sa tasse et ferma les yeux, comme pour faire enrager encore plus le commissaire. Et ça fonctionnait. Il fulminait.

— J'ai briefé tous les agents de la cellule d'investigation. Ne manque qu'une personne. Votre fils. Comme par hasard. Où est-il ?

Mandé la joua au bluff.

— Loïc ? Là, maintenant ? Absolument aucune idée ! Même si je le savais, qu'est-ce qui me force à vous le révéler ? Et puis, êtes-vous sûr d'avoir briefé l'ensemble de la cellule ?

— Pas grave. Heureusement que vos petits gars sont dociles, eux. Ne jouez pas au plus fin avec moi. J'ai pris connaissance d'un élément très intéressant. Vous feriez bien de vous en inspirer, ou je ne répondrai de rien concernant le lieutenant Mandé.

Le commissaire afficha une moue dubitative. Qu'avait appris Laurentis ? Il voulut croire qu'il bluffait, lui aussi.

Putain, s'il a découvert pour le fiston, je suis dans la merde.

— Et ne tentez pas de contacter votre fils, je vous préviens ! ajouta Laurentis, comme s'il lisait en lui. Sur ce, mon cher, je vais vous laisser vaquer à vos occupations. Et on se tient à carreaux. Ne me faites pas regretter de m'être déplacé pour votre belle personne.

Mandé resta coi, mitraillant son assaillant de ses prunelles brunes, tandis que ce dernier prenait congé. Ces enfoirés essayaient de lui coller une muselière. Il inspira avec force et refoula l'air stocké tout en puissance, avant de se diriger vers la fenêtre qui donnait sur l'entrée du commissariat. Une lueur d'espoir s'alluma dans un recoin de sa tête. À aucun moment cet oiseau de malheur n'avait prononcé son prénom. S'il était au casino, il miserait tout sur le fait que son contact avec la journaliste leur était inconnu. *All in.* Tous ses jetons sur la table. Il l'avait jouée fine en s'occupant d'elle tout seul. Et il en récoltait les fruits aujourd'hui.

37

Lucas retrouva ses esprits, la tête lourde. 19 h 03 sur l'écran rétroéclairé de la 308.

– Eh ben mon vieux, tu t'es écroulé comme une masse ! s'amusa Loïc.

L'urgentiste ne releva pas et jeta un coup d'œil à la ronde.

– On y est presque. T'as roupillé la majeure partie du temps. J'espère au moins que t'as bien récupéré.

Lucas haussa les épaules, avant d'étirer ses avant-bras. Non, son sommeil ne fut pas aussi réparateur qu'escompté. Dans ses songes, Gaëlle, la seule mère qu'il connaissait, l'abandonnait dans les rues gelées de Nantes en plein mois de décembre. Puis il se faisait pourchasser par une horde d'hommes en noir jusqu'aux confins du monde. Une seule question sortait de sa bouche, quoi que sa conscience tente de lui transmettre, quoi qu'il essaie d'articuler : qui suis-je ? Un vrai cauchemar.

Le soleil se couchait sur la capitale, et des milliers d'yeux blancs perçaient le décor routier sur le périphérique parisien. Lucas bâilla avant d'observer Loïc, les mains sur le volant, l'arrière du crâne collé à l'appuie-tête, qui fixait la route comme un pantin sans âme, assommé par plus de cinq heures de trajet. L'entrée dans l'anneau intérieur de circulation signait le début des ennuis. Démarrage. Freinage. Démarrage. Freinage. Loïc fit craquer ses cervicales d'un mouvement de la tête.

Retour dans la masse irritante et stressante d'une grande agglomération. Et pas n'importe laquelle. Lucas n'aimait pas particulièrement Paris. Venir faire la bringue, le temps d'un week-end, OK. Mais pas question de s'attarder davantage. La province plutôt que l'Île-de-France. Nantes plutôt que Paname. La Loire plutôt que la Seine. Pourtant, une étrange sensation de sécurité l'enveloppa. Il était planqué dans une voiture de police banalisée, au beau milieu du flot de véhicules à l'arrêt sur le bitume. Protégé par un rideau humain et automobile bien dense.

Inaccessible.

– Elle habite dans le 9ᵉ, lança Loïc tout de go.

Il jeta un œil sur le GPS.

– On ne devrait plus être très loin. Putain, mais qu'est-ce qui lui a pris de déménager en plein centre ? Sans déconner !

– On peut s'estimer heureux qu'elle accepte de nous recevoir dans ces conditions.

– Je sais.

– Alors, arrête de tirer la gueule comme ça ! Qu'est-ce que je devrais dire, moi ?

Le lieutenant haussa les épaules. Lucas n'avait pas tort. Ses jérémiades ne pesaient rien face à tout ce que l'urgentiste traversait. Ce dernier s'excusa de s'être emporté et profita du ralentissement pour se remettre à jour.

– Tu peux me dire en détails ce que ta collègue fait ?

Loïc se massa la nuque de la main gauche et fixa la route.

– Caro ? Elle bosse à la sous-direction de la Police judiciaire des Hauts-de-Seine. Groupe enquêtes et recherches. Même si elle file un coup de main au groupe de répression du banditisme de temps en temps. Elle a trente-et-un balais. Je peux te dire que c'est une sacrée performance d'arriver dans un service comme ça si tôt.

– Pourquoi tu t'es tourné vers elle ?

– C'est une geek en puissance. Vraiment balèze dans son métier. Tu l'as bien vu d'ailleurs : elle a décortiqué la photo en moins de temps qu'il me faut pour le dire.

– C'est clair que c'est impressionnant.

Loïc gloussa, avant de marquer un temps d'arrêt.

– Ah, et autre chose. On était plutôt... intimes dans le temps. Autant que tu le saches d'entrée !

Lucas esquissa un sourire face à cette confidence inattendue. De mémoire, la première que lui concédait le lieutenant depuis qu'il avait croisé sa route.

– Même avec ça, tu es sûr qu'on peut vraiment lui faire confiance ? Pourquoi elle ne nous vendrait pas à ton père ?

– Parce que c'est lui qui est à l'origine de sa mutation à Nanterre. Si je ne suis plus avec Caro aujourd'hui, c'est de la faute de ce vieux con. Et dire qu'il a eu le culot de me dire que c'était pour que je me concentre sur ma carrière ! Crois-moi, elle ne fera rien pour nous emmerder, au contraire ! La connaissant, il est impossible qu'elle ne sache pas que je suis responsable de l'enquête qui te vise.

— Elle n'est pas conne, elle a dû faire le rapprochement avec la photo depuis qu'on est entrés en contact ! Et pourtant, elle n'a rien dit, si ce n'est de nous presser pour ramener nos fesses à Paris.

— Je me demande quand même ce qui l'a dérangée pour qu'elle veuille en parler directement.

— Ça, on ne va pas tarder à le savoir. De toute manière, vu l'heure qu'il est, on n'aurait pas pu tirer grand-chose de l'orphelinat ! On va en profiter pour se reposer, et s'y rendre avec toutes les infos nécessaires.

— Oui, c'est plus sage.

Le visage de Loïc s'assombrit. L'image de son père et de son face-à-face de la nuit dernière lui revint en mémoire. Le vieux venait de se mettre en danger. Danger qui le menaçait lui aussi désormais.

— En parlant de sagesse, lâcha le lieutenant, il faut qu'on trouve une parade à cette putain d'annonce télévisée. Tu es censé être en fuite, et moi en train de te courir après. L'avis de recherche a dû circuler en interne. Pas question qu'on nous voie ensemble, au risque de se mettre dans une merde noire.

Lucas fit la moue.

— Tu proposes quoi ?

— Là ? Tout de suite ? Franchement, rien ! Mais une chose est claire : on va devoir éviter d'être vus ensemble.

Donc, autant tout faire pour en tirer profit, d'une manière ou d'une autre.

– C'est sûr. Mais avec ce qu'il s'est passé à Aytré, solitude rime avec risques. Ils ont essayé de me choper une fois, ils vont recommencer...

– Pas le choix, mon vieux. Je doute que ces types te lâchent la grappe, c'est clair. Même si tu renonces à toute cette histoire. Je ferai ce que je peux pour couvrir tes arrières sans me faire griller.

Lucas resta silencieux sur cette dernière remarque. Le policier risquait bien plus que de perdre sa carrière. Il voulut croire qu'il venait de se trouver un nouvel allié de cavale. Mais la prudence restait de mise tant que la situation perdurait.

La 308 s'extirpa du bouchon et quitta le périphérique pour rejoindre les bords de Seine. Loïc, pas habitué à la conduite hachée et nerveuse si caractéristique des Parisiens, fixait le GPS avec appréhension. Le silence gagna l'habitacle qui s'assombrissait de minute en minute, contrastant avec la cacophonie environnante. Nouveau bouchon. Concert de klaxons. Le lieutenant tapota le volant des doigts avec frénésie.

– Putain, cette ville, je ne m'y ferai jamais ! On va mettre deux heures pour faire trois ou quatre bornes à ce rythme !

Après plusieurs arrêts marqués, la berline contourna la place de la Concorde puis l'église de la Madeleine pour se rapprocher de sa destination. Loïc hésita une ultime fois avant de s'engager dans la rue de Caumartin à la recherche d'une place de parking disponible. Il réussit à se garer à l'angle de la rue des Mathurins.

— Enfin ! Pas trop tôt ! Putain, mes jambes ressemblent à des bouts de bois, et je sens plus mon cul !

Les deux hommes s'extirpèrent de la berline et claquèrent leur porte de manière quasi synchrone.

À une dizaine de mètres de là, plus bas dans la rue, une Jeep Renegade noir carbone aux vitres teintées se terrait, comme un fauve aux aguets, dans la nuit parisienne.

38

Une bonne odeur de bois de santal régnait dans la salle de séjour. Finalement, Caro s'était délassée toute l'après-midi, ennuyée par quelques courbatures malvenues aux trapèzes. Étirements, relaxation, thé vert sur fond de Paulo Sergio. Rien de tel qu'un peu de *bossa nova* pour reprendre du poil de la bête. Le meilleur des remèdes, en toutes circonstances. L'interphone sonna. Elle attrapa son téléphone et baissa le son des enceintes Bluetooth avant de répondre.

— Oui ?

— C'est nous, Caro, signala une voix rauque.

Elle pressa l'interrupteur sur le côté du boîtier blanc, et un grésillement se fit entendre de l'autre côté du combiné.

— C'est bon ?

Une porte claqua.

— Nickel !

— Au deuxième !

Caro tira le loquet de la porte d'entrée et colla une épaule dans l'encadrement. Son cœur jouait une partition désordonnée alors que Loïc, *son* Loïc, se rapprochait de seconde en seconde. Mais elle savait aussi qu'il ne se présentait pas seul. Elle avait un invité de marque, ce soir.

Ses iris marron croisèrent ceux du lieutenant, qui esquissa un sourire.

— Caro ! Ça fait une paye ! Comment tu vas ?

Les deux ex-tourtereaux s'enlacèrent chaleureusement. La brune aperçut par-dessus les épaules de son ami un homme dont les yeux bleu océan captèrent son attention. Ce dernier s'avança avant même que le lieutenant puisse faire les présentations.

— Lucas Morvan, enchanté. Merci de nous recevoir chez vous.

— Caroline Lima. De même. Pas de problème, et laisse tomber le « vous », tu veux bien ?

Après une poignée de main, Caro s'écarta et tendit le bras.

— Entrez, entrez. Ce n'est pas très grand, mais très cosy, vous verrez.

Elle leur emboîta le pas et surprit Loïc en train de sourire en retrouvant une atmosphère et une odeur qui devaient lui rappeler bien des choses. À côté de lui, son ami Lucas semblait gêné d'être là. Et pour cause.

— Alors c'est donc toi, le mec recherché.

Cette remarque piqua l'urgentiste au vif. Rien de tel pour le dérider un peu.

— Je pense, se hasarda-t-il.

— « Je pense », à d'autres ! coupa Loïc. C'est bizarre que le vieux ne m'ait pas contacté d'ailleurs. Histoire de confirmer.

– Il ne l'a pas fait ? s'enquit Caro.

– Non, et c'est pas le genre de la maison !

– Si ça peut t'aider, j'ai fouiné un peu après avoir vu les infos, et c'est Lucas qu'on veut choper, conclut la policière.

Les deux hommes la dévisageaient. Lucas tenait le regard le plus insistant. Il doutait d'elle, c'était évident.

– Ne t'en fais pas, je ne vais pas te balancer, j'aurais eu dix-mille fois l'occasion de le faire aujourd'hui ! Juste le temps de te tendre un petit piège et te cueillir ici, et maintenant. Tu ne crois pas ?

Lucas afficha son mal-être alors qu'elle montrait le sourire le plus espiègle de sa collection.

– Si Loïc, le mec censé te mettre la main au collet, t'amène ici malgré tout ce raffut, c'est qu'il a de bonnes raisons de croire que tu n'es pour rien dans ce meurtre. Donc moi aussi. Et puis, je ne suis pas de service, aujourd'hui. C'est la vraie Caro qui parle, pas la flic.

Elle se tourna vers le lieutenant.

– Et toi, tu ne perds rien pour attendre ! On réglera nos comptes avant que tu repartes ! Je t'ai sous la main, je ne vais pas te lâcher comme ça !

– Je plaide coupable, tu peux prononcer ta sentence, gloussa Mandé.

– Ça viendra, ne t'inquiète pas !

Elle passa une main dans ses cheveux bruns.

– Plus sérieusement les gars, je vous ai fait venir ici parce qu'on a un petit souci, pour votre orphelinat.

– Qu'est-ce que tu as ?

Caro attrapa son ordinateur portable et le tourna vers son audience. Elle fit disparaître l'écran de veille d'un glissement de l'index sur le pad digital.

— Voilà l'endroit. J'ai hésité avec les deux autres lieux dont je t'ai parlé, Loïc. Mais depuis, j'ai bien avancé. Pas de doute permis.

Elle ouvrit la photo de Lucas dans une fenêtre séparée et la mit à côté d'un cliché de la cour de l'orphelinat.

— Ah ouais, en effet ! siffla Loïc. Les images se ressemblent comme deux gouttes d'eau.

Lucas resta silencieux et se mordit la lèvre inférieure. Cet endroit était-il le théâtre de son adoption ? Il n'arrivait toujours pas à y croire.

— Et c'est quoi qui cloche exactement ? Parce que là, rien ne me saute aux yeux ! ironisa le lieutenant.

— Le problème, mon cher, est que cet établissement n'existe plus. Ce qui s'appelait l'orphelinat Saint-Philippe, bâti au début du XIXe siècle et transformé brièvement en hôpital militaire lors des deux grandes guerres, est désormais un village éducatif.

— Ah, tu m'as fait peur ! Je croyais que le truc était en ruines... C'est déjà ça de pris ! Village éducatif depuis quand ?

— 2004, si j'en crois les infos qui circulent sur le Net.

Lucas se décida à intervenir.

— OK, donc vingt ans après mon départ. Il est quand même resté ouvert un sacré paquet de temps !

— Oui, acquiesça Caro. Vous pourrez sûrement en tirer quelque chose si vous trouvez les bonnes personnes.

Loïc, qui s'était affalé sur le sofa, sauta sur l'occasion.

– Tu as des noms ?

– Le seul que j'ai est celui de la directrice actuelle. Colette Gildas. À part ça, non, rien du tout.

– C'est déjà pas mal en si peu de temps, concéda Lucas.

Caro posa les mains sur ses hanches, son regard oscillant entre ses invités.

– Pendant que je vous tiens, c'est quoi exactement, cette photo ?

– C'est ma mère... adoptive qui l'a laissée, précisa l'urgentiste en pointant Gaëlle de l'index. Le gosse dans ses bras, c'est moi. Je viens à peine d'apprendre que je n'étais pas son fils biologique.

– OK. Je m'en doutais bien, mais au moins là, c'est clair ! Désolée pour la nouvelle, ça a dû être un sacré choc !

Le médecin acquiesça sans décrocher un mot. Loïc se releva pour rompre le malaise naissant à sa manière.

– Ça tombe bien, tiens ! Toi qui traques le parcours de gosses, quel est le moyen le plus rapide d'avoir des infos sur ceux qui ont été adoptés ? Je t'avoue que j'ai jamais mis le nez là-dedans !

– Le plus simple, c'est d'aller au TGI de la région d'adoption.

– TGI ? répéta Lucas.

– Tribunal de grande instance. Tu dois faire une demande de copie du jugement d'adoption, s'il existe. Par contre, pour les cas d'adoptions supérieurs à trente ans, il faut aller du côté des archives départementales.

– Putain, on est pile au-dessus des trente ans là ! enragea Loïc. C'est où ces archives ?

– Pour les Hauts-de-Seine, Nanterre. Mais bon, demain c'est dimanche, les gars !

– Pas moyen que tu nous déniches ça *via* ta bécane ?

– Non, vu l'ancienneté du cas, je doute que ce soit dispo en version électronique, de toute façon. Vous pouvez oublier tout de suite la voie classique. Si j'étais vous, je mettrais une pièce sur le village éducatif. Ils ont un internat, la structure est ouverte sept jours sur sept.

Les deux acolytes hochèrent la tête. Caro ferma son ordinateur et attrapa son téléphone.

– Et si on parlait de tout ça autour d'un repas ? On ne va nulle part, bien sûr. Je connais un super traiteur brésilien dans le 17e, qui livre à domicile, si ça vous branche. Ils ont une *feijoada* à tomber par terre !

DIMANCHE
12 OCTOBRE 2014

39

Lucas claqua la porte du taxi commandé par Caro quelques heures plus tôt, et ne put réprimer quelques frissons. La température ne devait pas excéder les dix degrés, alors qu'on était déjà à la mi-journée. Le ciel, longtemps hésitant, décida de l'accueillir en déployant un concert de grosses gouttes qui s'abattirent sur la ville. Le médecin déplia le parapluie bleu donné par la Franco-Brésilienne pour parer à cette éventualité. Meudon semblait léthargique en ce dimanche d'octobre froid et pluvieux, les familles préférant le cadre chaleureux de leurs maisons à celui du marché qui se tenait chaque semaine à cette heure-là.

Lucas progressa jusqu'à l'entrée du village éducatif Saint-Philippe : une arche baroque surmontée d'une croix, d'où il pouvait apercevoir, au-delà du chemin escarpé, la grande bâtisse et sa tour singulière, entrevues sur les nombreuses photos dénichées par la policière la veille au soir. La grille en fer forgé noire était ouverte. Il s'avança en se demandant si Loïc était bien arrivé. En théorie, il devait se terrer dans la 308, non loin de là, et n'intervenir qu'en cas de nécessité absolue. Le médecin tomba face à une barrière rouge et blanche.

– Monsieur ? Que puis-je faire pour vous ?

Un homme chenu, chevelure argentée bien épaisse et moustache d'un autre temps, lui fit signe depuis une guérite sur sa droite.

– Je viens voir madame Colette Gildas, directrice de l'établissement.

Le vieil homme paraissait surpris, mais resta courtois.

– Attendez un instant, s'il vous plaît.

Il décrocha le combiné du téléphone attenant et tapota sur le clavier, avant de se laisser aller sur sa chaise décrépite. Il marmonna un instant avant de jeter un œil analytique sur l'urgentiste, le scannant de haut en bas.

– Vous êtes monsieur… ?

– Morvan. Lucas Morvan.

Le vieil homme hocha la tête et termina d'informer son interlocuteur.

– C'est bon. Au bout, sur votre droite, vous apercevrez le bâtiment principal. Vous ne pourrez pas manquer le hall d'entrée avec ses trois arches et le buste en son centre.

– Merci.

Lucas se courba, remonta ledit chemin. Il tendit la main pour constater que l'averse qu'il subissait vivait ses derniers instants. Il replia et secoua son parapluie avant de rejoindre l'entrée.

En effet, le lieu était immanquable. Une entrée digne d'un véritable décor de château, avec ses arches de pierre taillée chargées d'histoire. Le buste de Marie

Brignole-Sale, duchesse de Galliera, fondatrice du lieu, dominait l'ensemble. Au pied de la sculpture, Lucas aperçut l'escalier menant aux nombreux étages de l'établissement. Le tout était recouvert d'un toit en verre, qui, malgré le temps maussade, bénissait l'endroit de lumière naturelle.

Des talons claquèrent sur le sol, annonçant l'arrivée d'une femme menue, la cinquantaine bien consommée. La soixantaine, peut-être, songea Lucas. Le médecin perçut derrière ses traits détendus et ses petites lunettes à verres ronds la flamme de l'empathie dans ses iris verts. Son être semblait en contradiction avec son style vestimentaire, qui laissait présager d'une personne arrogante et austère. Comme si on l'avait forcée à enfiler l'habit de directrice et les clichés associés.

— Monsieur Morvan, c'est ça ? demanda-t-elle d'une voix claire. Bonjour.

— Bonjour, madame Gildas. Merci de prendre le temps de me recevoir.

— Aucun problème. Les activités sont réduites aujourd'hui, avec ce superbe temps dont nous gratifie mère Nature, ironisa-t-elle.

La directrice emmena Lucas dans l'une des salles attenant à l'entrée, au rez-de-chaussée. Le jeune homme regretta de ne pas pouvoir se promener à sa guise dans la propriété. Qui sait si ça n'allait pas raviver des souvenirs enfouis dans sa mémoire, depuis tout ce temps.

Colette Gildas désigna une chaise en bois à son hôte et saisit deux verres sur le plan de travail.

– Vous prendrez bien un café ?

– Avec plaisir. Merci.

Lucas observa la salle, meublée avec sobriété. Rien de superflu. L'humidité ne filtrait pas, mais il ne faisait pas chaud. Le café s'avérait bienvenu.

– Alors, dites-moi jeune homme, qu'est-ce qui vous amène aujourd'hui ?

– J'étais pensionnaire de cet endroit au début des années 80, et je me demandais si vous aviez des informations sur cette époque ?

La vieille dame, en train de sucrer son breuvage, s'arrêta net sous le poids de l'étonnement.

– Vous aussi ? Deux personnes qui me demandent la même chose à quelques heures d'intervalle. Quelles sont les chances que ce soit une coïncidence ?

– Pardon ? interjeta Lucas en écarquillant les yeux. Une personne est venue vous voir ce matin ?

– Oui, une femme. Très charmante d'ailleurs. Courtoise, foncièrement gentille. Elle m'a dit avoir vécu dans cet endroit, qui était toujours un orphelinat, en 1984.

– À quoi ressemblait-elle ?

– Blonde, cheveux courts. D'apparence sportive, je dirais. Elle ne lâchait pas son petit carnet de notes et buvait mes paroles comme si j'étais le Saint-Père.

Le cœur de Lucas s'emballa. Pouvait-il s'agir de la femme qu'il avait surprise quittant l'appartement de sa mère ? La longueur des cheveux en moins, le reste semblait coller.

Elle aussi était sur les traces de l'orphelinat ? La coïnci-
dence serait trop énorme... à moins qu'elle me suive ?

– Avez-vous un nom ? Ou un autre signe distinctif ?

– Elle s'est annoncée comme une certaine Alisa. Son
français était impeccable, mais doté d'un accent assez
prononcé. D'Europe de l'Est, je dirais. C'est tout ce que
j'ai, désolée. Je n'ai pas spécialement cherché à en savoir
plus. La vie est monotone ici, vous savez. J'étais bien
trop contente d'avoir de la visite pour égayer cette morne
journée.

Alisa, Alisa... Lucas séchait. Ce nom ne lui évoquait
rien, mais alors rien du tout.

– Et que lui avez-vous dit ?

La directrice but une gorgée de son café et serra les
lèvres en réaction au liquide brûlant.

– La même chose que ce que je m'apprête à vous dire.
Je sais juste que la directrice de l'orphelinat à l'époque,
Michèle Rougier, vit toujours près de Paris, pas très loin
d'ici d'ailleurs. Je ne la connais pas plus que ça. Elle passait de temps en temps après que j'ai repris la direction
de l'établissement, mais elle se fait plus discrète depuis
quelques années. Une femme droite, juste. Intègre. Proche
des gamins.

Lucas imprima le nom de l'ex-directrice dans son esprit.
Cette femme détenait peut-être la clé de son identité. Fort
de cette nouvelle information, il décida de prendre congé.

– Je vous remercie, madame Gildas.

– Mais de rien, mon petit. Je suis intriguée par ce soudain regain d'intérêt autour de ce domaine, à vrai dire.

J'espère que vous trouverez à Paris ce que vous êtes venus chercher ici.

— Rien n'est moins sûr, sourit Lucas en finissant sa tasse. Je vais y aller de ce pas. Nous verrons bien. Auriez-vous l'adresse de madame Rougier ?

— Je dois avoir ça quelque part, oui.

La vieille dame se leva et se mit en quête du précieux sésame, retournant la pile de documents qui gisait sur le vieux bureau en ébène occupant un recoin de la salle. Elle soupira d'insatisfaction et se demanda où elle avait bien pu mettre le Post-it qu'elle avait sorti plus tôt dans la matinée.

— Ah voilà, c'est ça, lança-t-elle en le brandissant avec fierté.

Elle attrapa un bout de papier et un Bic qui traînaient, et griffonna les coordonnées de l'ancienne directrice. Elle tendit la note au médecin, qui la remercia. Ce dernier sortit son BlackBerry et communiqua au lieutenant leur prochaine destination.

Neuilly-sur-Seine.

40

Caroline Lima s'ennuyait ferme depuis le départ de ses deux invités du moment. Aussi se lança-t-elle le défi de retourner à la salle de sport, histoire de doubler sa dose hebdomadaire. Deux jours de suite : cette pratique n'était pas dans ses habitudes, mais son corps le réclamait.

Go.

Elle pressa le bouton rouge central sur l'écran digital du tapis de course au cinquième kilomètre, exténuée, les muscles mis à contribution la veille se rappelant à son bon souvenir. Elle posa les mains sur les bras de l'appareil et se courba, alors qu'elle recherchait à renouveler l'air de ses poumons brûlants sous le coup de l'effort. L'écran indiquait un temps d'un peu plus de vingt-six minutes.

Pas mal comme rythme.

D'une main ferme, elle attrapa sa serviette et s'épongea le front ruisselant de sueur par la séance de fractionné à haute intensité qu'elle s'était imposée.

Ne tire pas trop sur la corde, va. Quinze bornes dans le week-end, c'est plus qu'assez.

Après s'être octroyé une pause, elle opta pour une série d'étirements et d'exercices de relaxation pour travailler son souffle.

Installée sur le tapis de sol à côté d'une femme qui devait facilement lui rendre dix années, son esprit la renvoyait à son ancien coach d'athlétisme. Ce dernier lui rabâchait la même chose à longueur de journée : l'oxygénation des muscles est primordiale pour bien performer, tenir la distance, prévenir la fatigue. Éviter l'apparition de ce foutu acide lactique aux allures de faucheuse, coupant net les jambes lorsqu'il s'accumulait trop.

La jeune femme retraça la fin de son adolescence, marquée par le sport de haut niveau, dans sa Loire-Atlantique natale. Vice-championne départementale de 5 000 mètres à seulement quatorze ans, championne départementale à seize, et enfin finaliste des championnats de France à dix-huit.

La bonne époque. Celle où ses jambes la portaient encore, où ses origines latino-américaines la distinguaient des autres. Celle où son genou droit ne connaissait pas encore la douleur chronique, mais d'intensité irrégulière, qui la submergeait parfois encore aujourd'hui. Foutu ménisque, pourfendeur en chef de ses ambitions de jadis. De ses rêves de gamine. Pas question de réveiller le monstre en abusant de la salle de sport. Sans s'en rendre compte, ses pensées polluèrent ses muscles, qui se contractèrent plus que de raison. L'inconnue à côté d'elle la dévisagea comme si sa tête ne lui revenait pas. Elle relâcha la pression dans son diaphragme et expira pendant de longues secondes. Un frisson parcourut son échine en sentant la paix l'inonder de ses bienfaits. Sa séance s'acheva et son téléphone lui fit de l'œil alors qu'elle regagnait son appartement rue de Caumartin, sous la pluie glaçante.

Marie, l'une des rares amies qu'elle comptait dans la capitale, l'invitait à passer dans l'après-midi pour se poser chez elle, dans le 8ᵉ arrondissement, à quelques encablures de là.

L'habituelle session ragots au chaud dans son studio, rue d'Astorg, autour d'une bouteille de vin, se faisait plus rare ces derniers temps. Vu la météo du jour, l'idée d'échapper à l'atmosphère morose avec une bonne bouteille de Chinon était plutôt tentante. Elle accepta alors qu'elle poussait la porte de son petit nid douillet. Elle trouva l'appartement vide. Sans surprise, les garçons n'étaient pas rentrés. Qui sait où leurs tribulations les mèneraient aujourd'hui ?

Les effluves de bois de santal trouvèrent leur chemin jusqu'aux sens de la policière et une boule de bien-être se forma dans son ventre. Caro se débarrassa de son sac, se dévêtit et intégra la douche sans attendre. L'eau chaude combinée à l'endorphine qui coulait dans ses veines lui procura une sensation de satisfaction intense. L'image de Loïc Mandé s'invita dans son esprit. Comme à son habitude, il ne prenait pas les choses au sérieux. Pourtant, elle avait fait tout ce qui était en son pouvoir pour que leur histoire fonctionne, malgré cette distance que Loïc ne savait pas gérer. Deux ans plus tard, après des mois de silence, il dormait encore là, chez elle, avec un fugitif en prime. À n'y rien comprendre. Il fallait faire le deuil de cette relation. Elle ne retournerait pas avec lui, même si elle en mourait d'envie. Même si le beau brun ne manquerait pas de retenter sa chance, comme à chaque fois qu'il la voyait. Pas question de céder, cette fois. Où étaient-ils en ce moment, lui et son compère aux yeux bleus ? Vu l'heure, la visite du village éducatif devait être terminée. Si c'était elle, pas moyen de passer son dimanche dans ce bâtiment si froid et inhospitalier. Elle était bien mieux, là, entourée de l'odeur de vanille du shampoing avec lequel elle se massait le cuir chevelu. Qui était vraiment Lucas Morvan ? Cet illustre inconnu pour lequel Loïc se pliait en quatre ? Elle n'avait jamais eu l'occasion de voir son ex comme ça. Son discours mi-figue mi-raisin, ses hésitations la veille au soir lors du dîner, avaient fini de la convaincre qu'il y avait anguille sous roche. Elle sentait le poids de la responsabilité peser sur ses larges épaules. Une chose était sûre : ce cas ne ressemblait à aucun autre. Il fallait être aveugle pour ne pas s'en rendre compte. Quel type d'affaire pouvait l'accaparer au point de le voir cité en conférence de presse par son père comme étant à la tête des recherches ? Que ce soit diffusé à l'échelle nationale ? Si elle en croyait Loïc, Lucas n'avait rien fait de mal. Alors, pourquoi cette attitude de la part du commissaire ? Elle s'était heurtée à un mur en essayant de tirer les vers du nez de son acolyte de toujours. Peut-être qu'il ne savait pas lui-même pourquoi ? Peut-être que ça le dépassait ? Mais si c'était le cas, pourquoi ne pas se confier à elle, surtout après avoir sollicité son aide pour l'orphelinat ?

Non, ça ne lui ressemble pas.

Quelque chose ne collait décidément pas. Lucas n'avait pas, mais alors pas du tout le profil d'un tueur. Ça crevait les yeux. Pourquoi un médecin s'amuserait à tuer l'associée de sa mère, surtout après la mort de celle-ci ? Par vengeance ? Impossible. Il n'était pas idiot au point de se laisser aller à des choses pareilles. Ça se sentait. Ses interrogations l'accompagnèrent jusqu'à la sortie de la salle d'eau envahie par la vapeur. De toute façon, ils seraient de retour en fin d'après-midi. Au pire, en début de soirée. Elle l'aurait, son occasion d'éclaircir tout ça.

Caro soupira. Elle n'était pas certaine qu'ils s'éterniseraient chez elle. Vu les circonstances, ils essaieraient sans doute de bouger à nouveau. Surtout s'ils touchaient au but dans la quête de l'identité de Lucas. Qui sait où ça les mènerait ? Cette affaire l'intriguait vraiment.

La jeune femme enfila un jean et un pull bleu tout en regardant au-dehors. La pluie, intraitable, continuait de s'abattre sur la capitale, comme si le froid ne suffisait pas. Les chances pour que le gel s'empare de l'affaire pendant la nuit grossissaient de minute en minute. Elle haïssait cette période de l'année qui renforçait le caractère exécrable du « Parisien des profondeurs » dont elle ne manquerait pas de croiser plusieurs fidèles exemples le lendemain, en se rendant au travail. Caro passa quelques minutes dans le séjour et se maquilla. Pas trop non plus, elle n'aimait pas ça. Juste la petite touche, sobre, pour souligner ses traits et éviter les remontrances de Marie, un peu trop portée sur le sujet. Normal pour une professionnelle du secteur. La jeune femme opta pour un bomber noir, très peu épais, mais remplissant à merveille ses fonctions. Elle attrapa son sac, ses clés, et tira le loquet de sa porte.

Pour tomber nez à nez avec la longue extension noire et arrondie d'un silencieux monté sur un Glock 9 mm.

Elle n'eut même pas le temps de crier. Seules ses pupilles réagirent d'instinct pour se porter sur l'inattendu qui leur faisait face. Un projectile se délogea de l'engin dans un bruit sourd pour venir perforer son crâne, annihilant ses rêves, ses espoirs, ses envies. Ses sentiments, ses pensées.

Sa vie.

Caroline Lima tomba à la renverse, les yeux grands ouverts, figés sur l'éternité.

41

En milieu de matinée, Christophe Mandé quitta son habituel havre de paix, transformé pour l'occasion en maison de l'enfer, la tête basse, des poches sans fin sous les yeux. N'importe qui aurait pu croire, en croisant sa route, qu'il venait de passer la nuit à se bourrer la gueule. Il tenait une belle gueule de bois. Ah ça, oui. Mais pas induite par l'alcool. Il marmonna tout en claquant la porte. Comme prévu, Chantal avait débusqué sans mal les relents de cigarette chevillés à son corps, lorsqu'il s'était risqué à rentrer la veille au soir. Et ce, malgré tous ses efforts, semblables à ceux d'un adolescent conscient d'avoir fauté. Toutes ses craintes s'étaient justifiées. La soufflante d'anthologie qu'il avait reçue fit trembler les murs de la bâtisse moderne qu'ils habitaient. Et pour ne rien arranger, il avait enchaîné par une deuxième erreur de débutant. LA connerie à ne surtout pas faire ; nier en bloc. Bien mal lui en avait pris : il avait cru un instant que les quarante-mille résidents de Saint-Herblain se rameuteraient quand elle avait hurlé de plus belle.

– Ne me prends pas pour une conne ! lui avait-elle asséné.

Une joute verbale dont il partait perdant d'avance s'en était suivie. Même son argument maître, le fait d'avoir cédé à la pression suite à la conférence de presse, n'avait pas résisté face au courroux conjugal dévastateur. Son dernier recours avait été réduit à l'état d'embryon de tentative de justification, que Chantal avait achevé en moins de deux. Enragée, elle lui avait offert un sermon acidulé sur sa santé défaillante et les conséquences à court terme de ces moments de laisser-aller.

Ses conneries allaient finir par lui faire passer sa retraite entre quatre planches. Pas tout à fait l'endroit rêvé pour un sexagénaire. Il avait dû baisser pavillon devant tant d'animosité. Quel con il était. Sa prémonition s'était avérée, ou presque. Les longues heures recroquevillé sur le sofa, dans le froid et le silence de la salle de séjour, ça oui. Mais aucune bière dans le frigo pour le consoler, ou l'aider à trouver le sommeil. *Nada*. Une nuit pas réparatrice pour un sou. Il l'avait bien mérité.

Le visage de furie de Chantal lui revint en mémoire. Une chose était certaine : il savait de qui tenait Loïc. Sa conscience s'affaissa lorsque le froid dominical le mordit.

Bordel, j'aurais bien roupillé quelques heures de plus.

Il compressa ses joues de ses paumes gantées. Pas de temps à perdre. Une fois le fil rouge saisi, il ne fallait plus le lâcher sous peine de redevenir l'abruti de flic, le moins que rien, le pourri qui avait vendu son âme au Diable. Une éternité s'était écoulée depuis qu'il avait pris le taureau par les cornes pour la dernière, en se rendant sur le terrain de la sorte pour faire avancer une affaire. Le commissaire brava la fine brise qui se levait, le temps de prendre place dans le taxi réservé par ses soins une dizaine de minutes plus tôt. Une nouvelle cible clignotait en rouge dans le radar de ses priorités. Temps de tirer toute cette merde au clair.

Direction le CHU Hôtel-Dieu.

Après s'être acquitté de sa course, il trouva sans mal son chemin vers l'immeuble Jean-Monnet. Il franchit les portes et se laissa guider par les panneaux jusqu'au service de réanimation médicale.

L'odeur caractéristique de l'établissement de soins et le reflet de la lumière sur le sol le perturbèrent un moment.

Faites qu'il soit en état, bon sang.

Les prières de Mandé ne trouvèrent pas écho. La jeunette postée à l'accueil le renseigna au sujet de ce pauvre légiste, poignardé pour avoir voulu aider son pote face à l'apathie de ses équipes. Apathie qu'il avait provoquée. Il ferma les yeux et serra les dents. Il se maudissait d'avoir laissé faire ça. Mais il allait se rattraper. Et pour ça, son flair légendaire ciblait une personne en particulier, mentionnée dans les maigres rapports verbaux de Loïc.

— Commissaire ? Vous ne pouvez pas le voir, mais je vais appeler le médecin de garde aujourd'hui.

— Merci.

— Vous pouvez attendre en face, ajouta la jolie brune en désignant les larges sièges collés au mur face à elle.

Alors que la secrétaire s'affairait, Mandé déclina son invitation, préférant rester debout, les mains dans les poches. Ses Azzarro tapotèrent sur le dallage du couloir sans discontinuer. Le son produit se mêla à celui des pas du chirurgien qui approcha à grandes enjambées.

La quarantaine sportive, carrure imposante, le docteur Jourdan – à en juger par ce qu'il lut sur sa blouse – le salua d'un sourire non feint et d'une voix enjouée.

– Commissaire ? Que puis-je pour vous ?

– Je viens me renseigner sur l'évolution de l'état de Jean-Philippe Duval.

– Ah, Jipé... J'aurais dû m'en douter.

La voix de Mandé claqua comme un fouet.

– Quoi, il ne va pas bien ? Ça s'est dégradé ?

Le chirurgien écarta les bras.

– Disons qu'il est stable. Ce n'est pas passé loin. Vraiment. Il a bénéficié du concours idéal de circonstances : appel rapide, premiers soins efficaces, transfert express. Les collègues sont arrivés vite et ont eu les gestes adéquats. On l'a opéré dans la foulée pour limiter la casse. Il est toujours intubé et sédaté à l'heure qu'il est, pour maximiser la phase de récupération.

– Il va s'en tirer alors ?

– Oui, si aucune complication ne vient ternir le tableau. Ça prendra du temps, par contre.

Le commissaire soupira. Un mélange d'émotions contraires se forma en lui. D'une part, le soulagement de savoir le légiste en vie et en voie de guérison. De l'autre, la frustration de ne pas pouvoir communiquer avec lui.

— Putain, du temps, du temps... on en manque, là ! Vous pensez qu'il pourra parler à partir de quand ?

— Je ne préfère pas m'avancer là-dessus. Il n'est en post-op que depuis trente-six heures. En général l'évolution sur ce type de réa dépend de la personne affectée, de sa condition physique, de son âge, des pathologies dont elle souffre ou non... La liste est longue. On fait des bilans réguliers. Je serai en mesure de vous en dire plus d'ici vingt-quatre à quarante-huit heures. Vraiment désolé, commissaire.

Mandé soupira à nouveau en se grattant la joue.

— Je comprends. Pas le choix.

Il se creusa la tête à la recherche d'une alternative.

— Est-ce que vous pouvez m'indiquer le nom d'une personne qui s'est rendue sur les lieux vendredi soir ?

— Bien sûr, je vais jeter un œil dans le registre. Il vous le faut pour quand ?

— Maintenant, si possible. Si vous pouviez me trouver quelqu'un qui travaille aujourd'hui, je vous en serais encore plus reconnaissant.

— Donnez-moi cinq minutes. Dix au maximum.

— Mais je vous en prie. Merci.

Le docteur Jourdan s'éloigna. Le stress s'empara du commissaire. La piste se réchauffait. Sa cible n'était pas Jean-Philippe Duval. Non. Mais le type qui se faisait passer pour son assistant avant le drame.

42

La lourde porte de la Renegade claqua, emprisonnant son occupant, à l'abri de l'averse qui faisait rage sur Paris. Retour dans le calme luxueux de la Jeep. Trempé, mais heureux. Il ferma les paupières et ses traits se détendirent dans la seconde. Il expira et un rictus de satisfaction se dessina sur son visage fin. Ses poils se dressèrent sous son épaisse couche de vêtements. Quel sentiment divin ! Mission accomplie. Malgré une bonne heure d'attente. Aucun problème pour lui : sa patience était sans limites, du moment qu'il obtenait l'occasion de se satisfaire. Et coucher un nom de plus sur sa feuille de chasse mortifère.

Il n'avait pas laissé l'ombre d'une chance à sa cible. Une balle de 9 mm à bout portant. Propre, net. Précis. Sans fioritures. Comme il l'affectionnait. Sa main caressa son Glock et il démonta le silencieux avant de ranger le tout sous son siège. Il gloussa et termina par un ricanement sinistre. Sa vision devint floue. Les larmes montèrent, sommées par l'endorphine omniprésente en lui d'aller voir ailleurs que dans ses glandes lacrymales. La joie et la peine, indissociables, ne formaient qu'une seule et même émotion pour lui. Une jouissance totale, décuplée par son caractère ambivalent. Le bonheur d'avoir pressé cette détente. D'être témoin du moment éphémère où la vie d'un humain trouvait son violent épilogue, périssant de sa main. Le chagrin de ne pas toujours pouvoir choisir sa méthode, trop souvent dictée par l'environnement et le timing de l'ordre qu'il recevait. Et pour lui, non, peine ne signifiait pas toujours tristesse. Du regret, tout au plus. La tristesse s'installait quand il éprouvait des sentiments pour sa cible.

Ce n'était pas le cas de Caroline Lima. Ou de n'importe quelle autre gonzesse, d'ailleurs.

D'un revers de bras, il balaya les perles qui roulaient sur ses joues creusées, avant de sonder le rétroviseur central. Il n'aimait pas avoir les yeux rougis, aveu de faiblesse pour le commun des mortels. Être assimilé aux autres, à la « masse » comme il la qualifiait, le rebutait. Il avait toujours vécu à l'écart des autres, comme un loup séparé de sa meute. Dès le plus jeune âge, il avait traversé, de force, des ordalies envahies par l'odeur de la mort. Il avait tué. Beaucoup. Ici, ailleurs. Des hommes, des femmes, et même des adolescents. Tout ça dans le seul but de le fortifier, transformer ses émotions les plus basiques en un mélange difforme et confus, pour le préparer à ce qui se présenterait un jour à lui. S'en était suivi un entraînement à la dure, tant physique que psychique. Il devait être fort, rapide, agile. Ingénieux, vivace, prompt à parer à toute situation. Discret, cultivé. En un mot : multitâche. Tout l'arsenal pour se fondre dans la société. Vivre sous

241

l'identité nécessaire à l'accomplissement de ses missions. Le panel de compétences ultime, acquis au travers d'un travail acharné. Infernal. Pourquoi l'avait-on choisi, lui ? La question se posait depuis très longtemps. Trop longtemps. Mais maintenant, il savait.

L'homme se contempla pendant de longues secondes dans le miroir central, se plongeant dans ses deux billes noires, opaques. Froides. Elles brillaient toujours de la même lueur, du même éclat après une opération rondement menée. Son entrejambe durcit à l'idée d'exécuter sa prochaine cible, et se procurer à nouveau ces poussées d'endorphines libératrices. Pas besoin des autres pour se satisfaire. Sa personne lui suffisait amplement. Il n'aimait que lui. Il fourra son bras droit dans la poche interne de son manteau, et frôla son gilet pare-balles pour attraper son iPhone.

Son expression changea face à l'appareil. Il pianota quelques lignes à l'attention de cet imbécile de Laurentis. Comme prévu, il avait laissé filer Loïc Mandé, qui commençait sérieusement à le faire chier, et Lucas Morvan, en quête de son identité. Avant d'en finir avec leur hôte, et de la délester de son téléphone portable. Encore une opération menée sans anicroches. Une étape de plus vers le succès de sa mission. Le moment approchait. Il en salivait d'avance. Il préférait de loin les jobs où on l'autorisait à tuer.

Quelle merde ça avait été, deux jours plus tôt ! Obéir à des directives aussi absurdes. Obligé de monter tout un scénario à la volée et aller jusqu'à secourir la cible pour arriver à ses fins. Tout ça parce que ce n'était pas nécessaire de mettre fin à ses jours. Quel con pouvait décider de ça et échafauder de tels plans ! Putain ! Il aurait bien terminé le légiste, lui, d'un coup sec, pendant qu'il agonisait dans son sang, sur le bitume, dans cette impasse. Sans douleur. Avec la même euphorie. Pour le purifier des quelques mois passés avec lui dans ce rôle ingrat d'assistant. Que ça avait été pénible. Mais bon, les ordres sont les ordres. Même les plus idiots et dénués de sens. Il se jura que, s'il avait un jour le moindre pouvoir de décision, même le plus insignifiant, il opterait pour une méthode radicale. Tuer. Encore et toujours. Pas besoin de s'emmerder à se rapprocher, faire copain-copain avec sa cible, au risque de s'attacher. D'engendrer la tristesse. Plus jamais il ne serait triste. Ça, non. Hors de question.

Il se demanda ce que Laurentis et les autres qualifiaient de « critique » en bâtissant leurs ordres de mission. Qui tuer ? Qui mettre hors-jeu ? Pourquoi ? Dans son cas, il était bien obligé de se rendre à l'évidence : un fait nouveau s'était immiscé dans l'histoire, et rendait les choses complexes.

L'orphelinat.

La fliquette, contrairement au légiste, savait tout à ce sujet. L'adoption de Lucas Morvan. Son retrait de l'orphelinat au milieu des années 80... Bref, elle en savait beaucoup trop pour en sortir indemne.

Ça devait être ça. À tous les coups, Laurentis se basait là-dessus au moment de trancher. Quoique... en suivant cette logique, les Mandé devenaient eux aussi des cibles à abattre, non ? Alors pourquoi rien n'était fait ?

Laurentis, Laurentis... ce mec n'est qu'un pantin, comme moi.

L'iPhone vibra en réponse à son premier message. La situation serait bientôt sous contrôle, rue de Caumartin. La cavalerie serait là dans moins de trente minutes. Parfait. Il allait reposer le cellulaire quand celui-ci vibra de nouveau. Un appel cette fois. Il décrocha sans attendre. La discussion qui s'ensuivit lui fit dévoiler sa dentition parfaite. Les deux petits Poucet remontaient la piste parsemée de cailloux. Le moment fatidique approchait chaque minute un peu plus. Il se remit à bander en pensant à la partition qui allait se jouer.

43

Si elle ne savait pas pourquoi il était là, à faire les cent pas, la mine affreuse et le regard fou, la jolie brune de l'accueil du service de réanimation médicale du CHU de Nantes le prendrait soit pour un parent anxieux du sort de son enfant, soit pour un mec tout droit sorti du service de psychiatrie ou d'addictologie. Mais pas un commissaire. « Le » fameux commissaire Mandé, qui plus est. Elle se demandait ce qu'il avait bien pu faire pour en arriver là lorsque ce dernier l'interpella.

— Il en a pour longtemps, votre docteur ? Il est parti les chercher où, ses fichiers ? Au Pérou ?

La jeune femme écarquilla les yeux, surprise par le ton et la rapidité à laquelle son attitude venait de changer.

— Je... je ne sais pas, désolée, commissaire, balbutia-t-elle sans vraiment prendre le temps de réfléchir. Mais la salle de garde est juste à côté, alors...

— OK, OK. C'est moi qui suis désolé. Je suis un peu sur les nerfs ces temps-ci. Ce n'est pas peu de le dire !

— Je comprends. Pas de problème, commissaire.

Christophe Mandé s'éloigna du hall en fantasmant sur la Marlboro qu'il fumerait coûte que coûte dès qu'il aurait mis les pieds hors d'ici, et s'engagea dans le premier couloir qu'il trouva face à lui. Il tomba nez à nez avec le docteur Jourdan, qui rebroussait chemin, accompagné d'un homme de très grande taille, barbu, aussi raide qu'une allumette prête à rompre. L'individu écoutait le chirurgien avec attention tout en grattant son crâne luisant d'une main lasse.

– Ah, commissaire ! Je vois que vous prenez les devants.

– Désolé, je m'impatientais. Attendre, ce n'est pas mon point fort.

– Je vous présente Éric.

– Bonjour, lâcha ce dernier d'une voix rauque, contrastant avec ce qu'on était en droit d'attendre au vu de son physique si fluet.

L'homme lui tendit une main squelettique, deux fois plus grande que la sienne. Il la contempla l'air incrédule avant d'y plonger la sienne, en priant pour la revoir un jour.

– Christophe Mandé. Alors comme ça, vous étiez sur place vendredi soir ? Vous faites quoi comme job ?

– Exact, commissaire. Je suis brancardier. Je faisais partie de l'équipe qui s'est ramenée dans le centre-ville secourir un de nos collègues.

Mandé analysa son interlocuteur. Un gamin qui sort tout juste de l'école !

— Dans quel état était la victime quand vous êtes arrivés sur place ?

Éric haussa les épaules avec nonchalance et jeta un œil vers le docteur Jourdan, qui hocha la tête comme pour le sommer de répondre.

— Il était mal, c'est le moins que je puisse dire. Toujours conscient, mais limite. Il avait perdu pas mal de sang. C'est tout ce que je sais, hein, je suis pas doc'.

— Qui était là ?

— L'équipe médicale d'usage quand on est appelés sur ce type d'intervention, pourquoi ?

Mandé se racla la gorge et serra les poings.

— Je reformule. Qui était déjà sur place, excepté les secours ?

— Ah ! Excusez-moi, Je pensais que vous vouliez savoir qui faisait partie de l'unité d'intervention. Bref. Quelqu'un penché sur lui, qui semblait le connaître. Le type s'est écarté pour nous laisser prendre le relais. Sinon, dans la rue, des passants, des clients d'un restaurant, juste à côté de l'impasse où on a trouvé ce pauvre Jean-Philippe... sans doute alertés par le bruit. Je ne sais pas.

— C'est tout ce que vous avez vu ?

Nouvel haussement d'épaules du brancardier.

— C'est tout. Honnêtement, notre priorité, c'était le blessé, quoi. Vu son état...

Jourdan, silencieux, acquiesça comme pour appuyer ses dires. Le commissaire ferma les yeux une seconde et inspira pour contenir sa tension, qui atteignait des sommets.

— Le type qui s'est écarté, vous vous souvenez de sa tronche ?

— Oui, bien sûr, c'est un gars qui bosse au CHU il me semble. Je ne le connais pas perso, mais je l'ai croisé une fois ou deux dans les couloirs. Il bossait à la morgue avec Jean-Philippe, non ? Vu les yeux du gars, on s'en rappelle, oui.

— Qu'est-ce qui vous fait dire ça ?

— Le mec a des yeux bizarres. Noirs. Profonds. Vides. On dirait qu'il n'y a personne dedans. Comme s'il était absent. C'est peut-être la situation qui l'a rendu comme ça, mais mon petit doigt me dit que non. Difficile à expliquer. Il m'a mis mal à l'aise, en tout cas.

Mandé sourit. Intéressant comme description.

— Et comment s'est-il comporté ?

— Bah, il s'est écarté, comme je vous l'ai dit. Il nous a laissés faire. Enfin moi, je faisais rien hein, j'attendais juste qu'on m'ordonne de le transporter... Il matait, comme moi. Il avait l'air emmerdé, je sais pas pourquoi. Furieux, même. Il m'a regardé pendant une seconde, et j'avoue, j'ai un peu flippé. Pourtant, le type paye pas de mine... Chelou.

— Compris, coupa le commissaire en soupirant. C'est un excité alors. Comment s'appelle ce mec ?

Troisième haussement d'épaules.

— Je le connais pas, aucune idée. Désolé.

Le grand dadais se tourna vers le chirurgien, qui s'était adossé au mur. Ce dernier n'en savait pas plus. Christophe se gratta l'arrière du crâne.

— OK. Vous êtes donc repartis tous ensemble au CHU après avoir prodigué les premiers soins à Jean-Philippe Duval.

— Exact.

— Son collègue aussi ?

Petit malaise.

— Non, une fois que j'ai reçu l'ordre, je me suis occupé de Jean-Philippe, c'est tout. J'ai pas fait spécialement gaffe. Mais le mec s'est volatilisé quand le doc' de garde a enfin eu le temps de lui demander des infos sur ce qu'il s'était passé.

Et merde.

— Et j'imagine qu'il ne s'est pas pointé au boulot depuis ?

— Aucune idée, c'est pas le même service. L'hosto est grand, vous savez... Faut voir avec les ressources humaines. Moi, en tout cas, je l'ai pas recroisé depuis.

Battements de pieds de la part du commissaire.

— Bon, si je vous montre une photo de lui, vous le reconnaîtriez ?

— Oui, bien sûr, comme je vous disais, avec les...

— Où est-ce que je peux voir le registre du personnel ?

Jourdan se redressa, un dossier à la main.

— En jetant un œil dans les registres, j'en ai profité pour prendre celui-là. Je me doutais bien que vous voudriez y jeter un œil.

Pour la première fois, les traits de Mandé se détendirent.

249

— Ah ben, voilà une belle initiative ! OK, commencez par me montrer ceux de l'équipe médicale.

Éric s'exécuta, en pointant de son index squelettique les photos de chacun d'entre eux. Il prit en revanche un peu plus de temps pour tomber sur le cliché le plus intéressant. Le mec n'appartenait pas au même service, après tout. Il ne le croisait pas tant que ça, comme il aimait le répéter à outrance. Mais le regard du type ne trompait pas. Il le désigna et Christophe lut la légende en bas de ce dernier.

Ludovic Mercier.

44

La pluie avait cessé. Le ciel de Paris, capricieux, se questionnait encore sur la suite à donner aux événements de la journée. Donner un peu de répit à ses habitants ? Ou, au contraire, s'assurer qu'un maximum abandonne toute velléité de sortie ? Il resterait toujours une poignée de braves pour affronter le mauvais temps. *A minima*, les forçats de l'exercice en plein air, que quelques gouttes n'empêcheraient pas d'avaler les kilomètres dans les rues et les parcs de la capitale.

Le taxi remontait la partie ouest du périphérique, plutôt fluide pour un dimanche en début d'après-midi. Le silence régnait en maître dans l'habitacle. Les yeux noirs et la peau basanée du conducteur envahissaient régulièrement le rétroviseur central pour sonder Lucas, impassible. Le médecin se laissait bercer par le ronronnement du moteur tout en réfléchissant à ce qu'il allait bien pouvoir trouver une fois arrivé à destination. Que savait Michèle Rougier ? Connaissait-elle l'identité de ses parents biologiques ? Ses origines ? Toutes ces questions nouvelles le stimulaient autant qu'elles l'effrayaient. Car il voulait savoir. C'était un fait. Il le fallait, pour trouver un sem-blant de paix après la nouvelle de son adoption. Mais il craignait de s'éloigner de celle qu'il considérait toujours comme sa véritable mère. Celle qui l'avait élevé toutes ces années, lui avait inculqué les valeurs qui étaient les siennes aujourd'hui. Celle qui l'aimait du plus profond de son être et qui avait péri pour ça. Est-ce que s'enquérir de sa réelle identité signifiait piétiner ce passé avec Gaëlle ? Oublier toutes ces joies, ces peines, ces épreuves, ces vic-toires, ces déceptions traversées ensemble ?

Certaines le pensaient. D'autres non. Et les cas de figure existants devaient tous avoir leurs propres spécificités. Rien ne servait de les comparer. Seule sa propre percep-tion comptait. Gaëlle l'aimait. Il ne pouvait pas blâmer son silence, ce mutisme protecteur brisé par le cancer qui allait l'emporter. Oui, cette fichue maladie représentait l'élément déclencheur. S'il fallait accuser quelque chose ou quelqu'un, c'est ce qu'il choisirait.

La vue de Lucas se troubla alors qu'il se ravisait. Il ne voulait pas savoir. Il devait savoir. L'assassinat de sa mère lui posait une colle : le mobile. Pour quelle raison l'avait-on tuée ?

Ça a forcément à voir avec moi. Avec ce que je suis.

L'image bienveillante de sa mère fut remplacée par le visage strict, les traits secs et les yeux brillants, tout en contradiction, de Colette Gildas. Elle avait mentionné le passage d'une femme quelques heures avant lui. Une cer-taine Alisa.

Les yeux de Lucas se perdirent dans le flot de véhicules arrivant de l'autre côté du boulevard circulaire. Alisa. Un nom à consonance inconnue. Aussi fort que Lucas réfléchisse, il n'en avait aucune idée. Et puis, elle n'avait donné aucun nom de famille. Alisa, pensionnaire de l'orphelinat dans les années 80 ? Le portrait dressé par l'ex-directrice ressemblait furieusement à la femme au visage d'ange dont il avait croisé la route deux jours plus tôt. La queue de cheval en moins. Madame Gildas ne s'était pas attardée sur sa description.

– Je ne suis pas très physionomiste, lui avait-elle avoué.

Lui-même rencontrait des difficultés avec les patients, toujours plus nombreux, dont il s'occupait aux urgences. Nantes. Le CHU. Tout paraissait si loin désormais. Chaque question était censée cheminer dans son esprit comme dans un circuit tortueux, jusqu'à franchir la ligne d'arrivée en trouvant sa résolution. Mais au grand désarroi du médecin, elles prenaient toutes un malin plaisir à générer toujours plus de leurs semblables avant de disparaître, alimentant sans cesse la grande boucle de sa confusion. Si cette Alisa faisait partie de l'orphelinat Saint-Philippe, quel était le degré de son implication dans cette histoire ? Qu'avait-elle à gagner à fouiller l'appartement de sa mère ? Pourquoi avait-elle fui ? Leurs routes ne s'étaient pas recroisées depuis. Lucas se mordit la lèvre inférieure. L'ex-directrice saurait, elle. En espérant que sa mémoire soit intacte, qu'elle ne soit pas gravement malade ou que rien ne lui arrive avant qu'il puisse échanger avec elle. Car oui, le danger planait sur lui, où qu'il aille. Et sur ceux qui l'entouraient.

— Nous sommes presque arrivés, monsieur.

La voix chantante du chauffeur le sortit de sa torpeur.

Droit devant lui, au loin, le médecin pouvait contempler les tours de La Défense dominer la longue ligne droite sur laquelle ils évoluaient. Leur apex semblait planté dans la masse grise difforme des nuages bas qui surplombaient la zone. Cette branche du périphérique était bordée d'imposants bâtiments modernes. Parmi eux, il eut le temps d'apercevoir le siège d'une grande entreprise pharmaceutique et d'une chaîne de télé nationale, avant que le taxi bifurque sur sa droite pour s'enfoncer dans Neuilly.

Moins de trois minutes plus tard, le véhicule s'arrêta rue du Bois de Boulogne, devant un portail en fer forgé vert, rouillé sur la majeure partie qui faisait face à Lucas. Un panneau de stationnement interdit y était attaché à la va-vite, pour prévenir à tout comportement obstructif. La rue était si silencieuse que l'urgentiste dut s'y reprendre à deux fois pour être sûr de se trouver au bon endroit. Il s'acquitta de sa course et donna congé au taxi. Pas question de le laisser poireauter là dans le vent. Qui sait pour combien de temps il en avait ? Lucas accompagna le véhicule du regard jusqu'à ce qu'il atteigne le bout de la rue, puis observa les alentours à la recherche de la 308.

Personne. Loïc devait encore être en chemin. Il se retourna pour faire face à sa destination. Une vieille maisonnette à la façade rose défraîchie et aux volets blancs, qui devait dater des années 70. Elle contrastait avec l'immeuble mitoyen de trois étages sur sa droite, bien plus moderne s'il en jugeait par sa devanture. Sur sa gauche, il discerna une construction blanche de la même époque, qui achevait d'enclaver la pauvre bâtisse, coincée entre deux édifices plus imposants qu'elle. La bicoque, plus haute que large, comportait un étage, plus un second mansardé. Lucas se risqua à abaisser la poignée du portail à la stabilité douteuse. Cette dernière émit un crissement et céda sans résister davantage. Le grincement s'intensifia lorsqu'il poussait la porte, et la peur de se faire remarquer l'envahit.

Pourquoi tu flippes ? C'est pas comme si tu venais cambrioler cette baraque.

Il traversa d'un pas hésitant le carré de jardin jonché de feuilles mortes jusqu'au petit porche blanc. Il scruta les fenêtres. Volets ouverts, rideaux tirés. Impossible de dire si quelqu'un était là, ou si quelqu'un l'observait depuis l'intérieur, caché dans la pénombre. Le médecin gravit les trois petites marches face à lui et sonna à la porte.

45

Ludovic Mercier.

Les yeux du commissaire s'attardèrent sur cette identité. Ça collait avec le prénom consigné dans le rapport de Loïc sur l'agression du légiste. Sans plus de précisions.

Putain, à force de me prendre la tête avec lui... Voilà où ça me mène.

Cette information aurait sans doute pu être glanée bien plus tôt si leurs relations étaient normales. Loïc le traitait de larve. Il comprenait pourquoi. Mandé s'empressa de sortir son vieil iPhone pour immortaliser la page du registre des employés. Peu efficace avec ce genre d'outils, qui plus est avec un écran dans cet état, il dut s'y reprendre à deux fois avant d'obtenir un cliché à peu près net. La paume de la main droite plaquée sur le cuir chevelu, il jeta un dernier œil à l'individu couché sur le registre du personnel de l'hôpital, histoire d'anticiper une éventuelle défaillance du concentré de technologie. Rien de bien compliqué.

Nom, prénom, photo, date de naissance, lieu de naissance. Nationalité, type de contrat... *On se fout du type de contrat, bordel*. Date d'embauche...

Ce dernier point l'intrigua. Ludovic Mercier ne travaillait pour le CHU que depuis le mardi 15 juillet. Soit un peu plus de trois mois et demi. Quasiment quatre. Le mec était tout nouveau dans le secteur ! Tout ce temps à bosser avec Jean-Philippe Duval dans le service de médecine légale, avant de disparaître sans laisser de trace, le vendredi 10 octobre au soir.

Après avoir abandonné son collègue mourant sur le bitume, ce con.

Mercier s'était évaporé. Comme par magie. Ce détail éveilla les sens à nouveau aiguisés du commissaire. Il resta stoïque face au chirurgien et au brancardier, comme s'il ne les voyait plus. Ces derniers échangèrent un regard qui en disait long sur leur envie de s'éterniser ici. Ne sachant que leur demander de plus, Mandé ne les retint pas et les remercia avec promptitude, leur serrant la main avant de faire claquer ses talonnettes vers la sortie d'un pas rapide. Sans oublier de s'octroyer un dernier coup d'œil, gratifié d'un salut, à la secrétaire au joli minois.

Son premier réflexe en retrouvant l'air frais dominical fut de planter sa cigarette électronique à la commissure de ses lèvres. Exit la Marlboro dont il crevait d'envie. Il tira dessus comme si sa vie en dépendait. Cette saloperie lui épargnerait au moins une troisième nuit de galère. Il avait besoin de remobiliser ses forces. Le commissaire grelottait malgré son imperméable. Son attention frissonnante se recentra sur sa trouvaille du jour. Il n'était pas con à ce point. Au vu des pressions qu'il subissait, et surtout leur provenance, le nom d'usage du technicien d'autopsie, voire sa date et son lieu de naissance pouvaient être faux. Savamment masqués par l'administration, qui excellait dès qu'il s'agissait de faire de la merde. L'art de créer des fantômes. Comme par magie, encore une fois. Il ferma les yeux et expira tout en laissant aller ses bras, le long de son corps. La fatigue le gagnait. Il était loin, le temps des goguettes où il pouvait enchaîner trois soirs de suite à boire jusqu'à plus soif.

Désormais, son corps réclamait son dû dès qu'il lui manquait quelques heures de sommeil. Et la taxe était de plus en plus élevée. Il se laissa aller à un bâillement et sa vue s'embrouilla.

Putain.

Impossible de confirmer quelque information que ce soit. Il lui faudrait passer par l'un de ses sbires, doués avec la « technologie », pour démêler le vrai du faux. Établir la réelle identité de ce Ludovic de pacotille. Mais le temps lui manquait cruellement. Et rien ne garantissait le succès de son entreprise. Il tourna en rond pendant plusieurs minutes dans le labyrinthe de son esprit, sans espoir de sortie. Quelques taffes plus tard, le dédale se dissipa comme par enchantement. Une seule chose ne mentirait pas. La photo. Et comme un miracle n'arrivait jamais seul, il sut d'emblée comment en tirer profit le plus vite possible. Si Mercier était vraiment partie prenante dans tout ce bordel, elle le saurait. Ou elle saurait par où commencer, en tout cas. Savoir ces choses-là, ou savoir comment s'y prendre pour y arriver, c'était son métier, après tout.

Ça tombait bien. La gonzesse était de sortie, à des centaines de kilomètres de là, dans la région parisienne. À l'assaut de la véritable identité de Lucas Morvan. Il se félicita à nouveau de l'étincelle de jugeote qui lui avait permis de mettre la main sur elle, quarante-huit heures auparavant. Le commissaire serra les poings. Cet idiot de Laurentis et ceux qui lui tournaient autour mettraient un certain temps à comprendre la nature de ses échanges avec ce drôle de numéro. Il se savait surveillé. Épié. Le moindre de ses gestes était scruté. Mais ces abrutis de la haute, monde qu'il affectionnait tant autrefois, ne pouvaient rien contre sa personne.

Il ne croyait pas en Dieu, mais Le remercia de lui avoir permis de dégoter une si belle idée de son carcan mental. Son apparition publique le rendait intouchable. Au moins pour quelques jours, voire quelques semaines, si la chance se prolongeait. Une idée de génie. Dans une partie d'échecs, ça s'appelait avoir un putain de coup d'avance.

Il sortit son Smartphone une nouvelle fois, et envoya la photo au numéro de six pieds de long que la blondasse lui avait fourgué. Mandé mordit l'embout de sa cigarette électronique pour ne pas être embêté et ses doigts pianotèrent avec maladresse un message d'accompagnement pour étayer sa demande.

Réglé. Une bonne chose de faite. Plus qu'à attendre et espérer.

Le commissaire se détendit un instant. Il irait dans la zone taxi après avoir pris sa dose de nicotine. De quoi tenir face à Chantal à son retour à Saint-Herblain, avant de contacter Alban, le flic 2.0 du commissariat. Lorsque son iPhone vibra dans la poche intérieure de son imperméable, moins de deux minutes plus tard, il songea à acheter un ticket pour le prochain tirage de l'EuroMillions. Elle venait à peine de recevoir la photo et voilà qu'elle lui répondait ! Il ouvrit sa messagerie. À 11 heures du matin, la belle était en plein entretien à Neuilly-sur-Seine, avec la vieille qui s'occupait jadis de l'orphelinat. Une certaine Michèle Rougier.

Si c'est pas de la ténacité ça, je sais pas ce que c'est.

Les yeux du commissaire dévalèrent le reste du texte inscrit dans la bulle verte sur son écran. Elle avait deux nouvelles pour lui.

Une grosse, et une plus grosse encore. Mandé sourit à la vue de la première. Ce serait à confirmer. Mais il flairait bon l'odeur de la vérité dans ce message. Et comme si Noël tombait ce dimanche 12 octobre, la vieille dame venait d'exaucer les vœux de la demoiselle, validant ainsi son fameux coup de poker. Jackpot absolu. S'il s'attendait à ça. Christophe Mandé faillit en perdre sa cigarette électronique.

46

Une trentaine de secondes s'écoulèrent. Pas de réponse. Lucas tendit l'oreille. Aucun bruit. Seul le vent balayait le jardinet derrière lui. Il se retourna, dépité. Les feuilles jaunes et orange dansaient au sol, dans une ronde automnale endiablée dont elles finissaient par se désolidariser, pour aller s'éparpiller un peu plus loin sur la terre moite. Il s'aperçut que le jardin était en fait un lieu commun à la demeure et à la bâtisse blanche sur sa droite. Ça expliquait en partie pourquoi aucune sonnette ou boîte aux lettres n'ornait la grille verte quelques mètres plus loin.

Tu as fait tout ce chemin, tu ne vas pas t'arrêter là !

L'urgentiste fit volte-face et regagna le perron d'un pas franc, avant de presser à nouveau le cercle blanc de son index. La sonnerie stridente, semblable à celle d'un vieux téléphone à cadran, retentit dans la maisonnette pour la seconde fois, trouvant son écho dans le néant. Une dizaine de secondes s'égrenèrent, réduisant toujours un peu plus ses espoirs. Résigné, il allait faire demi-tour quand la poignée s'abaissa. La porte s'entrouvrit, dévoilant un visage poupin, des cheveux noirs fournis et une mine interrogatrice. Le jeune homme le toisa au travers de ses lunettes rondes.

– Vous voulez quoi ?

Au travers de son impolitesse, sa voix fluette et peu sûre d'elle trahissait son âge. Lucas fixa le tee-shirt noir à l'effigie d'un personnage tout droit sorti d'un dessin animé, portant un chapeau de paille.

Ce dernier masquait le léger embonpoint du garçon. *Pas plus de quinze ans*, estima Lucas. Le type à passer ses journées sur le sofa devant sa console de jeux ou ses vidéos en streaming.

– Je cherche madame Rougier. Michèle Rougier, déclara-t-il sans se démonter. On m'a dit qu'elle vivait ici ?

L'adolescent le dévisagea de plus belle, sourcils froncés. Méfiant.

– Ouais, ma grand-mère habite bien à cette adresse. Qu'est-ce que vous lui voulez ?

– Je souhaiterais lui parler, si c'est possible ? C'est important.

L'ado redressa ses lunettes dans un geste qu'il devait répéter des dizaines de fois par jour, tout en maintenant la porte semi-ouverte.

– Important ? Qui me dit que vous êtes pas un sale type bien renseigné, qui est là pour dépouiller les vieux ? On en voit partout maintenant, des mecs louches qui volent les personnes âgées. Je peux pas ouvrir à n'importe qui.

Lucas resta interdit. Un sale type bien renseigné ? Au vu du lieu, certes désuet, mais bien placé, au cœur de

Neuilly-sur-Seine, Michèle Rougier devait vivre assez aisément. Peut-être de quoi attirer des êtres mal intentionnés, en effet. Il tenta de faire contre mauvaise fortune bon cœur en adressant un sourire au jeune homme, pour tenter de lever le voile de suspicion qui s'abattait sur lui.

— Est-ce qu'elle est là, au moins ?

— Non, elle est sortie, mais je pense qu'elle va pas tarder. Si vraiment vous voulez lui parler, je vous conseille d'attendre devant. Ou au pire, dans le jardin. Je vais pas vous faire rentrer, quand même !

Lucas leva les mains en signe de reddition.

— Pas de soucis ! Ça ne me dérange pas. Je vais faire comme ça.

Le médecin fit demi-tour sous l'œil inquisiteur de l'adolescent. Il sentit son regard oppressant sur son dos, avant d'entendre la porte claquer d'un bruit sec.

Lucas regagna le trottoir, l'esprit pollué par toutes les questions qu'il souhaitait poser à l'ex-directrice d'orphelinat. Le calme de la rue fut troublé quand, à une centaine de mètres de là, une Peugeot intégra le décor avant de se garer sur un espace vacant. Loïc venait tout juste d'arriver. L'urgentiste sortit le BlackBerry de son sommeil pour faire un compte rendu incognito à son acolyte. C'est à ce moment qu'il entendit derrière lui un faible crissement qui gagna très vite en intensité.

Il tourna les talons et comprit que le bruit déplaisant se dégageait des roues grinçantes d'un chariot de courses, tiré avec une vigueur non dissimulée par une femme d'un certain âge, menue, vêtue de noir de la tête aux pieds. Sa chevelure encore garnie ne savait pas si elle devait rester brune comme jadis, ou si elle devait succomber aux tons poivrés, argentés même, qui naissaient çà et là. Derrière ses lunettes à monture de noyer, la vieille dame remarqua Lucas et lui fit signe d'un hochement de tête, auquel le médecin répondit machinalement. Si les directrices d'établissement correspondaient à un cliché, ce serait celui-ci.

Repérable des kilomètres à la ronde. Il attendit quelques secondes pour confirmer qu'elle se rendait bien au 5 de la rue, avant d'initier le contact.

— Excusez-moi, êtes-vous madame Rougier ?

La vieille dame s'arrêta pour dévisager Lucas, comme son petit-fils avant elle.

— Oui, c'est moi. Décidément, je suis populaire aujourd'hui ! Vous êtes ?

La remarque non anodine de la septuagénaire se répandit comme une décharge électrique dans le corps de l'urgentiste. *Alisa.* Il para au plus pressé. Le temps des questions viendrait après.

— Je m'appelle Lucas. Lucas Morvan. J'étais... un pensionnaire de l'orphelinat que vous dirigiez au début des années 80. L'orphelinat Saint-Philippe. Précisément en 1984. Je me demandais si vous pourriez me renseigner, je cherche des informations, ou ce que vous voulez, qui me permettraient de savoir qui je suis, et qui sont mes parents. Je ne sais pas si vous vous souvenez.

Les mains gantées de Michèle Rougier lâchèrent l'anse en cuir du chariot usé et ses iris noirs fouillèrent le bleu de ceux du jeune homme. Son visage, marqué par les épreuves de la vie, se dérida peu à peu, alors qu'elle cherchait du regard un point d'accroche, n'importe lequel, qui lui permettrait de contenir l'afflux de sentiments indescriptibles qui montait en elle. Elle ne se rappelait pas de chaque arrivée, de chaque départ, ni de chaque destin qui basculait. Mais certains enfants avaient laissé des traces indélébiles dans le parchemin de sa mémoire.

Le petit Lucas ? Bien sûr qu'elle se souvenait. Ce dernier s'approcha et elle le saisit par l'avant-bras, puis le tritura comme pour s'assurer que ses yeux ne lui jouaient pas des tours.

— Est-ce que c'est vraiment toi, Lucas ?

Bien entendu, il avait changé en trente ans. Mais ces yeux bleus, ce regard empreint d'empathie, l'air toujours un peu perdu, venaient de traverser les décennies pour fixer les siens. Ici. Maintenant. Le jeune homme termina de la convaincre lorsqu'il sortit une vieille photo de la poche de son caban.

47

Michèle Rougier fixa la photographie des yeux, en silence. Elle rajusta la monture de ses lunettes d'une pression de l'index à la base de l'arête de son nez. Lucas retint son souffle, à la recherche du moindre signe de réaction de la part de la vieille dame. Elle ne tarda pas :

— Ça alors, si je m'y attendais ! Cette photo ! Oh mon Dieu, je n'en reviens pas ! Pas de doute permis...

Elle resta plantée là, le nez dans le vieux cliché, rattrapée par la nostalgie de l'époque. Une petite rafale de vent lui rappela que ce dimanche était assez frais et humide pour un mois d'octobre.

— Ne restons pas là. Viens donc, entre.

Le médecin se proposa de prendre le chariot de courses et suivit le pas lent de madame Rougier au travers du petit carré de jardin. Il se sentait comme un intrus en pénétrant une nouvelle fois dans ce lieu.

— Je suis déjà venu sonner chez vous, admit-il.

— Pas de problème, mon petit, sourit son hôte. Ben n'a pas l'habitude d'ouvrir à n'importe qui, tu sais.

Le chariot pesait bien lourd pour une femme de plus de soixante-dix ans. Lucas supposa que son petit-fils devait l'aider une fois arrivée. Il traîna les roues sur les quelques marches alors que la vieille dame piocha dans la poche de son imperméable pour en sortir un trousseau de clés. Elle ouvrit la porte d'un coup de poignet énergique et s'engouffra la première.

– Ben ! Ben ! Je suis rentrée !

L'adolescent se tenait près de la petite commode qui marquait la séparation entre l'entrée et la salle de séjour. Il répondit, mais ses yeux écarquillés fixaient Lucas, incrédules.

– Je suis là, grand-mère. C'est qui ce mec ?

– Allons, Ben, ce ne sont pas des manières ! C'est comme ça que tu accueilles notre invité ? C'est une très vieille connaissance. Un peu de respect, veux-tu ?

Ben ne répondit pas et défia Lucas du regard. L'urgentiste ne releva pas et opta pour le dialogue.

– Je m'appelle Lucas. Enchanté, Ben.

– Ben, enchaîna Michèle, est-ce que tu peux faire chauffer de l'eau, s'il te plaît ? De quoi faire du thé au jasmin, comme d'habitude. Ah, et tu peux t'occuper du chariot ? Je dois discuter avec Lucas.

Le jeune homme ignora la tentative d'introduction du médecin et s'approcha pour empoigner l'anse du réceptacle en râlant, avant de disparaître dans la cuisine.

– Ne lui en veux pas, il doit être échaudé à l'idée de voir une autre personne qu'il ne connaît pas entrer ici ! Il n'est pas très sociable, malheureusement, admit l'ex-directrice. Ses parents sont très pris en cette période, donc il reste la plupart du temps ici, avec moi. D'autant plus que les vacances de la Toussaint approchent. Mais viens plutôt par là.

Elle désigna les deux sofas à deux places et la table basse qui occupaient le coin droit de la salle de séjour.

Lucas s'avança et jeta un œil à la ronde. La pièce avait largement été investie par l'adolescent. Un sweat capuche traînait sur la table dînatoire en bois de teck, de l'autre côté du living, au milieu de feuilles de dessin et de livres de poche aux couleurs criardes. Probablement des mangas. Face à lui, le coin télé ressemblait plus à une gigantesque toile électrique avec tous les fils qui s'en dégageaient, reliant l'écran à une console de jeux, un ordinateur et un appareil photo. Le gosse passait le plus clair de son temps dans cette partie de la maison.

Lucas s'enfonça dans l'assise de cuir beige du sofa attenant à la fenêtre. Michèle ouvrit les rideaux d'un geste sec et il aperçut le jardin aux couleurs de feu. Elle vint ensuite le rejoindre et s'assit sur le deuxième canapé.

– Comment m'as-tu trouvée ?

La question de la vieille dame fut aussi soudaine qu'inattendue. Il se lança alors dans un long monologue pour expliquer ce qu'avait été sa vie ces trente dernières années. Nantes, son enfance avec sa mère pour seul parent, le lien qu'il avait avec elle. Son adolescence plutôt calme, ses études, sa vie de médecin urgentiste. Le regard de la vieille dame brilla de fierté à l'idée que cet enfant si

268

frêle et renfermé sur lui-même occupe une fonction aussi noble.

Lucas termina en évoquant les tragiques événements qui avaient fait basculer son destin depuis le début de la semaine. Il choisit d'omettre la tentative de meurtre dont il avait fait l'objet en Charente – car c'était bien de ça qu'il s'agissait – pour ne pas effrayer son hôte. Il craignait bien sûr que le danger ne se transpose à la vieille dame, mais qui irait les chercher ici ? Au pire, Loïc était dans les parages et pouvait intervenir. Il se redressa et posa ses fesses sur le rebord du sofa. Son ton se voulut plus déterminé.

– Je suis encore sous le choc pour être honnête, mais je dois découvrir qui je suis pour comprendre ce qu'il m'arrive. Si vous savez ce qui s'est passé, comment je suis arrivé dans cet orphelinat, n'importe quoi, je vous en serai éternellement reconnaissant.

Ben choisit cet instant pour les rejoindre, tenant un plateau qu'il déposa avec la délicatesse d'un ado belliqueux sur la table basse. Le thé couleur or tangua dangereusement et manqua de se déverser au-delà des deux tasses en porcelaine fine aux motifs fleuris incrustés. Le jeune homme s'éclipsa aussi vite qu'il était entré.

– Ben ! Je t'ai déjà dit de montrer un peu plus de respect à mes invités !

– Ce n'est rien, je vous assure, tempéra Lucas. Ma tête ne doit pas lui revenir, c'est tout.

– Sers-toi, mon petit. Il y a aussi des sablés, mes préférés.

Lucas accepta par pure politesse, les muscles de son corps tendus à l'idée d'obtenir des informations cruciales sur son passé.

– Je suis désolée, commença madame Rougier. Tu es arrivé début 1984. Avec le statut de pupille de la Nation. La seule chose qui m'a frappée à l'époque, c'est l'ordre de placement prioritaire collé à ton nom. Impossible pour moi d'oublier ça, ce n'était pas si courant ! Je savais donc que tu ne t'éterniserais pas à l'orphelinat. Et c'est ce qui s'est produit quand cette femme est venue te chercher.

Cette femme. Gaëlle Morvan, pensa Lucas.

– Comment les choses se sont-elles faites ?

– Pour ta mère adoptive ? Elle répondait aux critères imposés par l'administration, c'est tout.

Le médecin resta silencieux, le temps de digérer cette information nouvelle. Dans quelles circonstances sa mère l'avait-elle adopté ? Du fait de son statut ? Autre chose ? Il décida de temporiser en posant les questions qui parasitaient son esprit et revint sur la première visite que la vieille dame avait reçue.

– Si j'ai bien compris, une personne est venue vous voir dans la matinée ? De qui s'agit-il ? Une ex-pensionnaire ?

L'ex-directrice leva les yeux en l'air tout en fouillant dans le grenier de ses souvenirs.

– La dame blonde de ce matin ? Une ex-pensionnaire ? Non, je ne pense pas. Elle s'est présentée à moi comme étant journaliste... Très gentille, polie et surtout très intéressée par la situation de Saint-Philippe en 1984.

Ses yeux opaques ajustèrent la mire sur Lucas.

– Deux visites le même jour, après tout ce temps ! Ce n'est pas une coïncidence, n'est-ce pas ? ajouta-t-elle.

Lucas resta songeur alors que madame Rougier exprimait les mêmes doutes que Colette Gildas à Saint-Philippe.

Non, ce n'était pas une coïncidence. La mystérieuse blonde qu'il avait croisée devant l'appartement de sa mère et celle qui se tenait ici quelques heures plus tôt devaient être la même personne. Pourquoi se faire passer pour une pensionnaire de l'orphelinat auprès de madame Gildas et pas ici ? Qui était-elle vraiment ? Mais surtout, comment était-elle arrivée là, pile quelques heures avant sa visite, à deux adresses *a priori* sans aucun lien dans la région parisienne ? Tout semblait indiquer deux choses. Un, cette femme cherchait elle aussi à recoller les morceaux de son passé, pour une raison qui lui échappait. Deux, elle était bien renseignée. Suffisamment pour le devancer à chaque fois. Il revint à son premier sujet de discussion.

– Et que savez-vous pour l'ordre de placement prioritaire ? Est-ce que vous étiez informés de leur provenance ?

– Non, malheureusement. Mais c'est quelque chose de très rare, comme je te le disais. Il y en a bien eu un ou deux en plus de vous, sur toute la période, mais c'est tout. Je n'avais pas accès aux dossiers, ni aux raisons pour lesquelles ces ordres étaient attribués. Et encore moins la main sur les décisions prises concernant les parents adoptifs.

L'urgentiste fronça les sourcils.

– Vous ? Comment ça ? Je ne saisis pas...

Michèle écarquilla les yeux, interloquée.

– Ça te surprend ? Comment ça ? Ah, mais tu es parti le premier, c'est vrai... Est-ce que tu peux me remonter la photo ? s'enquit-elle.

Lucas s'exécuta, l'air affolé. La vieille dame planta une nouvelle fois ses yeux dans les siens, en quête d'une hypothétique confirmation.

– Quand je parle de « vous »... Tu ne te souviens vraiment pas ? C'est vrai que tu étais – vous étiez – très jeunes à l'époque...

Un frisson parcourut l'échine de l'urgentiste quand il réalisa de quoi Michèle Rougier parlait. Son cœur battit à tout rompre lorsqu'elle désigna la petite fille aux couettes blondes, figée dans un chagrin éternel dans sa robe rouge à pois blancs.

– Cette petite fille avait toutes les raisons d'être triste ce jour-là... Quelle grande sœur ne le serait pas en de pareilles circonstances ?

48

La Clio bleu roi de location s'engagea dans une longue avenue jouxtant un immense parc aux couleurs automnales, contrastant avec le froid qui régnait au-dehors. Alisa, les yeux rivés sur la route, arborait une mine grave, aux antipodes de celle qu'elle était en société, lorsqu'elle revêtait son masque de journaliste. La solitude, elle connaissait. Elle avait donné. Et elle détestait ça. Ses mains crispées sur le volant servaient autant à tenir son véhicule face aux rafales de vent qu'à contenir sa propre nervosité. Le visage de sa mère s'imprima dans son esprit. Sa chevelure d'ange, dont elle avait hérité. Son regard attentionné et bourré de compassion. Elle s'était dévouée corps et âme pour son bien-être, afin qu'elle grandisse comme toutes les petites filles de son âge, malgré l'absence de son père, parti bien trop tôt. Leur vie à deux, difficile, mais heureuse, avait contribué à faire d'elle la femme courageuse, tenace et déterminée qui se démenait aujourd'hui pour élucider la disparition de son géniteur. Déjà trente ans depuis ce triste jour. La journaliste serra le volant un peu plus fort. Sa pauvre mère ne serait pas là pour découvrir la vérité. Elle aussi était partie. Fauchée par une maladie aussi sournoise que fulgurante. Dix mois depuis qu'Alisa lui avait promis, le regard planté dans le sien, que tout irait bien, alors qu'elle vivait ses derniers instants sur ce lit, shootée à la morphine, dans cette morne chambre d'hôpital. Sa mort avait agi comme un déclencheur dans le magma de ses convictions.

Elle ferait la lumière sur les événements de 1984. Elle y arriverait, coûte que coûte.

L'air chaud du véhicule lui permit de se détendre un peu. La buée qui envahissait le pare-brise s'était quant à elle dissipée dans sa totalité. La journaliste roula jusqu'au bout du tracé, avant de bifurquer à gauche pour se rapprocher de sa destination. Sa tension montait dans les tours en même temps que le compteur de la Renault.

Enfin arrivée. La rue choisie, pavillonnaire, calme, se démarquait par l'étroitesse du passage alloué aux véhicules. De part et d'autre de ce dernier, le trottoir mangeait au moins la moitié de l'espace disponible, créant de grandes places de parking pour les résidents. La jeune femme trouva un emplacement libre et put enfin mettre la citadine au repos, calée entre deux monospaces, tout en prenant soin de se tenir à distance du numéro 11. Que de kilomètres avalés en une journée ! Finalement, elle était revenue en région parisienne. Là où tout avait débuté, plusieurs mois auparavant. Là où elle accomplirait sa mission. Mais le plus dur restait à faire. Elle tremblait sous sa doudoune kaki, sans savoir si la peur, l'excitation ou le froid en étaient la cause. Même si ce n'était rien de comparable à ce qu'elle affrontait d'habitude, la faible température et l'humidité extérieure la poussèrent à tourner la clé d'un cran, avant d'appuyer sur le bouton pour réactiver l'air chaud. Elle se laissa glisser sur son siège, avant de jeter un œil sur le sac plastique qui traînait du côté passager. Assez de snacks et de quoi boire pour tenir une journée entière. Un sourire vint étirer son visage et faire ressortir ses fossettes. Une journée de planque comme dans tout bon film policier qui se respecte. Son visage se referma pour laisser place à la réflexion. Il ne fallait pas se manquer.

Comment l'approcher ? Lui faire comprendre qui elle est réellement ?

La convaincre que ce que je dis est vrai ? Elle va me prendre pour une folle furieuse, c'est sûr. D'ailleurs, qui ne le ferait pas en de pareilles circonstances ?

Alisa ne pouvait pas se permettre de tout faire foirer. Pas maintenant. Elle avait déjà frisé la correctionnelle, en se faisant choper par ce satané commissaire Mandé. Il avait fallu une sacrée dose de persuasion pour qu'il accepte de la relâcher.

Je peux vous être utile, lui avait-elle confié.

Et maintenant, l'ironie voulait que ce soit grâce à lui qu'elle touche au but. Le prix à payer avait été important : se dévoiler aux yeux de l'actuelle dirigeante du village éducatif, puis à ceux beaucoup plus aiguisés de l'ex-directrice de l'orphelinat tant recherché. Elle se prit la tête à deux mains pour essayer de se concentrer. Voir où se situaient les pièces sur son échiquier mental. Estimer ce fichu risque associé à cette incartade en plein air, à découvert.

Lucas doit savoir que je suis dans le coin à l'heure qu'il est. De toute façon, il va falloir sortir du bois, ma grande. Sinon, c'est foutu d'avance ! Il faut conclure.

La journaliste hésitait entre se jeter dans la bataille maintenant, ou attendre sagement que tous les acteurs soient réunis pour faire son apparition. Indécise, elle tendit le bras droit et piocha dans le sac plastique pour en ressortir une bouteille d'eau. Elle réfléchissait à un point tel qu'elle en oubliait les fondamentaux.

Patience.

Un coup d'œil sur le cadran lumineux orange de la Clio.

14 h 03.

Son regard glissa sur le rétroviseur central. Une femme qui remontait la rue à pied attira son attention. Tête basse et dos voûté, couverte comme si l'hiver sibérien s'abattait sur la région, elle tenait un petit paquet dans ses mains. Elle vint à hauteur puis dépassa la Renault sans se soucier d'elle et continua son chemin en changeant de trottoir. Plus haut, la dame longea un terrain vague donnant sur la rue parallèle et jonché de gravats, bidons et piquets de fer forgé, fondations d'une maison en devenir. Elle finit par s'arrêter juste à côté. Au numéro 11. Elle poussa la grille marron et vint sonner à la porte. Alisa pouvait clairement voir l'entrée de la maison « cible » depuis son siège. Pas besoin de jumelles ou d'autres artifices de circonstance. Une maison de plain-pied à la façade blanche, témoignant d'un rafraîchissement récent. Une haie dessinait le contour arrière et latéral de la propriété.

Les pupilles de la journaliste se dilatèrent et elle se mit à respirer par le nez avec force. Le temps se suspendit. Elle coupa l'air chaud pour laisser le silence réinvestir l'habitacle. Ses yeux étaient rivés sur la porte d'entrée de la maison de toutes ses interrogations. Celle-ci s'ouvrit et une tête apparut dans l'embrasure. De longs cheveux blonds. L'interstice grandit et bientôt elle put distinguer l'habitante dans sa totalité. Pas de doute.

C'était elle.

49

Le capot encore chaud, mis à l'épreuve par la circulation francilienne, la 308 dormait sur son emplacement temporaire rue du Bois de Boulogne, goûtant à un repos qui s'apparentait à une micro sieste. Le véhicule de police banalisé en avait vu de belles depuis deux jours. S'il pouvait parler, et s'il était doté du même caractère que son conducteur, nul doute qu'il se serait fait vertement comprendre. Avachi sur le siège conducteur depuis de trop longues heures, Loïc se demandait s'il n'allait pas finir par fusionner avec le bolide, à force de séjourner dans l'habitacle. Il serait volontiers sorti se dégourdir les jambes. Mais mieux valait éviter de se balader comme ça, en pleine rue, sachant que Lucas pouvait débarquer d'une minute à l'autre. Il se redressa pour ne pas se flinguer le dos. Ce dernier craqua quand le lieutenant bomba le torse et écarta les épaules. Toujours là à adopter des postures ridicules. Son mètre quatre-vingt-sept lui posait plus de problèmes qu'autre chose quand il s'agissait de rester confiné de longues heures. Il soupira et fit le point. Tout s'était bien déroulé depuis que Lucas et lui avaient rallié Paris.

Mais l'instinct dont il avait hérité de son père lui dictait de faire gaffe. Il le servait plutôt bien, en général. Le danger guettait. Partout.

De l'eau avait coulé sous les ponts depuis la conférence de presse inopinée de son paternel. Il avait eu le temps d'analyser ce qui se cachait derrière les mots secs du vieux. Ça le faisait chier de l'admettre, mais pour être honnête, une fois la spontanéité et l'impulsivité mises de côté, il aurait sans doute fait la même chose. Et pour cause : en se montrant face aux médias, son père se donnait un peu de sursis face à « ceux » qui mettaient tant de pression sur lui. En citant son nom, il pensait obtenir le même résultat. Le vieux le protégeait. Mieux encore : il plaçait le sort de l'affaire entre ses mains indélicates. Tout ça renforçait le sentiment que quelqu'un de puissant se cachait derrière toutes ces manœuvres. Car oui, ces enfoirés existaient bel et bien. Il fulminait à l'idée de ne pas pouvoir enquêter là-dessus comme il se devait. Il fallait suivre ce que ses tripes lui ordonnaient : épauler Lucas dans sa quête d'identité. Le dénouement de tout ce bordel arriverait dans le même wagon. Le mieux était donc d'y rester bien accroché, contre vents et marées.

Il gratta son bouc. De toute façon, il ne pouvait plus reculer.

Le silence de l'habitacle commença à lui peser. Il sortit son Samsung dans l'espoir de voir le petit point bleu clignotant qui lui annoncerait l'arrivée d'un nouveau message. Toujours rien. Son impatience chronique frappait à nouveau. Que faisait Caro ? Déjà deux bonnes heures qu'il lui avait balancé un SMS, en arrivant à ce fameux village éducatif Saint-Philippe de Meudon. Il s'attendait à une réponse au moins. Est-ce qu'elle le faisait mijoter, pour lui faire payer son arrivée soudaine ? À vrai dire, il le mériterait bien. Il s'était comporté comme le pire des salopards avec elle, toutes ces années. Il n'en menait pas large. Mais les histoires d'amour à distance, très peu pour lui. Plus question de jouer au con, et de retomber dans le panneau dès qu'il croisait la belle Franco-Brésilienne aux courbes ravageuses. Elle ne reviendrait pas vivre à Nantes de sitôt, donc ça ne servait à rien de la faire espérer. À moins que ça ne soit l'inverse. Il avait du mal à clarifier ses sentiments. Tout en faisant tournoyer son Smartphone dans sa main droite, il se rappela avec nostalgie les bons et les mauvais moments passés avec elle dans la cité des Ducs de Bretagne. Les soirées passées chez elle, à siroter des cocktails dans son appartement aux multiples odeurs sur fond de *bossa nova*.

À délirer comme deux adolescents. À s'étreindre jusqu'au petit matin. Remettre les pieds dans cette atmosphère si caractéristique de la jeune femme, la veille, l'avait ramené à cette époque pleine de légèreté et d'insouciance.

Sa cicatrice sur le front le tiraillla, pour le faire plonger à nouveau dans ce passé mouvementé où il s'était interposé entre Caro et son agresseur, alors que les deux compères, fraîchement titularisés, opéraient ensemble dans les quartiers Nord après un appel de détresse. Un déséquilibré qui séquestrait sa famille avait tenté de s'en prendre à la jeune femme. Il avait réagi à temps.

Les images flashèrent dans l'esprit du lieutenant. Les yeux fous du père de famille désespéré. Ses paroles désordonnées. La lame du couteau de cuisine qu'il pointait vers lui. Le cri enragé, inhumain qui avait précédé son assaut. La lutte pour tenter de le maîtriser. La pointe en acier qui avait failli l'éborgner. Tout était allé si vite. Trop vite pour le jeune flic qu'il était en tout cas. Il avait hésité à sortir son arme de service, freiné par la peur permanente de la bavure. Même aujourd'hui, les contours du statut de légitime défense restaient flous. Loïc repensa à ce moment. S'il se retrouvait dans la même situation, il n'hésiterait plus.

De l'index, Loïc retraça le sillon douloureux sur son front. Son vestige de guerre. La marque qui accaparait les sens de Caro à chaque fois qu'elle posait les yeux dessus. Le stigmate qui ravivait la flamme de sa passion. Elle et lui étaient comme le blanc et le noir. Le feu et la glace. Si opposés et pourtant si complémentaires. Il ferma les yeux et prit une résolution. La prochaine fois, il s'assurerait de contenir ses émotions. D'éteindre les siennes avant qu'elles la dévorent. De lui dire avec toute l'honnêteté et le courage qu'il pourrait rassembler. Même si ce n'était pas chose facile. Même si ça faisait mal.

Caro, cette fois-ci, c'est fini pour de bon.

Son attention fut captée par une silhouette en mouvement au bout de la rue. Elle se déplaçait dans sa direction à pas lents. Comme une ombre voguant sur une mer de bitume balayée par les vents. Lucas. Les sens du lieutenant achevèrent de le ramener à la réalité du moment. Ses traits se relâchèrent. Bientôt, il discerna avec clarté le visage de l'urgentiste. Au vu de la tronche qu'il tirait, ça ne laissait rien augurer de bon. Loïc déverrouilla la portière passager et son compère le rejoignit dans la berline.

— Alors ? T'as pu choper des infos ?

— Des infos ? répéta Lucas. Je ne sais pas par où commencer... J'en ai le tournis...

Un silence malsain s'imposa dans l'habitacle. Le lieutenant lut le désarroi dans le regard du médecin. L'égarement. L'affolement hébété. Ce dernier sortit la vieille photo prise à l'orphelinat et lâcha la nouvelle comme une bombe. Loïc ouvrit les yeux grands comme des soucoupes. Sa psyché s'emballa d'un seul coup.

— Putain de merde, si je m'attendais à ça !

Lucas n'avait obtenu aucune information sur ses parents biologiques. Mais il avait mis la main sur quelque chose d'énorme. De complètement inattendu. Une sœur plus âgée. Il allait de surprises en surprises.

La gosse sur le cliché ne pleurait pas pour rien.

01/06/1984

Ce jour marquait la séparation de leurs destinées. L'étonnement du lieutenant atteignit des sommets quand Lucas ajouta qu'elle avait été adoptée ici, en région parisienne. Loïc savait quoi faire. Il attrapa son téléphone et tenta de joindre Caro. Ce serait la dernière fois qu'il la

solliciterait avant de clarifier leur situation. La tonalité
s'échappa cinq fois du combiné. Pas de réponse. Il décida
d'extirper le moteur de la 308 de sa torpeur.

La sieste était finie.

50

Le tic-tac de l'horloge murale était couvert par les sons entraînants des passages de *Rio 2* dans la salle de séjour. Enfoncé dans le canapé d'angle en lin bleu, un petit garçon scrutait le film sur le grand écran plat fixé au mur, obnubilé par la musique percutante et le rythme soutenu de l'aventure de l'ara bleu et de ses amis dans la forêt amazonienne.

Chantons ensemble ! Pour l'amour et l'harmonie !
On va chanter pour les belles créatures,
Ouvrons nos ailes et célébrons la liberté,
Chante ba ba ba boum boum, l'appel des belles créatures...

Une voix féminine, stridente, fusa à travers le salon.

– Élias ? Élias ! Tu peux baisser un peu le son, mon chéri ?

L'enfant mit un certain temps à réagir, avant d'obtempérer. Il se laissa glisser hors du canapé, saisit la grande télécommande qui faisait deux fois la taille de ses mains, et appuya sur la flèche pointant vers le bas de son index, avant de se vautrer à nouveau sur la confortable assise, les jambes recroquevillées vers son petit corps frêle. Il se retourna, leva le menton et capta autant d'air que possible pour s'époumoner :

— C'est bon m'man ! Ça va comme ça ?

— Oui, parfait ! Merci, trésor !

La femme se dandina dans le fauteuil club marron qu'elle affectionnait. Il constituait, avec la petite table d'appoint assortie, la touche finale à son petit espace détente et lecture, aménagé tout récemment dans un des coins du grand séjour, près du chauffage et suffisamment loin de la télévision devant laquelle son fils campait dès qu'il avait un moment de libre.

Elle poussa un soupir d'aise. Ce dimanche d'octobre lui permettait enfin de se détendre un peu, après deux semaines très agitées. Depuis le départ en Afrique de son mari, militaire de carrière, quelques mois plus tôt, la solitude avait repris ses droits. La maison ne ressemblait plus qu'à un grand cube de béton qui la mettait mal à l'aise. Vide. Silencieux. Froid.

Un frisson remonta le long de son échine. Elle avait de plus en plus de mal à supporter les longues missions de son conjoint. Le stress de ne pas le voir revenir la hantait sans cesse. On n'était jamais à l'abri de rien dans ce monde. Alors pourquoi en plus se risquer à s'approcher du danger ? Un jour, quelque chose lui arriverait forcément. Elle ne supporterait pas le fait de devoir élever ses enfants seule. Dans ces périodes difficiles, semblables à une longue traversée des terres glacées du pôle Nord, seuls les week-ends trouvaient grâce à ses yeux, passés avec son fils de sept ans à jouer, cuisiner des gâteaux, regarder des films, ou encore aller sociabiliser avec les autres parents et enfants du voisinage. Le reste du temps, elle était seule avec sa fille dans cette demeure bien trop grande, alors qu'Élias était scolarisé en CE1 dans l'école du quartier, à deux pas de là.

La femme dénoua ses cheveux blonds et la longue crinière vint se déposer de part et d'autre de ses épaules, emmitouflées sous un épais pull de laine noire à grosses mailles.

Elle attrapa le polar qu'elle venait de commencer lorsqu'un craquement, suivi d'un grésillement prolongé se dégagea du petit combiné calé à la verticale sur la table d'appoint, sur sa droite. Julie, huit mois, s'exerçait de sa plus belle voix au travers du babyphone. Après quelques secondes, figée à décortiquer ce qu'elle percevait, le sourire scotché aux lèvres, la jeune femme décida de laisser sa fille tranquille.

Week-end en enfer de James Patterson. Enfin le temps de se replonger dans ce bouquin dont ses amies lui avaient dit le plus grand bien. Même si le titre, évocateur, lui glaçait le sang, les faits se déroulaient à Las Vegas.

Pas à Gagny, Seine-Saint-Denis ! se rassura-t-elle.

Elle allongea le bras pour soustraire l'opus de l'auteur américain à la meute de bouquins entassés dans la petite étagère sur sa gauche, avant de déplier ses longues jambes, engoncées dans un bas de survêtement, pour les rapprocher du chauffage qui tournait à plein régime. Temps de reprendre sa lecture.

Un chapitre. C'est tout ce qu'elle eut le temps de parcourir avant que Julie détourne son attention en gazouillant dans son lit. Avant qu'elle s'en aperçoive, la moitié de son être fut accaparée par le ramage de sa fille, au détriment du roman.

Elle retrouvait à peine sa concentration lorsque la sonnette retentit dans tout le séjour. La jeune femme soupira en se redressant. Elle troqua son polar contre le babyphone et traversa la pièce avant que son fils, qui avait la fâcheuse tendance à ne pas se méfier de l'inconnu, vienne déverrouiller la porte et en abaisser la poignée. Un coup d'œil dans l'oculus. Un visage d'ébène tétanisé par le froid, une épaisseur hallucinante de vêtements sous sa doudoune noire. Des tresses africaines qu'elle lui enviait tant. Déborah se tenait sur le perron, grelottante, un petit paquet à la main. La jeune femme ouvrit sans tarder et combla l'interstice, non sans grimacer face à la morsure du froid, avant de donner une accolade à son amie de toujours.

— Debby !

— Salut, Anna. Comment tu vas ?

— Comme un dimanche, tranquille, au chaud, sourit la blonde. Tu ne vas pas rester là, quand même ! Entre !

— Non, non, ne t'inquiète pas ma belle, je passais juste te rendre ça.

Anna agrippa le sachet plastique que lui tendait son amie et regarda à l'intérieur.

– Juste les Tupperware que tu m'avais laissés la dernière fois pour Paul, précisa Debby.

– Oh, merci ! Mais ce n'était pas pressé, tu sais !

La visiteuse aperçut Élias, affalé sur le canapé, qui jetait des œillades de temps en temps dans sa direction.

– Vous êtes occupés ? Ça vous dirait de venir prendre le goûter à la maison ? Paul serait ravi de pouvoir s'amuser avec Éli !

– Oui, pourquoi pas ! répliqua Anna en considérant son fils. Ça sera toujours mieux que de le voir planté devant l'écran pendant des heures ! Donne-moi juste le temps de sortir Julie du lit, et on y va ! En attendant, entre !

Anna joignit le geste à la parole avant de refermer la porte. Sans s'apercevoir que dans la rue, en contrebas, une femme accrochée au volant de sa Clio scrutait la scène avec attention.

51

La tension d'Alisa retomba en même temps que la porte se refermait sur les deux femmes qu'elle observait. Retour en mode veille. Le vieux Mandé lui avait filé la bonne adresse. Elle se demanda comment il avait bien pu l'obtenir, mais abandonna au bout de deux secondes.

C'est sans intérêt, le principal, c'est que je sois là.

Le regard dans le vague, elle se mordit la lèvre inférieure. Son pied droit battait la mesure contre la pédale d'accélérateur du véhicule endormi. Combien de temps s'écoulerait-il jusqu'à ce que les deux femmes réapparaissent ? La patience, pourtant si nécessaire à l'exercice de son métier, n'était pas son fort. Mais alors, pas du tout. D'un geste machinal, sans un regard pour le tableau de bord, elle réactiva l'air chaud pour dissiper la buée naissante qui s'emparait de son pare-brise, centimètre par centimètre. Son autre main relâcha le volant de la Clio et elle se laissa aller sur son siège. Selon son scénario, la visiteuse, qui ne devait pas avoir plus d'une trentaine d'années, rapportait juste un paquet à Anna. De la nourriture, un vêtement, un bouquin... la liste des objets potentiels pouvant se retrouver dans ce sac plastique se voulait longue, et tout pouvait être prétexte à jouer les prolongations à l'intérieur de la maison. Sans compter l'humidité qui accentuait la sensation de froid aujourd'hui. Rien de tel pour que deux femmes ne voient plus défiler les heures autour d'elles... la mettant au supplice de l'attente par la même occasion.

Bon sang ! Elles ne vont pas y passer leur après-midi, si ?

Le cerveau d'Alisa s'emballa. Que faisaient-elles en ce moment précis ? S'étaient-elles mises à l'aise, autour d'un bon thé fumant ou un café bien chaud, à discuter de tout et de rien ? Ses paupières s'abaissèrent et elle tenta de réguler sa respiration pour faire tomber la pression une deuxième fois.

Tu te fais trop de films, ma grande... Un seul et maître mot : patience !

Si seulement je pouvais dire à mes neurones d'arrêter de tourner pendant une minute ou deux, ce serait bien !

Elle reprit une gorgée d'eau avant de refermer la bouteille et la jeter sans ménagement sur le siège passager. Rien à faire. L'irritation gagnait du terrain et alimentait son insatiable curiosité. Elle tenta de se raisonner en se disant que patience et curiosité devaient se mélanger à dose égale, dans un équilibre parfait, dans la recette de sa réussite. Mais sans surprise, l'un des deux ingrédients prit le pas sur l'autre. Ses bonnes résolutions partirent en fumée. Avant même qu'elle s'en rende compte, elle avait mis les pieds dehors et s'étirait, jambes tendues, sur la pointe des pieds, bras pointés vers le ciel. Elle actionna la fermeture centralisée de la citadine d'une pression sur le corps de la clé et ajusta son sac en bandoulière, en tirant sur la sangle qui barrait sa petite poitrine.

Bon Dieu, mais qu'est-ce que tu fais ?

Cette question résonna en son for intérieur comme un ultime avertissement. Mais ce n'était plus Alisa au contrôle. Son instinct avait envahi l'espace de sa pensée primitive et parasitait ses mouvements. La jeune femme traversa l'étroite chaussée et avança à pas de loup en direction du numéro 11, prenant soin de ne pas faire claquer les talons de ses bottines.

Précaution absurde. Le vent glacé lui cisaillait les joues et asséchait ses yeux comme pour lui faire regretter ce choix impulsif. Son rythme cardiaque grimpa et elle sentit une douce vague d'euphorie se répandre en elle. Il ne fallait pas se mentir : elle adorait se mettre dans ce type de situations stressantes. Elle arpenta la rue une première fois, cheminant devant la maison cible comme une simple piétonne qui continuait sa route, sans manquer de jeter un œil aux fenêtres donnant sur la salle de séjour. Son cœur fit un premier bond dans sa poitrine lorsqu'elle discerna les changements de plan fréquents d'un film d'animation sur un grand écran plat. Un petit garçon blond comme les blés, la coupe au bol, s'extasiait devant la télé.

Un enfant ! Voilà qui complique les choses.

À en juger par sa taille, le gamin avait dépassé la maternelle depuis un moment. Alisa s'en voulut de ne pas avoir prédit la possible existence de la génération suivante. D'après Michèle Rougier, Anna avait aujourd'hui trente-cinq ans. Largement de quoi avoir une petite armée de monstres à sa solde ! Elle maudit également le vieux commissaire pour ne pas avoir fourni autre chose que cette fichue adresse. Elle descendit la rue en sens inverse, mais ne perçut rien de nouveau. Rien. Pas de trace d'Anna ni de sa visiteuse. Son regard divergea pour capter les caractères noirs imprimés sur l'étiquette qui faisaient bloc avec la sonnette, sur le muret jouxtant la grille d'entrée : « MARTINEZ ».

Anna Martinez. Aux antipodes de ce qu'elle aurait imaginé. Une certitude s'imposait au vu de nom de famille, qui n'était pas celui donné par l'ex-directrice de l'orphelinat. La belle s'était mariée.

Mariée, un enfant en âge d'aller à l'école. Une vie de famille tout ce qu'il y a de plus normal, en fait.

Une boule de tristesse l'envahit à l'idée de venir piétiner de ses gros sabots ce tableau de vie composé avec tant de soin. Le chagrin se mua en tension à la pensée du mari. Où était-il ? Est-ce qu'il bossait dans le coin ? Ce qui appela une question encore plus inquiétante : est-ce qu'il allait se ramener tambour battant en fin de journée ? Alisa considérait la gravité du problème quand son téléphone vibra. D'une main experte, elle fouilla son sac à la hâte pour l'en dégager tout en comblant les derniers mètres la séparant de son véhicule. Sa tête pivota une dernière fois pour scruter l'espace derrière elle alors qu'elle débloquait son Smartphone. Elle vit le nom de Mandé sur son écran lorsque le grincement d'une grille derrière elle la fit sursauter. La surprise la pétrifia.

Pas le temps de se mettre à l'abri de la Clio.

— Élias ! Attends-nous, n'ouvre pas le portail comme ça ! Je ne te le répéterai pas !

La voix d'Anna s'insinua en elle jusqu'à lui arracher un frisson. Elle se sentit comme prise au piège. Mais comme souvent, elle raisonna avant que les émotions ne prennent le dessus. De quoi avait-elle peur, au juste ? La mère de famille ne la connaissait pas.

Détends-toi, ma grande. Détends-toi. Fais comme si la voiture ne t'appartenait pas.

Deux voix distinctes prenaient part à une conversation derrière elle alors qu'elle découvrait le message du commissaire.

« *Ils sont en route pour Paris. Ne semblent pas se diriger vers ta position.* »

Un message court, simple, comme à chaque fois. Bien à l'image de l'homme fermé et sec dont elle avait été prisonnière durant de courtes heures. Alors qu'elle essayait d'intégrer les quelques lignes reçues à son esprit, le bruit de petites roues s'écorchant sur le pavé attira ses sens. Alisa dépassa la Clio et continua son chemin tout en ralentissant le pas, de sorte à être dépassée par le groupe qui évoluait sur le trottoir d'en face.

— Si tu veux, je passe chercher Élias et Julie demain matin pour que tu puisses te rendre à ton rendez-vous chez le kiné ? Je dépose nos garçons à l'école et je m'occupe de ta princesse en attendant ton retour ?

— Tu es sûre que ça te va ? Sinon je peux m'arranger autrement, tu sais...

– Mais oui ! Bien sûr que ça me va ! Aucun problème. C'est toujours un plaisir de passer du temps avec ta pépète...

Les craintes d'Alisa se confirmèrent. L'adrénaline fusa dans ses veines. Son cœur sembla bondir une deuxième fois hors de sa poitrine. Deux, comme le nombre de rejetons qu'Anna avait en réalité. Et pour couronner le tout, le dénommé Élias, les doigts de la main gauche enroulés autour de l'un des bras de la poussette, la dévisageait avec insistance. Le risque n'était plus anodin, à présent. Elle repensa au vieux croulant.

Ça me fait mal de dire ça, mais il est mon seul espoir d'obtenir plus d'informations.

Ses doigts agiles martelèrent le clavier digital de son Smartphone pour délivrer un message de la plus haute importance à Mandé.

52

Loïc pesta une énième fois contre le trafic délirant dans la capitale. Le GPS lui indiquait six kilomètres. Six foutus kilomètres à parcourir. Déjà vingt minutes que la Peugeot jouait à l'escargot en plein cœur de la ville. Et ils n'étaient pas rendus. Ils auraient plus vite fait d'y aller en courant, comme les innombrables joggeurs qui bravaient le froid d'octobre. Pour le lieutenant, Paris ressemblait à une gigantesque toile d'araignée. On restait prisonnier de ses fils tissés avec malice et dextérité. Se débattre ne faisait que resserrer les liens. Même le dimanche. Profitant d'un nouveau ralentissement, il scanna du regard son compère.

Lucas semblait calme. En apparence, tout du moins. Derrière ce masque, il savait que la nouvelle qu'il avait apprise de la bouche de Michèle Rougier l'avait sacrément secoué. Et lui aussi d'ailleurs. Qui aurait cru que Lucas n'était pas seul ? Quels secrets renfermait encore cette enquête ? Les yeux de Loïc retrouvèrent la route. Sa main gauche lâcha le volant un instant pour venir gratter le haut de son crâne. Lucas lui avait fait un topo complet sur l'état des lieux, avant de se ranger dans un mutisme inquiétant. La femme qui les avait précédés s'était présentée comme journaliste et avait longuement interrogé l'ex-directrice au sujet de Lucas. Mais pas seulement. Elle semblait bien renseignée et savait que l'urgentiste avait une sœur. Cette dernière, Anna, avait deux ans et demi de plus que lui. Soit cinq ans à l'époque. Trente-cinq aujourd'hui. Pas étonnant que Lucas soit groggy.

C'est du délire.

Et pour couronner le tout, il avait appris que cette fameuse sœur avait été adoptée par la famille Rossi, qui vivait au nord de Paris à l'époque. L'ex-directrice de l'orphelinat ne connaissait pas le véritable nom de famille de Lucas et Anna. Mais selon elle, les Rossi habitaient toujours les environs. Ces informations étaient inespérées, mais leur côté hypothétique le fit grincer des dents. Anna pouvait être ici comme à des milliers de kilomètres. Ils n'avaient aucun moyen de le savoir. Leur seul espoir s'appelait Caroline Lima. Celle qui ne répondait pas. Il tenta une ultime fois et mit son portable en mode haut-parleur, faisant fi de la circulation qui reprenait. Cinq tonalités.

« Vous êtes bien sur la messagerie vocale de : Caroline Lima. Veuillez laisser un message après le bip sonore. »

– Putain, mais c'est pas possible ! pesta-t-il en coupant la communication. Ça sent vraiment mauvais, tout ça !

– On y est presque, fit remarquer Lucas.

Loïc ne releva pas. Porté par ses nerfs, il accéléra et se fraya un passage pour rejoindre le boulevard Haussmann. Il reconnut le tronçon de route qui leur permit de rejoindre le boulevard de la Madeleine et de contourner l'église du même nom. Exactement comme la veille, mais de jour cette fois.

Le bolide remonta la rue de Caumartin par le sud. Le lieutenant oublia de respirer quand il aperçut un véhicule de police, gyrophare sur le toit, posté en plein milieu de la chaussée, obstruant le passage menant à la deuxième partie de la rue. Il donna un coup de frein soudain pour immobiliser le véhicule.

La Renault Megane juste derrière manqua de l'emboutir et son conducteur lui exprima son mécontentement au travers d'un coup de klaxon bien senti. Obnubilé par ce qu'il voyait devant lui, Loïc se contenta de repasser la première et de se garer au premier espace disponible, à une cinquantaine de mètres du barrage policier. Au-delà de celui-ci, d'autres véhicules des forces de l'ordre occupaient la chaussée jusqu'au carrefour suivant, qui lui aussi semblait avoir été bloqué. Zone bouclée.

– Putain, Lucas, c'est quoi ce bordel ?

Le médecin lui répondit d'un regard. Il n'en avait aucune espèce d'idée. Loïc tenta à nouveau de joindre Caro.

« Vous êtes bien sur la messagerie vocale de... »

– Eh merde ! s'exclama Loïc en coupant court à la voix robotisée qui jouait avec ses nerfs.

Il attrapa la poignée et voulut s'extraire du véhicule quand Lucas sortit enfin de sa léthargie en lui agrippant l'avant-bras.

– Tu fais quoi là ?

– D'après toi ? répliqua Loïc en tirant pour s'extraire de son emprise.

– Il faut que je sache ce qu'il se passe ! Sérieux, Lucas, laisse-moi y aller !

Le médecin ne desserra pas l'emprise. Habitué aux situations de grand stress qui s'accumulaient depuis une semaine, il tenta de garder son calme, mais ses yeux grands ouverts trahissaient son effroi.

Une peur totale qu'il transmit au lieutenant. Ce n'était pas une coïncidence. Il y avait neuf chances sur dix que cet attroupement ait un rapport avec Caro, il en était persuadé. Il avait impliqué une personne qu'il ne connaissait même pas vingt-quatre heures auparavant. Paradoxalement, ce dernier constat et le détachement émotionnel vis-à-vis de la policière lui permirent de conserver un semblant de lucidité. Sagacité nécessaire pour empêcher Loïc de faire une connerie monumentale.

– Tu es sûr que c'est la meilleure chose à faire ? Ton nom a été cité aux infos nationales. Tes collègues savent qui tu es, même ici ! Et puis, si quelque chose est vraiment arrivé à Caroline, ce ne serait pas suspect que tu te ramènes comme ça ? Alors je répète : est-ce que tu es sûr que c'est la meilleure chose à faire ? Si tu te retrouves embourbé avec tes collègues, ou pire encore, je fais quoi, moi ?

Loïc ne put répondre. Il avait besoin d'air. Il déglutit, avant de se mettre à respirer par le nez comme un bœuf, à la recherche de la moindre particule d'oxygène présente. Sa peau vira au rouge en une fraction de seconde alors que ses doigts labouraient son front balafré. Des spasmes profitèrent de la brèche mentale du policier pour secouer tout son être.

— Non, non, c'est pas possible. Pas elle ! Je fais juste un cauchemar. Un putain de cauchemar. Je vais me réveiller !

La tambouille dans son esprit ne prenait plus. Pour la première fois depuis longtemps, il se surprit à se demander ce que son looser de père ferait dans pareilles circonstances.

— C'est ça ! Le vieux ! s'exclama-t-il. On va passer par lui.

Lucas relâcha son bras.

— On repart, décida Loïc à contrecœur.

Le lieutenant, toujours aussi tendu, joignit le geste à la parole et démarra. Il bifurqua juste en face du barrage routier pour quitter le quartier. Il s'en voulait d'avoir agi ainsi. D'avoir fait la sourde oreille. D'ignorer son père. Pire : de le mépriser à ce point. Il n'avait pas compris à quel point ce dernier s'était évertué à se rattraper, quitte à se mettre en danger. Il ne pouvait compter que sur lui désormais.

53

Drôle de journée que celle de Christophe Mandé, aux antipodes de l'image qu'on pourrait se faire d'un dimanche après-midi. De retour à Saint-Herblain pour essayer de recoller les morceaux avec Chantal, il s'était heurté à un mur. Elle lui en voulait pour avoir placé Loïc, leur fils unique, en première ligne dans l'affaire Blanchet. Affaire « louche » selon elle. Il « l'envoyait au casse-pipe ». Son sixième sens se manifestait encore. Elle devait sentir que quelque chose clochait. Mandé soupira. Tout était de sa faute. Pas étonnant que sa femme prenne la mouche. Son comportement, son escapade en pleine nuit pour se rendre au commissariat, la conférence de presse express et l'odeur de la nicotine qui lui collait au corps avaient agi comme autant d'indicateurs pour elle. Enfin, tout ça était derrière lui à présent.

Au moins pour les prochaines heures.

Le commissariat s'était mué en refuge à ses yeux. Zone de sûreté absolue, certifiée anti-scène de ménage. Il s'y sentait à l'aise, malgré la tension permanente qui y régnait. Les bruits de pas, les sonneries de téléphone, les voix de ses collègues : le moindre son autour de lui agissait comme une sonate d'un nouveau genre, aux vertus réparatrices. Mandé regarda autour de lui et mit un certain temps pour débusquer le petit flic aux cheveux en bataille qui se traînait comme une âme en peine dans les locaux, une pile de dossiers sous ses bras atones.

– Lestrade !

La voix sifflante du commissaire tira le sous-brigadier Alban Lestrade de l'ennui profond dans lequel il semblait plongé. Il tourna la tête et son expression ne bougea pas d'un iota en constatant qui l'avait hélé.

– Commissaire… lâcha-t-il d'une voix morne.

– Lestrade, j'ai besoin de vous. On va voir si votre réputation est usurpée ou non. Pas de temps à perdre, suivez-moi.

Le sous-balloches n'essaya même pas de combattre. D'une indolence rare, il haussa les épaules, hocha la tête et se contenta d'un faible « OK », avant de suivre les pas de son supérieur. Après tout, l'humeur changeante, presque schizophrène et les ordres aussi soudains que délurés de Christophe Mandé faisaient partie du folklore de l'unité nantaise. Pas la peine de résister.

Le duo emprunta les escaliers pour atteindre le confortable bureau dédié au boss des lieux.

– J'ai deux, non, trois choses à vous demander, annonça Mandé en dégainant sa nouvelle meilleure amie aux reflets chromés.

Il tira sur l'e-cigarette et expira dans la foulée. Lestrade déposa ses dossiers sur le bureau.

– Je vous écoute, commissaire. Qu'est-ce que je peux bien faire pour vous ?

– Bon, déjà, il est vrai que je n'ai pas l'habitude de venir vous voir, c'est le moins qu'on puisse dire. Mais votre réputation de mec doué en technologie est vivace ici. Vous pourriez me filer un coup de main ? Les machines, ce n'est pas mon truc, et j'ai des affaires urgentes sur le feu. Mais ça doit rester entre nous, c'est d'accord ?

– Pas de problème, ce n'est pas comme si c'était la première fois, répliqua Lestrade, avant de pointer la sortie de la pièce du pouce. Je peux ?

– Oui, on va avoir besoin de votre ordinateur, confirma Mandé.

– OK, donnez-moi deux minutes, je reviens.

Le jeune flic disparut et un sourire de satisfaction s'étendit sur le visage du commissaire. Premier palier atteint. Le sous-brigadier Alban Lestrade n'était pas impliqué dans l'histoire Morvan. Même s'il se doutait bien que ça ne suffirait pas, il leur faudrait un peu de temps pour s'en rendre compte. Toujours ça de gagné. Maintenant, restait à savoir ce qu'il pourrait en tirer.

La porte s'ouvrit sur le visage anguleux du jeune homme moins de deux minutes plus tard. Ce dernier avait troqué ses dossiers contre un large PC. Pas de ceux qu'utilisait la police, une certitude. Le commissaire pointa du doigt son bureau tout en s'incommodant de la fumée qu'il exhalait. Il dut s'y reprendre à deux fois pour convaincre le petit de s'asseoir, trop timide à l'idée d'occuper le fauteuil suprême, avant d'arpenter la pièce, songeur. Puis il fourra la main dans la poche de sa veste pour en sortir son téléphone. Priorité aux cas externes. Il s'occuperait de Ludovic Mercier en dernier.

— Alors, Lestrade, la première chose qu'il me faudrait concerne le mari d'une certaine Anna Martinez, qui vit à Gagny en Seine-Saint-Denis. Je veux tout ce que vous trouverez sur lui, mais surtout son activité principale.

— Vous avez besoin de moi pour ça ? tenta de confirmer le jeune homme en se grattant l'arête du nez.

— Plus le temps de passer par les voies classiques. Disons que c'est compliqué, mais pas besoin de s'en inquiéter, fiston.

Le sous-brigadier fit la moue devant la faible ampleur de la tâche et se mit à pianoter sur son ordinateur portable. Le cliquetis continuel émis s'insinua dans le conduit auditif de Mandé qui tiqua presque aussitôt. La technologie et tout ce qui s'y rapportait était vraiment source d'emmerdes pour lui.

Il fit volte-face pour ajouter :

— Et pendant qu'on y est, utilisez tous les moyens possibles. Je me fiche que vous traîniez sur des sites louches ou passiez par des méthodes qui dépassent le cadre de nos procédures. C'est clair ?

Lestrade écarquilla les yeux, incrédule.

— J'ai carte blanche ?

— Toutes les cartes que vous voulez, blanche, jaune, verte, peu importe, tant que vous me dégotez les infos.

Cette fois, l'ennui se transforma en un entrain non feint chez le jeune flic. Il y aurait peut-être des ragots de première à déterrer. Il ne lui fallut pas plus de deux minutes pour pêcher les premières informations nécessaires. Il fit signe à Mandé qui se rapprocha de lui.

— OK, donc il s'agit de Mathieu Martinez, commença-t-il en pointant la photo d'un homme barbu aux cheveux courts. Né le 3 janvier 1979, trente-cinq ans, fait partie de la mission militaire qui s'est envolée pour l'Afrique plus tôt cette année. Membre du groupement tactique interarmes posté près de Gao au Mali.

— L'opération Barkhane ?

— Exact !

— Il y est jusqu'à quand ?

— Je ne sais pas, je n'ai pas cette info sous les yeux. Je peux...

— Non, non, ça ira, merci. Je ne pense pas qu'il rentrera de sitôt.

— Oui, c'est le moins qu'on puisse dire, vu le contexte là-bas. Ça ne fait que commencer, on dirait.

Il raya le nom de Mathieu Martinez dans la liste mentale des menaces pour Alisa. C'est vrai qu'il aurait été beaucoup plus difficile pour elle d'approcher Anna si le mari se trimbalait dans le coin. Mandé ne connaissait pas l'ensemble des plans de la journaliste, mais suffisamment pour comprendre l'impact que ça aurait sur la famille Martinez.

Le commissaire se remit à faire les cent pas dans le bureau, e-cigarette au bec, les mains accaparées par son Smartphone. Il termina de rédiger son SMS et appuya sur la touche « envoyer ». Alisa serait satisfaite avec cette nouvelle.

— Super, merci Lestrade. On embraye direct sur ma deuxième requête, marmonna-t-il au travers de sa bouche à peine ouverte.

— Pas de souci. Si elles sont toutes de ce type, on aura fini dans cinq minutes.

— Je n'en ai aucune idée, c'est à vous de me le dire, lança Mandé en vapotant à nouveau. Le temps de passer aux choses sérieuses. Je veux un topo sur les incidents graves qui auraient pu se produire depuis ce matin dans le 9e arrondissement de Paris. Notamment les homicides.

Il fronça les sourcils avant de se corriger.

— Non, en fait, je veux tout ce qu'il a pu s'y passer. Absolument tout, du mec bourré qui se serait fait choper en train de pisser dans la rue à six heures du mat', jusqu'au meurtre.

Le sous-brigadier esquissa un sourire.

— Là, vous me demandez juste de faire mon boulot quoi ! Enfin à ceci près que je dois aller taper dans les répertoires de mes collègues de Paname...

— Alors faites-le, pas de temps à perdre.

Le jeune homme s'exécuta, un peu contrarié par la dernière remarque de son supérieur qui, fidèle à sa réputation, alternait le chaud et le froid.

Mandé pensa à son fils. Son corps se raidit. S'il comprenait bien, lui et Lucas Morvan avaient un léger temps de retard sur la journaliste. Sur la requête express de cette dernière, il n'avait jamais cherché à les en avertir. Mais les choses se compliquaient. Lucas et Anna allaient fatalement se retrouver face à face. C'était peut-être là le véritable but de la journaliste.

Mais si j'étais à la place de ce chien de Laurentis, c'est là que je frapperais, s'inquiéta-t-il.

Devait-il suivre son instinct ? Ou faire confiance à Alisa ? L'ange et le démon se battirent en lui, mais personne ne sortit vainqueur.

– Voilà.

La voix grave de Lestrade le ramena sur Terre.

– J'ai la liste de tous les incidents répertoriés sur le secteur.

Mandé le remercia et lui demanda de faire défiler tous les délits, infractions et crimes constatés ces dernières douze heures. Il resta bredouille. Rien pour la rue de Caumartin. Il était peut-être trop tôt ? Son intuition lui disait que ce n'était pas si simple. Il se mit à respirer aussi fort que le ventilateur de l'ordinateur du sous-brigadier.

Étrange.

Il prit une grande inspiration avant de continuer.

– OK fiston, dernier point, déclara-t-il en sortant son iPhone. Je vais vous envoyer une photo par e-mail. Tâchez de me trouver l'identité de ce type. Il me la faut impérativement. C'est crucial, vous m'entendez ?

– Compris, mais ça risque de prendre un peu de temps.

– Je vous libère, alors. Mettez-vous à l'aise, prenez le temps qu'il vous faudra. C'est votre priorité. Tâchez de revenir vers moi dès que vous en savez plus, que ce soit dans dix minutes, dix heures ou dix jours ! Compris ?

Sous la contrainte, le jeune flic hocha la tête avec plus de vivacité et son visage se ferma. Cette fois, le commissaire était sérieux. Pour la première fois il crut déceler dans ses yeux une émotion autre que l'arrogance ou l'énervement.

La peur.

54

Lucas tenta d'attraper du regard un objet, une personne, la moindre chose suspecte alors que Loïc conduisait avec précaution, les éloignant du cœur de Paris et de Caroline Lima. L'incertitude le rongeait. Il n'osa pas imaginer les effets dévastateurs que ça avait sur son acolyte, dont les mains comprimaient le volant avec tant de force que les nervures boursouflaient ses mains. Après tout, Loïc et Caro se connaissaient depuis belle lurette et avaient même été intimes.

La 308 s'immobilisa quelques centaines de mètres plus loin lorsque le téléphone du lieutenant sonna. Ce dernier soupira sans même jeter un œil à l'écran calé dans le vide-poches. Il fallait avouer qu'avec une sonnerie aussi caractéristique, on pouvait se douter de l'identité de l'appelant. Christophe Mandé.

Le message envoyé une dizaine de minutes plus tôt trouvait déjà écho auprès du commissaire. Loïc coupa le contact et la Peugeot s'endormit sur le bas-côté.

– J'en ai pour quelques minutes, ça te dérange si je sors ? On ne parle pas si souvent que ça avec le vieux, ça va vite devenir invivable pour toi si la conversation dérape.

— Vas-y, acquiesça Lucas. Tant que tu ne files pas à l'anglaise pour retourner chez Caro, tu es libre de faire ce que tu veux !

Loïc hocha la tête et décrocha. La porte claqua sur un « allô » rempli d'anxiété. Le silence envahit l'habitacle de la berline.

Pour la première fois, Lucas avait un peu de temps pour digérer « la » nouvelle. Tout s'était déroulé si vite. Trop vite pour qu'il puisse tout intégrer. Il baissa la tête. Son front vint reposer sur la paume de sa main droite. Ses pensées défilèrent au son de sa respiration. Quel choc. Un de plus. Il était déboussolé. Lui qui cherchait des réponses sur ses propres origines, sur ses parents... apprendre qu'il avait une sœur aînée. Une sœur ! Depuis tout ce temps. En une semaine, il passait d'une vie rangée à Nantes, dans l'ignorance la plus complète, à une situation qu'il ne maîtrisait plus. Pire encore, il était incapable d'envisager quoi que ce soit pour la suite. De quoi serait fait son avenir ? Il se noya dans le cocktail de ses émotions. L'urgentiste fit abstraction de ce qui le concernait et son attention se focalisa sur Anna.

Anna Rossi. À quoi ressemblait-elle aujourd'hui ? Il s'imaginait une grande blonde aux yeux clairs. Quel était son caractère ? Est-ce qu'elle était calme, posée, réfléchie, à son image ? Ou alors était-ce tout le contraire ? Qu'avait-elle traversé pendant ces trente longues années ?

De quoi avait été faite sa vie ? Combien de hauts, de bas, de joies, de peines avait-elle traversés ?

Avec qui ? Avait-elle des enfants ? Une question força le passage et s'imposa à son esprit torturé. Il fut pris de sueurs froides. Anna était-elle la cause de tous ces tourments ? Cachait-elle un secret qu'on ne voulait pas qu'il découvre ? En voilà, une belle colle.

Loïc et lui brûlaient à présent. La piste se rétrécissait à vue d'œil. Nul doute que la prochaine étape les amènerait auprès d'elle. Quelle serait alors la marche à suivre ? Réfléchir, observer ? Ou foncer dans le tas et l'aborder ? Et comment ? Pour ces trois interrogations, une seule et même réponse : aucune idée. Au mieux, elle savait quelque chose sur leur famille. Au pire, elle le prendrait pour un doux dingue.

Un mec sorti de nulle part, prétendant être son frère cadet ? Et puis quoi encore ? Dans les deux cas, il fallait tenir compte du danger qui le poursuivait depuis le début. Ceux qui lui en voulaient ne manqueraient pas cette occasion de mettre un terme à sa quête d'identité. Les neurones de Lucas tournaient à plein régime. Ses pupilles se dilatèrent en même temps qu'il redressait la tête. Un éclair de lucidité surgit dans les ténèbres de son esprit. Une lueur d'espoir.

Anna avait cinq ans en 1984. Peut-être qu'elle se rappelle de quelque chose ? En bon médecin, il savait que ce n'était pas une utopie. À cet âge-là, on a déjà conscience du monde qui nous entoure. On comprend les sentiments des autres dans une certaine mesure. Notre propre discernement commence à se développer. Pas de doute là-dessus !

Lucas ressortit la photo prise le jour de son départ de Saint-Philippe. Son cœur se serra comme à chaque fois qu'il y voyait le visage de sa mère. Dans le coin droit, Anna pleurait, en marge du groupe. Ses larmes témoignaient bien de sa compréhension de la situation. Elle exprimait son désarroi. Sa tristesse de le voir partir. De les voir se séparer. Un pincement au cœur le cueillit, suivi d'un frisson qui se mua en une légère pointe d'euphorie venant du plus profond de lui. Se rappelait-elle de ce jour, au moins un peu ? Difficile à dire. D'après Michèle Rougier, elle était restée environ six mois de plus à l'orphelinat. Anna avait ensuite été adoptée par la famille Rossi, en toute fin d'année 84. Qui sait ce qu'il s'était passé pour elle juste après ? Une nouvelle famille aimante et soudée pouvait suffire à lui ôter ces souvenirs douloureux.

Lucas eut envie de croire qu'elle l'avait mis dans un coin de son cœur, dans un mécanisme émotionnel réflexe. Qu'elle l'avait couvé, tout ce temps, en espérant que leurs liens fleuriraient à nouveau sous le soleil de leurs retrouvailles. Une boule de chaleur naquit dans son ventre. Vite remplacée par le vent glacé qui se rua sans ménagement dans l'habitacle, balayant toute réflexion positive.

— Bon, pas de news de Caro. Le vieux n'a rien sur un éventuel incident, lâcha Loïc. Rien de rien !

Lucas resta sonné, suspendu entre rêve et cauchemar, entre chaleur et frigidité, avant de se reprendre.

— Qu'est-ce qu'on fait ?

– Ça me rend dingue de dire ça, on va se trouver un coin et attendre, conclut le lieutenant en haussant les épaules. Les hôtels ne manquent pas, dans ce coin.

– Et pour Anna ? Est-ce qu'il sait où la trouver ?

Lucas ne remarqua pas le tressaillement du lieutenant, qui se contenta d'un laconique « mon père est dessus et me tiendra au courant », avant de reprendre la route.

LUNDI
13 OCTOBRE 2014

55

Alisa s'étira une énième fois. Elle se sentait lourde. La nuit n'avait pas été bénéfique, loin de là. Le marchand de sable s'était mué en marchand de glace, l'empêchant de fermer l'œil. Une dernière vérification histoire de ne rien oublier et elle quitta la chambre du petit hôtel miteux qu'elle avait trouvé à la hâte, contrainte et forcée, douze heures plus tôt.

Elle dévala les escaliers et rendit les clés sans un mot, dévoilant sa dentition parfaite dans un sourire de façade à l'attention du réceptionniste. Pas question d'en faire plus dans ces circonstances. Ses petits talons claquèrent dans le hall alors qu'elle se dirigeait vers la sortie, déterminée comme jamais.

Ce lundi se révélait crucial. Alisa se sentait comme une journaliste en herbe à l'aube de sa première publication.

Toute cette bonne volonté fut mise à mal lorsqu'elle posa le pied dehors. L'atmosphère ambiante lui souhaita la bienvenue de son étreinte glacée et se chargea de transformer chacune de ses expirations en nuage de vapeur. Le froid s'insinuait entre les mailles de son bonnet jusqu'à la pointe de ses oreilles. Alisa plissa les yeux face à l'agression du vent matinal et scruta l'avenue. Le bitume scintillait par endroits, comme si une fine pellicule de petits diamants la tapissait. L'herbe du parc avoisinant, dégradé de jaunes et verts, se remettait mal de la claque blanche reçue des heures durant. Autant de stigmates qui laissaient peu de place au doute.

Il avait gelé pendant la nuit. Plutôt inhabituel pour la saison, si elle en croyait les gens qui se plaignaient autour d'elle, équipés comme si un blizzard menaçait de s'abattre sur la ville. Un frisson la traversa et la consternation marqua son visage dans la foulée. En quelques mois, son endurance au froid, si caractéristique des gens de son pays, s'était envolée. Quelle honte !

Elle traversa la rue, s'engouffra dans la Clio et resta là de longues minutes, grelottante, à faire tourner le moteur pour réchauffer l'intérieur du véhicule et libérer le pare-brise de sa fine prison de glace. La jeune femme profita de ces instants pour faire le point sur les événements de la veille. Un bilan aux allures de constat cinglant. Elle avait eu chaud. Très chaud. Le visage d'Élias, sa coupe au bol et son petit regard inquisiteur lui revinrent en mémoire. Le garçonnet avait juste eu droit à une réprimande de la part de sa mère. Les mots claquèrent dans la boîte noire de son esprit.

— Élias ! Regarde devant toi !

Il s'en était fallu de peu pour qu'Anna s'intéresse à elle. Voie son visage. Et des traits inconnus dans un voisinage où tout le monde connaissait tout le monde, on s'en souvenait. Mais dans un sens, ce shot d'adrénaline lui avait été bénéfique. La chance avait voulu qu'elle entende la conversation entre Anna et son amie. Le coup de bol du siècle, pour une information qui lui serait utile à plus d'un titre. Aujourd'hui, cette dernière s'occupait des enfants pour permettre à Anna d'honorer son rendez-vous médical. C'était l'occasion rêvée pour l'approcher sans ses rejetons. L'adrénaline pulsa à nouveau dans les veines de la journaliste et son cœur cogna contre sa poitrine. Impossible de dire si son corps luttait contre le froid ou contre l'anxiété qui gravissait la montagne de son for intérieur.

Elle n'était pas seule sur le coup et elle le savait. Message de Christophe Mandé à l'appui. Le vieux la surprenait. Il prenait rarement les devants quand il s'agissait de communiquer. Et pourtant, hier après-midi, il lui avait gentiment concédé que Lucas et Loïc ne viendraient pas. Avant de récidiver quelques dizaines de minutes plus tard pour lui signifier que Mathieu, le mari d'Anna, ne reviendrait pas en France de sitôt. Une sombre histoire de mission à l'étranger sous couvert de l'armée. Ces éléments avaient fini de la convaincre de trouver un endroit pour la nuit.

Elle serra les poings. Aujourd'hui, Lucas se montrerait. Pour la première fois, les deux personnes qu'elle convoitait depuis le début seraient réunies. Restaient plusieurs inconnues : Loïc Mandé, qui se trimbalait avec Lucas, ou encore la menace qui ne manquerait pas de peser sur la fratrie fraîchement reconstituée. Elle ne connaissait pas tellement le lieutenant, mais ne s'étonnerait pas s'il était de la même trempe que son père. Quant à ceux qui en voulaient à Lucas et Anna, elle savait très bien à quel point ils étaient dangereux. La prudence était de mise.

Alisa programma son GPS pour être sûre d'avoir une solution de repli, le cas échéant. Puis elle serra sa ceinture, passa la première, et la citadine sortit de sa torpeur en toussotant.

Elle arriva sur les lieux moins de quinze minutes plus tard. Sa présence ici la veille n'avait pas été un flop total. Bien au contraire. Sa déconvenue l'avait poussée à étudier les alentours pour ne plus se faire surprendre comme une débutante. Un détail avait attiré son regard. Ce terrain vague ouvert aux quatre vents, juste à côté de la maison des Martinez.

Dépourvu de murs, il permettait d'accéder à la rue parallèle. En se garant dans cette fameuse rue, suivant un angle bien précis, elle avait remarqué le petit portail marron sur le côté sud de leur habitation. Il semblait donner directement sur le jardin qui entourait complètement la demeure. Le coin idéal. De quoi parer à toute situation.

Alisa coupa le contact. Le moteur se tut. Elle fit claquer les paumes de ses mains contre ses joues pour se donner du courage.

C'est reparti pour une planque.

La dernière.

56

Déjà 8 heures. Anna aida Elias à enfiler sa doudoune bleu foncé, un peu trop petite pour lui, alors que Julie, déjà emmitouflée dans un modèle similaire de couleur noire, rampait dans le salon.

— C'est bon, mon chéri ? Tu n'as rien oublié pour aujourd'hui ?

— Non m'man, c'est bon !

— Allez, encore une semaine avant les vacances !

Elle vérifia avec lui que rien ne manquait dans son cartable et allait attraper sa fille lorsque la sonnette retentit. La jeune femme fit demi-tour à la hâte pour ouvrir à Debby, qui intégra la pièce de vie avec son fils Paul, petit garnement à la peau ébène et aux cheveux crépus.

— Salut, ma belle ! Bonjour, Paul ! Ça va, mon grand ?

— Hello, ma chérie. Paul, dis bonjour, voyons !

Ce dernier la regarda timidement de ses grands yeux marron avant de rejoindre Élias.

— Désolé, il n'a pas passé une bonne nuit. Il est un peu bougon ce matin.

Anna sourit.

– Ce n'est rien, personne n'aime le lundi matin, même à cet âge ! Et puis, il fait sacrément froid aujourd'hui ! Le réveil est dur pour tout le monde.

Elle attrapa Julie qui rôdait dangereusement autour de la table basse du salon, et les deux amies sortirent, flanquées d'Élias et Paul. Les garçons montèrent à l'arrière de la Citroën Picasso blanche qui stationnait juste devant la maison et s'attachèrent comme des grands, tandis qu'Anna installait sa petite dernière sur le siège auto à leurs côtés. Debby n'avait toujours pas daigné le retirer, prétextant que ça ne prenait pas plus de place que ça, et que de toute manière, ça pouvait toujours servir. Ses arguments trouvaient écho ce matin, comme très souvent ces derniers temps.

– Travaille bien, mon fils ! Et sois sage, d'accord ?

Le garçonnet hocha la tête.

– C'est qui le plus fort ?

– C'est moi !

– Je...

– ... t'aime !

La jeune femme embrassa Élias et tenta de calmer Julie qui, sentant la séparation approcher, faisait de son mieux pour attirer son attention.

– Toi aussi sois sage, mon petit bout d'amour...

Elle caressa les cheveux bruns et déjà fournis de sa fille puis ferma la porte du véhicule avec délicatesse avant de revenir se poster devant le portail, grelottante.

– Merci, Debby ! Je te revaudrai ça !

– Pas de problème, ma belle. Prends ton temps. Je te ramène ta pépète dans l'après-midi si tu veux ? Tu pourras souffler un peu comme ça. Ta séance ne sera pas de tout repos !

– Tu es sûre ?

– Certaine !

– Ça me va alors... merci encore ! Je passerai chez toi, disons... vers 15 heures ?

– Super ! On fait comme ça. À tout à l'heure, ma belle !

Debby prit place à son tour dans le monospace et la porte conducteur claqua. Le moteur ronronna puis le véhicule démarra en direction de l'école primaire du quartier. D'un geste de la main, Anna répondit à son fils qui lui envoyait des bisous imaginaires – l'un de leurs nombreux petits rituels – alors que la Picasso s'éloignait. Les bras croisés pour se prémunir du froid, elle attendit de voir le convoi tourner au bout de la rue et s'empressa de retourner dans la chaleur de la maison.

Son temps à elle commençait maintenant. Le rendez-vous chez le kiné était à 9 h 30, ce qui lui laissait grosso modo une demi-heure pour terminer de se préparer. Ce qu'elle fit en un temps record. Pas besoin de se pomponner pour un banal rendez-vous médical. Et puis, ce n'était pas son genre. Un coup de fond de teint et eye-liner suffisaient amplement. Anna enfila plusieurs couches de vêtements, une écharpe et s'éclipsa pour grimper dans sa vieille Megane grise.

La mécanique de la vieille guimbarde mit du temps à se mettre en branle, comme pour protester contre sa sous-utilisation chronique : à part emmener Élias à l'école et faire les courses, la pauvre ne servait à rien. Elle se vengea en faisant patienter sa détentrice cinq bonnes minutes, le temps que le moteur chauffe et que ce qu'il restait de glace disparaisse de son pare-brise.

La jeune femme manœuvra ensuite pour se sortir de sa place de parking, et s'élança sur la route sans remarquer la Clio bleu roi qui prenait position une rue plus bas. Elle approcha son index du tableau de bord avant de se rétracter. Pas besoin de mettre la radio. Aujourd'hui, le silence serait sa meilleure thérapie. Le chemin jusqu'au cabinet lui permit de se rendre compte à quel point tout était calme lorsque ses enfants n'étaient pas présents. Surtout Julie l'intrépide, la diva en herbe, peu avare en cris à réveiller les morts. Élias, lui, ressemblait davantage à son père. Posé, calme, intelligent. Plus il grandissait, et plus c'était le cas. Un adulte dans un corps d'enfant. Quand son couple battait de l'aile, il lui suffisait de contempler ses deux bambins, véritables bénédictions de la nature, pour oublier tous les maux les plus vils. Elle voulait leur offrir tout l'amour du monde. Une famille stable. Un environnement sain. De véritables parents.

La Megane s'engagea dans une petite rue pour venir s'immobiliser devant un bâtiment sans âme, à la façade crème et aux fenêtres sans volets. Anna descendit et poussa la porte vitrée du cabinet où elle venait soigner ses problèmes récurrents au dos. Dernière tentative chez le kiné : si le souci persistait, promis, elle se rendrait sans rechigner chez l'ostéopathe que Debby lui conseillait depuis des lustres.

La séance se déroula sans anicroche. Elle fut marquée par le craquement sinistre de ses cervicales et les conseils avisés du praticien pour ne pas avoir à revenir trop vite. Le bât blessait avec la manière dont elle se tenait en temps normal. Elle devait tout faire pour forcer le verrou mental, avoir une conscience de tous les instants du positionnement de son corps, afin d'abandonner cette posture voûtée, épaules lestes, qui la caractérisait et ruinait ses vertèbres. Plus facile à dire qu'à faire.

Anna tenta de faire le vide dans son esprit, bercée par le ronronnement du vieux moteur diesel. Elle disposait de cinq bonnes heures avant que Debby passe ramener sa fille. À quoi pourrait-elle consacrer ce temps ? Le premier mot qui lui vint spontanément à l'esprit fut : repos. Continuer le bouquin, calée au chaud dans son fauteuil avec un bon thé. Dormir quelques heures. De quoi bien récupérer. Reposer ce corps si malmené depuis sa deuxième grossesse. Elle sourit. *Voilà un bon plan.*

Elle décida de déroger à ses plans initiaux et alluma la radio, qui cracha les sons envoûtants de « Chandelier », de Sia. L'anglais n'était pas son point fort, mais elle adorait cette chanson, qui faisait un carton depuis sa sortie.

> *I'm gonna swing from the chandelier, from the chandelier,*
> *I'm gonna live like tomorrow doesn't exist,*
> *Like it doesn't exist,*

I'm gonna fly like a bird through the night, feel my tears as they dry,

I'm gonna swing from the chandelier, from the chandelier...

Anna chanta à tue-tête jusqu'à s'engager dans l'avenue de Lyon. En approchant de la maison, elle vit un individu planté devant le portail. Elle se gara à la hâte à proximité et descendit du véhicule.

Grand, les mains dans les poches de son jean, portant un caban noir, les cheveux en bataille, l'homme qui se tenait devant elle la salua d'un geste timide de la main. Sans un mot. En la fixant de ses yeux bleu océan.

57

Elle est là. Juste devant moi.

Lucas ne put s'empêcher de scruter la jeune femme, d'analyser ses mouvements, chaque parcelle de son être. Son mètre soixante-dix. Peut-être un peu plus. Ses longs cheveux blonds. Son visage fin. Ses yeux en amande. L'alliance qu'elle arborait sur l'annulaire de la main gauche. Cela dissipa presque sa querelle avec Loïc sur le trajet. Il lui reprochait d'avoir joué la montre la veille, alors qu'il était en possession de cette adresse. Il avait perdu un temps précieux. Mais peut-être que le lieutenant avait bien fait. Sans ça, ils n'auraient pas appris qu'elle avait un mari, et que celui-ci était absent, leur ouvrant la voie royale.

Sa sœur se tenait à quelques mètres de lui. Une sensation indescriptible l'envahit. Il en oublia le vent, le froid ambiant et même son compère qui attendait dans la 308 non loin de là. Il entra dans un état second. Le monde resta en suspens, s'arrêta de tourner. La jeune femme fit quelques pas en avant, ce qui le poussa à prendre la parole.

— Vous êtes... bien... Anna ? Anna Martinez ?

Lucas voulut parler plus fort, mais sa gorge le brûlait, ses cordes vocales se débattaient en vain, comme emprisonnées dans la cellule aride de sa timidité. Il lui posait la question pour la forme. La réponse, il la connaissait déjà. S'il pouvait nommer ce sentiment, il l'appellerait l'intuition familiale.

La jeune femme s'arrêta et haussa les sourcils, suspicieuse à l'évocation de son nom dans la bouche d'un parfait inconnu.

– Oui, c'est bien moi. Et vous ? Qui êtes-vous ?

Elle avait une voix suave. Douce et délicieuse à la fois. Et ce, même si le vouvoiement employé le mettait mal à l'aise.

– Je m'appelle Lucas. Lucas Morvan. Enfin... c'est le nom sous lequel on me connaît.

– Que voulez-vous dire ?

Elle le fixa avec insistance, sourcils froncés. Les jambes du médecin se dérobèrent. Le ton employé, trahissant un léger énervement, le secoua si fort qu'il fut dans l'obligation de se reprendre en main.

Un peu plus d'assurance, mon vieux. Tu ne vas tout de même pas foirer le seul moment positif depuis que toute cette histoire a démarré.

Lucas changea de braquet.

– J'ai grandi avec ce nom de famille, mais je ne sais pas quel est mon véritable patronyme. Pardon, mais est-ce qu'on peut se tutoyer ? Ça sera beaucoup plus simple comme ça.

Anna le toisa sans crainte, mais avec une méfiance grandissante.

Il fallait qu'il soit plus incisif sous peine de la perdre.

— Si ça te fait plaisir, finit-elle par concéder. Qu'est-ce que tu veux me dire ?

Le médecin inspira. Moment de vérité.

— Je ne sais pas comment m'y prendre, donc je ne vais pas passer par quatre chemins. Je suis... ton petit frère. Nous sommes séparés depuis plus de trente ans.

Le silence répliqua au médecin de son vide sidéral. Face à lui, le regard d'Anna prit de la hauteur. Elle écarquilla les yeux. Hésitante, elle l'analysa à son tour de la tête aux pieds. Le fouilla de ses iris acérés. Lucas se figea. *Ils sont aussi bleus que les miens.* Le doute, qui s'accrochait à lui comme un grimpeur chevronné au bord d'une falaise, se résolut et lâcha prise.

Anna haussa les épaules et le dévisagea, toujours plus méfiante.

— Comment ça ? Je n'ai... pas de frère. Je n'en ai jamais eu, que je sache.

— Tu es bien orpheline, non ?

Elle fit un pas en arrière et sa voix, défensive, monta de quelques tons.

— Comment est-ce que tu sais ça ?

— Je suis orphelin moi aussi. Comme toi, j'ai été recueilli à l'orphelinat Saint-Philippe, en 1984. J'avais deux ans et demi. D'après ce que m'a dit la directrice de l'époque, tu avais cinq ans. Tu ne te souviens pas ?

Il comprit à son regard qu'Anna se jetait à corps perdu dans les abysses de ses souvenirs. Que pouvait-elle bien penser à ce moment précis ? Les secondes qui s'écoulaient ne faisaient qu'alimenter son anxiété. Le vent balaya la scène de son souffle glacial.

La jeune femme s'enhardit et fit quelques pas de plus dans sa direction, puis posa les mains sur ses hanches. Ses traits se durcirent.

– Tu as des preuves de ce que tu avances ?

– Pas exactement, mais j'ai ça, si ça peut t'aider.

Lucas fourra la main dans la poche intérieure de son caban et en extirpa la photo appartenant à sa mère adoptive. Il fixa Anna et tendit machinalement son bras, sans arriver à se départir de la tension qui quadrillait son corps. Le cliché jouait avec le vent d'automne et semblait battre d'une seule et unique aile. La jeune femme le considéra et finit par s'en saisir. Ses yeux se rivèrent sur la vieille photographie. Une femme, un petit garçon à l'air inquiet. Une petite fille avec des couettes sur la droite qui pleure. Elle porte des souliers vernis noir. Et une robe rouge à pois blancs. Lucas n'en perdit pas une miette, le cœur battant. Se reconnaissait-elle ? À en croire sa réaction, oui. Les plissures bardant son front quelques secondes auparavant disparaissaient petit à petit, laissant place à la surprise. Peut-être que les vêtements qu'elle portait avaient une signification pour elle ? À moins que ce ne soit autre chose ?

Les objets ont une âme. Ils peuvent réactiver les souvenirs...

Lucas la vit comme scotchée, la bouche entrouverte. Incrédule, perdue. Elle oscilla entre lui et l'image. Entre l'image et lui. Sa vue se brouilla. Les larmes montèrent sans qu'elle puisse les contenir. Son visage, pris de spasmes réguliers, indomptables, se déforma en un rictus mélangeant surprise, incompréhension et regret. Anna se décomposa devant lui. Il oublia de respirer un court instant. Et bien malgré lui, les larmes montèrent aussi.

– Oh mon Dieu... mon Dieu... ! Je... je me souviens ! Cette robe..., sanglota-t-elle.

Ses deux billes bleues visèrent tout ce qui l'entourait, dans une vaine tentative de se raccrocher à la réalité, avant de se replonger dans la photo et la confusion qui l'accompagnait.

– Mes souvenirs ne sont pas très nets, mais... et puis, je n'ai pas de raison de... on voit bien que c'est toi, sur cette photo... mais...

Les mains tremblantes, elle ne put finir sa phrase, piégée par les vagues d'émotion qui déferlaient en elle sans discontinuer. Ses yeux ressemblaient au point de départ d'interminables chutes d'eau. Anna s'avança timidement et Lucas combla la distance pour venir la soutenir avant qu'elle s'effondre. L'urgentiste était aussi paumé que sa sœur, la tête dans les nuages. Comment un adulte réagissait dans une telle situation ? Y avait-il même une façon prédisposée de le faire ? Non. Bien sûr que non. Anna retrouva l'équilibre et fit un pas en arrière. D'un revers de main, elle chassa ses sanglots, puis inspira et tenta de se calmer.

– Lucas...

Ses yeux cherchèrent à nouveau son frère et s'embuèrent à son contact. Elle resta là, interdite, ne sachant que faire. Choquée, son corps faillit l'abandonner de nouveau. Lucas ne réfléchit pas au moment de la prendre dans ses bras. L'odeur fruitée du parfum d'Anna emplit ses sens.

Il sentit sa sœur frémir, avant de se laisser aller dans un long soupir. Le chagrin – ou le bonheur, il ne savait plus vraiment les discerner – l'attaqua de plus belle. Des frissons remontèrent tout le long de son échine. La chaleur humaine prenait le pas sur le décor polaire de leurs retrouvailles.

Anna se dégagea et posa ses mains gelées de part et d'autre du visage de Lucas, qui ne put réprimer ses larmes. La façade de son impassibilité se brisa.

Toute la tension accumulée se déversa dans un flot ininterrompu, mélange de joie et de tristesse accompagné des soubresauts de sa poitrine. Il ferma les yeux et l'adulte érudit redevint le petit garçon qu'il était jadis, protégé avec amour par sa grande sœur. Comme si ces instants revenaient à la vie après une trop longue attente. Anna le serra à nouveau dans ses bras.

– Comment... comment est-ce que tu as su ? Et comment tu m'as retrouvée ? C'est incroyable ! se risqua-t-elle, des trémolos dans la voix.

Cette question sonna comme une piqûre de rappel. Temps de revenir à la réalité. Lucas essuya les vestiges de son chagrin sur ses joues, posa ses mains sur les avant-bras de sa sœur et inspira.

— C'est une longue, très longue histoire. Mais oui, bien sûr, je vais tout te raconter, en détails. Promis.

Anna desserra l'étreinte.

— Tu... tu veux entrer ? Je pense qu'on sera mieux pour en discuter... On ressemble juste à deux idiots en pleine rue !

Pour la première fois, Lucas vit sa sœur sourire, gênée. Puis son visage se détendit et ses joues rosirent. La tendresse se lut sur la manière dont elle le visait.

— On a les mêmes yeux ! s'exclama-t-elle. J'aurais dû m'en rendre compte tout de suite !

Lucas gloussa face à cette remarque inattendue. Sa tension retomba. Anna ouvrit la voie d'un pas mal assuré. La pauvre ne savait plus sur quel pied danser. Et il la comprenait. Elle sortit sa clé, l'inséra dans son logement avec peine et poussa la porte.

Avant de laisser échapper un cri.

58

Lucas se précipita et franchit le seuil de la maison. Pas de la manière dont il l'aurait espéré. Que se passait-il ? La maison avait-elle été cambriolée ? Il était bien loin de la réponse. Son regard s'insinua par-dessus l'épaule de sa sœur pour apercevoir un homme, cheveux courts, une barbe d'une semaine, tranquillement installé sur le sofa, face à eux. Anna se calma et semblait plus perplexe qu'horrifiée, ce qui l'intrigua.

– Qui est-ce ?

Sa sœur lui donna la réponse qu'il attendait lorsqu'elle s'adressa à l'individu.

– Mathieu ! Chéri, mais... qu'est-ce que tu fais là ?

Chéri ? Son mari ? Attends deux minutes... Il n'est pas censé être en mission en Afrique ? Qu'est-ce que ça signifie ? L'urgentiste tenta de cacher la stupeur qui gangrenait son visage.

– Qu'est-ce que tu fais là ? Et le Mali ? Ta mission ? Que s'est-il passé ? ajouta Anna, pour qui l'inquiétude prédominait sur la joie.

Mathieu Martinez ne parut nullement gêné de la présence d'une tierce personne chez lui. Il se leva et écarta les bras.

— Surprise ! Tu n'es pas heureuse de me voir ? Je savais depuis quelque temps que je reviendrais en France à cette date. J'ai choisi de ne rien te dire, et crois-moi, ça n'a pas été facile ! avoua-t-il en affichant son meilleur sourire.

— Mais pourquoi ?

— C'est un peu compliqué là, comme ça, mais je t'expliquerai ! Tu n'es pas contente de me voir de retour si tôt ?

— Si, mais...

Lucas fut spectateur de l'échange et fronça les sourcils malgré lui. *Cette petite taille... Cette silhouette carrée... Ces joues creuses malgré sa barbe... Ce type me rappelle vaguement quelqu'un.*

Il continua d'analyser le comportement du propriétaire des lieux. Se plongea dans ses yeux noirs. Deux billes à l'éclat inquiétant. Froid. Vide. Martinez le remarqua et les deux hommes se toisèrent, sous l'œil inquisiteur d'Anna. L'adrénaline envahit le corps de Lucas en une fraction de seconde. Le ciel s'abattit sur sa tête. Son souffle se coupa. Son cœur cogna comme un sourd pour le faire réagir.

— Putain, je le reconnais ! C'est lui. Le mec que j'ai croisé à la morgue. Ludovic Mercier.

Avant qu'il puisse esquisser le moindre geste, Martinez fourra sa main droite derrière son dos et dégaina un revolver. Le cri d'effroi d'Anna envahit le salon. Elle recula jusqu'à en perdre l'équilibre en heurtant le pot de fleurs derrière elle, manquant de chuter. Une multitude d'images flashèrent dans l'esprit de Lucas. La morgue, quelques jours plus tôt. Le type adossé au mur dans le couloir. L'assistant de Jipé.

Jipé !

— Ordure ! C'est toi qui...

— Oh là, doucement, on ne bouge pas ! intima Martinez. Ne fais pas un geste de plus, c'est compris ? C'est moi qui quoi ?

— Jipé ! Tu l'as...

— Jipé ? Oh oui, c'est moi qui me suis farci cette mission à la con. C'est moi qui l'ai amené dans ce guet-apens, si tu veux tout savoir.

— Pourquoi... Pourquoi tu as fait ça ?

Lucas fut pris de tremblements. Il passait de la douce chaleur des retrouvailles au froid glacial de la confrontation. Il se doutait bien que le danger l'entourait en permanence. Mais il était loin de penser le trouver ici, dans cette maison !

Une colère sourde, indicible monta en lui. Ce type, le mari de sa sœur ?

C'est un mauvais rêve, je vais bientôt me réveiller ! C'est juste impossible !

— Qu'est-ce que c'est que ce bordel ! Mathieu ! De quoi est-ce que tu parles ! Qu'est-ce que tu as fait ? hurla Anna.

Ce dernier leva le bras et posa le canon noir de son Glock sur sa bouche comme s'il s'agissait d'une extension de son index. Il ouvrit les yeux si grand que ses pupilles ressemblaient à deux obsidiennes dans une immensité globuleuse blanchâtre. Un masque de terreur.

— Toi, silence.

Anna, la main sur la bouche, s'effondra face à ce faciès et ton si sec qui lui étaient inconnus. Jamais elle ne l'avait vu adopter une attitude si détachée, si brusque. Effrayante. Bestiale. Lucas vit le revolver se pointer à nouveau vers lui et un sourire morbide s'étira de part et d'autre du visage de Martinez.

— Et toi, doc', tu n'as pas droit aux questions. Les choses devaient se passer comme ça. Il le faut, pour que l'honneur de la patrie soit sauf. Tu comprends ?

L'urgentiste vacilla. La patrie ? Non, il ne comprenait pas. Pas plus qu'Anna, au sol, recroquevillée sur elle-même, drapée sous le voile de la consternation. Cette dernière trouva quand même la force de se relever et de faire face. La stupéfaction se mua en rage. L'incompréhension fit place au ressentiment.

— Qu'est-ce qu'il t'est arrivé, Mathieu ? Tu reviens comme une fleur, tu me sors une excuse bidon et tu sors un flingue chez nous en sortant des discours patriotes à la con ?

— Il ne m'est rien arrivé du tout, chérie. J'ai toujours été comme ça. Le pays avant tout le reste. Tu n'as juste jamais eu le loisir de me voir sous ce visage-là. Si tu savais comme j'en ai chié pour jouer au mari modèle pendant toutes ces années !

Il ricana avant de reprendre son monologue.

– J'ai quand même apprécié en partie, hein. Ne me fais pas la morale. Faut pas déconner non plus. Je me suis attaché aux gosses. Après tout, ils sont la relève ! La nouvelle génération ! Mon sang coule dans leurs veines !

Anna écarquilla les yeux, mais ne put riposter, frappée de plein fouet par la vérité qui se jouait devant elle. Des larmes d'hystérie dévalèrent ses joues.

Lucas n'osait bouger d'un centimètre de peur de se faire punir par l'instrument de mort que tenait son assaillant.

– C'est toi qui t'en es pris à ma mère, à Jipé, à Marylise... espèce d'enfoiré ! Qu'est-ce que j'ai fait de mal, hein ?

– J'ai dit, pas de questions, Morvan.

Martinez insista sur le nom de famille. Lucas cilla. Loïc avait eu raison concernant Ludovic Mercier. Il faisait partie de ceux qui en avaient après lui, depuis le début. Sa tête tourna lorsqu'il comprit pourquoi il n'avait pas été pourchassé depuis son arrivée dans la capitale. Les ordures avaient patiemment attendu ce moment pour en finir avec lui. Mais pourquoi attendre ? Son attention fut captée par sa sœur qui sanglotait et une seule réponse s'imposa. Terrifiante. Ils en avaient après sa fratrie. Pourquoi ? Pour l'honneur du pays ? Ça n'avait ni queue ni tête ! Et surtout... ça ne résolvait pas cette question qui s'imprimait en gros caractères dans sa réflexion : comment se sortir de là ? L'image du lieutenant s'incrusta en lui.

Loïc... putain, on est arrivés après ce mec, il ne peut pas se douter de la situation dans laquelle on est...

L'air se déchira à nouveau.

– Tu ne m'as jamais aimée ? Ne me vends pas cette merde ! hurla Anna. Je ne te crois pas une seule seconde ! Pas une seule seconde, tu m'entends !

Le Glock fit des soubresauts quand son mari gloussa.

– Que veux-tu que je te dise ? Tu arrives en troisième sur la liste. Quoi de plus important que la nation et la nouvelle génération ?

Martinez pointa son arme sur Anna, puis sur Lucas.

– Je vous préviens, je n'aurai aucun état d'âme.

59

Anna plongea dans l'hystérie complète. Un mélange de râles de et larmes.

– Arrête tes conneries, merde à la fin ! Ça suffit maintenant ! D'états d'âme par rapport à quoi ?

Martinez afficha une mine contrite.

– Si tu veux le savoir, adresse-toi à lui ! répliqua-t-il en désignant Lucas de son engin de mort. Si tu veux blâmer quelqu'un, blâme-le ! Tout est de la faute de ce type ! S'il était sagement resté dans son coin, s'il n'avait pas essayé de savoir qui il était, on n'en serait pas là aujourd'hui !

Anna douta un instant, sonnée. Mais son intuition lui disait de persévérer. Le masque froid et intraitable de son mari commençait à se fissurer.

– Lucas est mon frère ! Mon frère ! Tu te rends compte ?

– Bien sûr que je m'en rends compte. Je le sais. Je l'ai toujours su.

La réplique, cinglante, vint gifler la jeune femme et son cœur manqua de s'échapper de sa cage thoracique sous l'effet du choc.

– Co... comment ça, tu l'as toujours su ?

– Depuis le départ. Depuis l'orphelinat.

Anna repensa à la photo qu'elle contemplait quelques minutes auparavant. Pensées balayées par son frère d'un revers de main.

– Tu étais à Saint-Philippe ? se risqua Lucas d'une voix éraillée.

– Je croyais t'avoir dit de la fermer, doc' ? Pendant que je règle tout ça avec ma femme.

Il soupira.

– Mais bon, aujourd'hui est un jour spécial, après tout. C'est LE grand jour ! Alors je vais te répondre. Bravo ! Oui, j'étais à l'orphelinat Saint-Philippe, cet endroit de malheur. Tout comme vous deux d'ailleurs.

– Mais c'est...

Anna fut coupée dans son élan par sa conscience. Elle ne se souvenait pas de son propre frère. Alors se rappeler de Mathieu... Elle jeta un œil sur sa gauche et constata que Lucas, lui, avait compris.

– Le petit garçon au regard perçant, au second plan, c'est lui, déclara-t-il.

– Au second plan ? De quoi tu parles ? Tu as une photo ? Fais-moi voir ça !

Anna fit un pas en avant provoquant l'ire de son mari.

– Reste où tu es !

Elle dégaina un rectangle de papier.

– Mais c'est moi qui l'ai, cette photo.

Le militaire arracha l'image des mains de sa femme en réprimant un juron. Son attention se porta sur la sommaire description qui en était faite par Lucas. Son visage s'illumina.

– Mais oui, c'est bien moi ça ! Waouh ! Quelle nostalgie, vous ne trouvez pas ? Tous les trois sur la même photo ! Il paraît qu'on était inséparables ! Mais c'est le point de départ de destinées bien différentes...

L'incrédulité dominait chez Anna. Les yeux exorbités, la bouche ouverte, elle respirait avec peine. Elle devait rentrer, se relaxer. Profiter. Et elle se retrouvait là, dévastée par une vérité dont elle ne soupçonnait même pas l'existence une heure plus tôt, dans son salon avec un frère sorti de nulle part et un mari qui l'avait dupée depuis plus de dix ans. Comment cela pouvait-il être réel ? Son cerveau lui ordonnait de lâcher prise, de sombrer dans la folie. Son ego lui dictait le contraire. Elle serra les poings et rassembla son courage.

– De quelles destinées tu parles ?

– Content que ça t'intéresse ! s'exclama Martinez. Je l'attendais, cette question !

Il jeta la photo sur le sofa derrière lui et gratta sa barbe naissante.

– Comment vous dire ça... ? Ah ! Après ton adoption, Morvan, nous sommes restés plusieurs mois dans cet endroit, Anna et moi, en compagnie des autres enfants. Mais j'ai vite été séparé du reste du groupe.

Lucas le défia du regard.

– Qu'est-ce qu'il y a, Morvan ? Tu ne veux pas savoir ? Je peux tout aussi bien en finir maintenant... Tu devrais te réjouir de ce petit sursis. Au moins, tu ne partiras pas comme le con ignorant que tu es !

— Ça suffit ! s'écria Anna. Ça suffit...

Le militaire se paya une nouvelle tranche de rire.

— En voilà une qui suit ! Où est-ce que j'en étais ? Ah oui ! La séparation... J'ai été adopté par des gens aisés, à Paris. J'étais heureux, j'avais enfin une famille moi aussi ! Le rêve de tout gosse livré à son sort, non ? Mais j'ai vite déchanté : on m'a laissé entre les mains de personnes qui devaient m'éduquer. J'ai vécu des expériences atroces. Un véritable enfer. Je ne comprenais pas pourquoi je devais subir tout ça. Je les ai maudits pendant longtemps, crois-moi ! Ils me répétaient sans cesse qu'il fallait que je leur obéisse, que c'était comme ça que l'élite était façonnée. Qu'un jour je comprendrais. Et à force d'entendre tous les jours la même chose, on finit par le croire ! Force est de constater qu'ils avaient raison. J'ai mené à bien beaucoup de missions, dans des pays inhospitaliers, où notre nation affrontait le Mal. Mais je ne vous cache pas que celle-ci est spéciale. C'est pour cette raison même que j'ai été adopté et formé dès le plus jeune âge !

— Quelle mission ?

Martincz haussa les épaules avec dédain.

— Mais c'est évident, ma chérie. Garder un œil sur vous deux. J'ai bien sûr cherché à savoir pourquoi. Ils m'ont dit que j'étais le candidat idéal. Vous êtes spéciaux. Les deux centres d'intérêt. Ceux qu'on ne pouvait pas tuer sous prétexte qu'ils n'étaient que des enfants. Ceux qu'il fallait donc laisser vivre leur vie et surveiller coûte que

coûte, en priant pour que vous ne fassiez pas de vagues !
Des menaces pour la patrie. Des bombes à retardement.
Voilà ce que vous êtes ! Ils sont idiots d'avoir pu croire
vous passeriez vos vies tranquilles, sans foutre le bordel !

Il agita son Glock comme s'il s'agissait de l'objet de
tous ses fantasmes.

– Je devais vous surveiller et agir au moindre désa-
grément. La suite, on la connaît, hein, Morvan ! Et dire
qu'on pensait avoir empêché tout ça en éliminant ta mère
adoptive avant qu'elle puisse te parler... J'ai presque envie
de vous remercier, toi et ton envie de fouiner partout !

Anna se tourna vers son frère, les yeux comme des soucoupes, face au trop-plein d'informations nouvelles sur
son cadet.

– Ça veut dire que je devais rester dans mon coin, tran-
quille, alors que ma mère venait de se faire assassiner ?
C'est ça ? Et puis, me remercier ? Dans quel délire tu es ?
Qui te donne tes ordres ?

– On se calme, on se calme ! prévint Martinez. Estime-
toi heureux d'avoir survécu jusqu'ici !

Anna ne reconnaissait plus son mari. Impulsif. Nerveux.
Illuminé. Endoctriné même, tant son visage avait changé.
Vu son enfance – qui lui était totalement inconnue –
nul doute que son esprit avait été conditionné pour être
ensuite exploité... Elle repensa à Lucas et son cerveau écha-
fauda des couches et des couches de théories plus folles les
unes que les autres. Qui était sa mère ?

Pourquoi l'avait-on tuée ? Était-elle la cause de toute
cette histoire ? Non. Impossible. La situation présente

n'aurait aucun sens sinon. Et son mari l'avait dit : le problème, c'était Lucas. La terreur la saisit et le sol se déroba sous ses pieds. Le problème, c'était elle aussi.

– Bien sûr que tu devais rester sage, continua Martinez. Enfin, ce n'est pas mon problème. Grâce à toi, j'ai encore pu prouver ma valeur aux yeux de la nation. Je me suis régalé avec tes amis. Et avec ceux qui ont pu te venir en aide.

Les tympans d'Anna faillirent se déchirer sous les cris surhumains de son frère, anéanti par ces propos énoncés avec tant de calme par l'homme qui prétendait être son mari.

– Bref, tu as déconné, Morvan, et nous voilà ici, aujourd'hui. Alors à mon tour de te poser une question : qu'est-ce que je vais bien pouvoir faire de toi, hein ? D'après toi ?

Le ton calme et le sourire carnassier que dévoila son mari firent frissonner Anna. Ça n'avait rien d'une question. Il titillait, jouait avec les sens de Lucas. Avec les siens. Il s'octroyait un peu de plaisir. Ses peurs se réalisèrent quand il ajouta :

– Quel manque de chance ! Qui sait ce qu'il aurait pu se passer si je vous avais laissés seuls le temps d'une journée ? Alors... avant que tu fasses une plus grosse connerie encore, je vais en finir avec toi. Tu n'aurais jamais dû venir ici.

Il pivota vers sa femme et lui glaça le sang.

– Et même si ça me rend triste, chérie, je vais devoir me débarrasser de toi aussi.

60

– Quoi ?

– Tu es sourd, Morvan ? Tu aurais dû sagement rester à Nantes, pleurer ta mère adoptive et surtout ne pas venir nous faire chier !

Lucas ne savait plus où donner de la tête.

– Nous ? Mais de qui parle-t-il bon sang ?

Les mots tranchants qui se déversaient de la bouche du militaire dénotaient avec son comportement, son expression faciale. Ses dires indiquaient une certaine impatience d'en finir avec lui, alors que son corps jouait les prolongations. L'obligation et l'excitation se lisaient en lui. Martinez ressemblait à un être en perpétuelle contradiction avec lui-même. Et il avait l'air d'adorer ça.

Il y a vraiment un truc qui cloche chez lui.

L'attention de l'urgentiste fut happée par les sanglots de sa sœur. Cette situation lui broyait le cœur. Et par ricochet, mettait le sien à rude épreuve.

– Mathieu ! Chéri... s'il te plaît, dis-moi que c'est un cauchemar ? Je t'en supplie, ne fais rien de stupide ! Je t'en supplie... lâcha Anna dans une plainte suraiguë.

Son mari ne releva pas. Il se contenta d'exhiber ses dents blanches et parfaitement alignées. Ses yeux s'étirèrent comme s'ils se moquaient de cette ultime tentative de l'empêcher de nuire.

Lucas vit les doigts du militaire s'activer autour de son petit calibre. Son bras se tendit à l'extrême et ses yeux, qui avaient retrouvé la lumière un instant auparavant, retournèrent dans les ténèbres. Le pauvre a été conditionné pour tuer toutes ces années. Pour le compte de qui agissait-il ? Faisait-il vraiment partie de l'armée ? Telles étaient les questions que Lucas se posait alors que les secondes s'égrenèrent en silence. La situation était désespérée.

— Je fais ça pour le bien de la patrie, répéta une énième fois Martinez d'une voix morne.

Un frisson d'excitation causé par cet aveu sembla l'envahir. Ses yeux s'écarquillèrent. Ses doigts se resserrèrent autour de la crosse du Glock. Son index se courba d'une lenteur vertigineuse. Lucas frémit. *Ses délires avec la nation, la patrie, n'en sont pas... Il agit vraiment sous couvert de la République ? Qu'est-ce que j'ai fait de si mal pour mériter ça ?*

Son cerveau eut à peine le temps d'intégrer cette nouvelle donnée. Sa dernière heure se profilait. Tenter quoi que ce soit ne ferait qu'accélérer sa fin. Chaque muscle de son corps se contracta dans un ultime réflexe protecteur et ses paupières s'abaissèrent, s'attendant à recevoir le projectile mortel.

Le coup partit sans prévenir.

— Non !

Il ouvrit l'œil juste à temps pour voir Anna tomber à la renverse. Elle s'était jetée sans réfléchir, le protégeant de son corps. Il la réceptionna par réflexe, en l'agrippant par les aisselles.

Il s'agenouilla et remarqua tout de suite la tache rougeâtre prendre naissance au niveau du ventre de sa sœur. Elle venait de mettre sa vie en jeu pour sauver la sienne. Avant même qu'il puisse se lamenter, hurler, il distingua une silhouette recourbée, tapie dans l'ombre, s'approcher droit devant lui. Elle sortit de sa tanière d'un bond pour surprendre Martinez par derrière, accrochant son bras droit. Le revolver s'envola puis glissa sur deux mètres pour s'immobiliser dans un recoin de la pièce, juste à côté de l'écran de télévision. Lucas crut halluciner en reconnaissant celle qui tentait de contenir la bête endiablée qu'était devenu Mathieu Martinez. Ses cheveux étaient plus courts, mais son visage d'ange la confondait. La blonde qui s'était introduite chez ma mère. La journaliste. Alisa.

Cette dernière poussa un cri de rage et parvint à déséquilibrer le forcené en le poussant vers le sofa. Mais Martinez, malgré sa petite taille, prit le dessus en imposant sa force physique. Ses mains se resserrèrent autour du cou de la malheureuse qui étouffa un râle. La rage de Martinez éclata, dopée par la désagréable surprise qu'il venait de vivre.

– Qu'est-ce que tu fais là, salope ! cria-t-il, les yeux fous. Alors tu les avais suivis, hein ! Et moi qui me demandais où tu avais bien pu passer ! Tant mieux, je vais en profiter pour te faire la peau à toi aussi ! Tu m'as bien compris ? Je vais tous vous faire la peau. Tous ! C'est fini pour vous ! Jamais je ne vous laisserai nuire à la patrie !

Lucas ne savait plus où donner de la tête, entre l'état de sa sœur, les paroles fanatiques de son mari, et la journaliste sur qui l'étau de la mort se resserrait seconde après seconde. Ses réflexes de médecin urgentiste étaient déjà à l'œuvre.

Son caban avait quitté ses épaules et il maintenait tant bien que mal un point de compression sur le ventre d'Anna. Cette dernière le regarda droit dans les yeux. Puis elle s'évanouit.

– Non ! Non ! Anna ! Reste avec moi, tu m'entends ? brailla Lucas.

Il se donna une minute pour essayer de maîtriser Martinez. Passé ce délai, la perte de sang au niveau de la plaie mettrait encore un peu plus en jeu le pronostic vital de sa sœur. Il la posa avec toute la délicatesse dont il put faire preuve vu les circonstances et se redressait, lorsque la porte s'ouvrit d'un coup sec derrière lui.

61

La tornade Loïc Mandé s'infiltra dans la maison et braqua son regard sur la scène qui se jouait devant lui. Alerté par le coup de feu, il avait foncé sans réfléchir. En une microseconde, ses sens perçurent l'essentiel des faits.

Tout le dépassait. L'odeur de poudre qui stagnait dans l'air. Lucas au chevet de sa sœur ensanglantée, gisant sur le carrelage blanc du salon. Les sons gutturaux d'une femme blonde, cheveux courts, inconnue au bataillon, en mauvaise posture face à... Ses yeux s'agrandirent. Malgré sa barbe et ses cheveux rasés de près, il le reconnut tout de suite. Cette silhouette. Ce regard dépourvu de tout sentiment.

Mercier ! Comment est-il rentré sans que je le voie ?

L'incompréhension se dissipa vite face à l'urgence de la situation. Son corps prit le contrôle sans prévenir et le propulsa vers cet ennemi désigné, juste au moment où ce dernier se débarrassait de sa proie sur le sofa, la repoussant d'une main de fer. Les yeux du lieutenant accrochèrent le 9 mm qui reposait sur le sol froid de la pièce. Avant que

348

Ludovic puisse s'en emparer, il se jeta pour faire obstacle de tout son long.

C'était moins une.

– Putain c'était vraiment toi derrière tout ça, Mercier !

– Mercier ? Tu fais erreur, mon grand !

– C'est un militaire ! Un assassin ! Il s'appelle Mathieu Martinez, et c'est le… mari d'Anna ! beugla Lucas.

Loïc n'eut même pas le temps d'intégrer cette manne d'informations. Sans crier gare, celui que Lucas appelait Martinez se jeta sur lui. Le lieutenant, qui lui rendait bien quinze centimètres, esquiva une première charge. Il encaissa volontairement la seconde et agrippa son assaillant par le buste.

– Bordel ! lâcha-t-il, le souffle court. Lucas ! Laisse-moi celui-là ! Prends ta sœur et foutez le camp d'ici !

Un coup de coude vint le cueillir sur la joue droite avant qu'il puisse donner d'autres instructions à son acolyte. Une droite puissante s'y greffa presque aussitôt et il recula, l'oreille sifflante. Malgré sa petite taille, Ludovic avait une sacrée force physique. Le mec avait de l'entraînement, ça crevait les yeux. Les paroles de Lucas firent effet à cet instant. Un militaire. Un assassin.

L'adrénaline s'empara de lui. Il esquissa un léger sourire à l'idée de pouvoir se défouler sur ce type. Cette tête qui ne lui était jamais revenue. Il fit jouer sa mâchoire et sa mandibule craqua.

– Qu'est-ce que tu es réellement ? Pour qui tu bosses ?

– Tu n'as pas besoin de le savoir, Mandé.

Il me connaît. Il nous connaît. Et plutôt bien avec ça, j'en suis sûr.

Le lieutenant le savait. Tant qu'il restait entre l'assassin et son arme, il avait une infime chance de contrôler la situation. Et s'il choisissait l'offensive, il donnerait une fenêtre de survie aux autres. Il se jeta sur l'ancien assistant de Jipé, mais ce dernier fit un pas de côté et lui asséna un coup de genou surpuissant dans le flanc. Le souffle coupé, il s'accrocha de toutes ses forces aux bras volumineux et striés de veines du militaire, l'empêchant de se défaire de son emprise.

– Je... savais... que... tu avais un lien avec ça, connard ! haleta-t-il.

Ses poumons rassemblèrent autant d'air que possible et il s'égosilla avec peine.

– Lucas... dépêche-toi de dégager !

– Je vais vous filer un coup de main, ajouta une voix au fort accent de l'Est.

La blonde s'était relevée et portait une main analytique à sa trachée. Elle racla sa gorge et toussa avec force, avant de contourner la table basse en vacillant pour venir prêter main-forte à l'urgentiste. Elle perçut dans son dos les stigmates sonores de l'âpre lutte que se livraient Loïc Mandé et Mathieu Martinez.

– Lucas. Je suis garée pas loin d'ici. Pas le temps de t'expliquer, annonça-t-elle avec difficulté.

– C'est toi qui...

– On y va, coupa la jeune femme en le fixant de ses yeux verts. On parlera plus tard, si tu veux bien. Ce n'est pas le moment, ni l'endroit, OK ? Je te demande juste de... de me faire confiance, ajouta la journaliste en saisissant le bras gauche inerte d'Anna. Sa vie en dépend. Je ne vous veux aucun mal. Au contraire.

Lucas acquiesça et jeta un œil à Loïc, en pleine lutte, qui le lui rendit. Ils se comprirent. Sans un mot. L'urgentiste attrapa le bras droit de sa sœur et le duo la releva. La douleur réveilla Anna, lui arrachant un cri de douleur qui s'affaissa presque aussitôt.

– Accroche-toi ! On te sort de là ! Anna, tu m'entends ? Tu vas t'en tirer !

– On passe par derrière, ordonna Alisa. *Go* !

Ils franchirent les limites du salon avec peine, sous la menace de leur agresseur, qui avait fort à faire en la personne de Loïc Mandé. Lucas serra la mâchoire en voyant son visage tuméfié. *Pitié, faites qu'il se sorte de là.*

Avant qu'il puisse s'en rendre compte, ils traversaient le petit jardin de l'autre côté de l'entrée principale. Il vit le petit portail marron entrouvert et réalisa à cet instant comment la journaliste avait pu réussir à surprendre le militaire. À tous les surprendre. Elle leur avait sauvé la vie. C'était indéniable.

– Je suis là pour vous aider, tous les deux, concéda Alisa, comme si elle lisait en lui. J'attendais ce moment depuis si longtemps ! Même si bon, je ne le voyais pas tout à fait comme ça, à vrai dire.

Lucas tiqua en s'attardant sur son visage blanc. Immaculé, presque angélique.

– Mais pourquoi ?

– Fais-moi juste confiance pour l'instant. Je sais d'où vous venez. Je sais à propos de votre famille. Votre véritable famille. On aura le temps de bien débriefer si on se sort de ce guêpier. Promis.

Le médecin vit Alisa déverrouiller sa voiture, une Clio bleu roi qui stationnait à une dizaine de mètres de la maison. Elle ouvrit la porte arrière.

– Allonge-la ici. Attends, je t'aide. On doit se dépêcher.

– Je reste avec elle, lança Lucas en prenant place au milieu de l'habitacle, face à sa sœur gisant sur la banquette.

– Compris.

La jeune femme se précipita sur le siège conducteur et démarra en trombe.

La traction lui fit momentanément perdre le contact avec la plaie de sa sœur. Il se pencha pour exercer une pression plus importante encore, déclenchant un nouveau râle de douleur chez Anna.

– On va te tirer de là, je te le promets, tu m'entends !

Alors que la citadine s'éloignait de la scène de toutes les émotions, Lucas pensa au destin de la personne qui lui avait permis d'en arriver là. Ce flic qui ne pensait pas une seule seconde aux conséquences de ses actes. Qui le défendait contre vents et marées. Il n'eut pas le temps d'être davantage sentimental. Les deux doigts plaqués sur la face interne du poignet d'Anna l'alertèrent. Pouls filant.

– Alisa, c'est ça ? demanda Lucas sans se retourner.

La blonde roulait pied au plancher sur un tronçon de route linéaire, tout en tapant sur l'écran du GPS fixé au pare-brise.

– Oui ?

– Il faut qu'on accélère le mouvement. Si on ne trouve pas un hôpital ou des premiers secours rapidement, on est dans la merde !

La journaliste se contenta de hocher la tête tandis que toute l'attention de l'urgentiste restait centrée sur sa sœur.

– Anna... tu m'entends ? la sonda-t-il, des trémolos dans la voix. On vient à peine de se retrouver... on a tellement de choses à rattraper, à se confier, à s'apprendre ! Tu dois rester avec moi ! Je t'en supplie... Ne me laisse pas là !

Le bleu des yeux d'Anna se ternissait de minute en minute. Ses fines lèvres s'agitèrent lentement.

– Lu... cas...

Sa respiration s'accéléra.

– É... lias... Ju... lie...

Elle perdit de nouveau conscience.

L'impuissance arracha des larmes à Lucas, qui quittèrent ses joues pour venir s'échouer sur ses mains jointes, tremblantes. Sous elles, le point de compression désespéré de l'urgentiste ressemblait à un abri de fortune face à un ouragan.

La vie d'Anna ne tenait plus qu'à un fil.

62

— Enfin seuls, ricana Martinez.

— À quoi ça t'avance, hein ? Tu travailles pour qui ?

Nouvelle salve de rires.

— Je croyais t'avoir déjà dit que tu n'avais pas besoin de le savoir. Mais puisque tu vas mourir ici, je vais te dire une bonne chose. Je travaille pour quelque chose qui te dépasse, Mandé. Quelque chose qu'on appelle l'honneur du pays !

Le corps tout entier de Loïc se contracta. Non, il ne mourrait pas ici. Et il découvrirait qui se cache derrière tout ça. La certitude qu'il avait eue à La Rochelle se renforça : quelqu'un de suffisamment puissant pour effacer toute trace des protagonistes de cette histoire tirait les ficelles dans l'ombre.

Le militaire se rua à nouveau sur lui, essayant de prendre avantage de sa petite taille pour le dominer en vitesse. Dopé par l'afflux d'hormones qui le traversa, le lieutenant sortit de sa stase et répliqua avec toute la hargne et l'instinct qui le caractérisaient. Les coups plurent de part et d'autre, sans qu'aucun des deux perde pied. Loïc porta la main à son arcade droite, salement amochée. Ensanglantée. Face à lui, son adversaire, affichait un sourire mauvais, les yeux plus froids que jamais. Martinez fut parcouru de spasmes et s'esclaffa comme s'il entrait en transe. Un état d'excitation extrême.

— Pendant que je t'ai, Mandé. Tu dois savoir une chose. La fliquette n'a pas souffert. Dans ma grande mansuétude, j'en ai vite fini avec elle. Une petite balle de 9 mm dans le crâne. Elle ne s'est rendu compte de rien. *Nada.*

Le cœur de Loïc monta dans les tours, manquant d'exploser. Il n'avait pas évoqué son nom, mais il savait où ce type voulait en venir. Ça ne pouvait être que ça. Caro. Elle savait Lucas à la recherche de son identité, devenant une menace malgré elle. Ces enfoirés s'étaient débarrassés d'elle pour l'empêcher de nuire.

Caro est vraiment morte ?

La vision trouble, Loïc se mit à respirer comme un bœuf, comme pour préserver son corps du traumatisme qui s'abattit d'un seul coup sur lui, telle une chape de plomb mortelle. Sa température corporelle gagna quelques dixièmes de degrés et il se fit violence pour ne pas dégoupiller. Mais son mental céda. La rage au ventre, il sauta sur l'assassin de sa confidente, sa moitié inavouée. Ses coups pesèrent soudain plus lourd, gonflés par la colère qui le dévastait et le privait de ses sens les plus basiques. L'assassin profita de cet instant pour faire parler son expérience. Il resta impassible et le roua de coups plus violents les uns que les autres. Le lieutenant fit plusieurs

355

pas en arrière, la peau rougie, les chairs meurtries, les os écrasés. Le cœur en miettes. Il se jeta à nouveau dans la bataille, mais au lieu de tenter de frapper son adversaire, il profita de son élan pour le repousser avec force. Surpris, le militaire perdit l'équilibre et chuta en arrière. C'est maintenant ou jamais. Loïc recula et bondit sur le Glock qui traînait au sol.

— Ne bouge plus, connard !

La voix sèche et aiguë qui s'échappa de sa gorge ne lui ressemblait plus. Les yeux exorbités, la bouche ouverte, la gorge sèche, le lieutenant n'avait plus rien du flic empreint de principes qu'il se devait d'être, censé garder son calme en toute occasion.

Je vais me le faire, cet enculé !

Son corps s'électrisa, coincé face au choix cornélien qui se présentait à lui. Céder aux sentiments. Le tuer. Venger Caro... ou écouter la voix de la raison. Le maîtriser et le faire payer. Il fit un effort surhumain pour ne pas déclencher son arme. En son for intérieur, la voix grinçante de son paternel lui ordonnait de ne pas céder. Ne jamais presser la détente, au risque de perdre son humanité. De plonger dans les profondeurs abyssales de la brutalité, de la confusion et des émotions primaires. Celles qui le mèneraient tout droit vers la démence. L'intempérance. Il le regretterait pour l'éternité.

— Alors, tu as peur d'appuyer, c'est ça ? Est-ce que tu as déjà tué un homme, hein, Mandé ? Tu as l'occasion de te venger ! Alors fais-le ! Qu'est-ce que tu attends ? Allez, appuie sur cette foutue détente ! Depuis quand la police engage des fillettes ?

Ne l'écoute pas. Ne tombe pas dans son petit jeu à la con. Raccroche-toi à la réalité, et vite.

Loïc garda le bras droit tendu, et sortit son Samsung de sa main libre, tremblante. En deux mouvements il composa le numéro de son commissaire de père. Première tonalité. Mathieu commença à montrer des signes d'impatience. Deuxième tonalité. Le débat interne s'intensifia et le militaire s'affola davantage.

Ses yeux s'écarquillèrent pendant que l'index de sa main droite glissait pour venir se presser contre le bouton d'un petit appareil porté à la ceinture. Loïc le distingua, mais ne jugea pas utile d'intervenir. Le petit boîtier semblait inoffensif. Troisième tonalité.

— Pas question de me rendre comme ça ! Je ne suis personne. Je suis un fantôme, Mandé, un fantôme ! Vous ne m'aurez jamais !

Martinez s'accroupit dans un geste supersonique et sa main plongea dans la poche basse de son pantalon. Il en sortit une lame crantée plus grande que sa main et sans hésitation aucune, se lança à l'assaut du lieutenant. Quatrième tonalité.

— Allô ? Allô ?

Le Samsung tomba de toute sa hauteur pour heurter le sol avec fracas, emportant avec lui la voix inquisitrice de Christophe Mandé. Le coup partit.

Une détonation sèche.

Sourde.

63

La Clio cahotait sur la nationale accidentée. Le diesel à injection donnait tout ce qu'il avait dans le ventre. Lucas l'entendait monter dans les tours sous les coups de boutoir de la mystérieuse journaliste. Une fois encore, il était dans une situation désespérée. Une fois encore, il devait compter sur quelqu'un qu'il connaissait à peine. La sale impression de se faire trimbaler devenait une habitude des plus ennuyeuses. Le médecin se retourna d'un geste brusque pour scruter son hôte d'infortune.

Alisa, les mains bloquées à dix heures dix sur son volant, fixait la route avec intensité, ne jetant que de sporadiques coups d'œil au GPS qui crachait ses informations au compte-gouttes, brisant le silence pesant qui flottait dans l'habitacle.

– Où est-ce qu'on va ? J'espère que ce truc nous indique le chemin le plus court pour le prochain hosto !

La jeune femme garda les yeux rivés droit devant elle.

– On ne peut pas se le permettre.

Lucas se sentit pris au piège. Un mélange d'émotions contradictoires l'envahit. De la stupeur à la colère, il n'y avait qu'un pas.

– Quoi ? Tu rigoles j'espère ? Anna va claquer à ce rythme !

– Et si on l'emmène dans un hôpital, que crois-tu qu'il arrivera ?

La rhétorique de la journaliste lui glaça le sang. Il devait l'admettre : elle avait raison sur toute la ligne. Il ne faisait plus aucun doute maintenant que ceux qui les pourchassaient avaient de quoi les cueillir où qu'ils aillent, même s'ils semblaient privilégier les actions discrètes. Rien ne disait qu'ils ne pouvaient pas changer à nouveau de stratégie. Lucas afficha une mine contrite. Aucun endroit ne leur fournirait les soins et la sécurité qu'ils désiraient. Le désespoir, opportuniste, saisit l'occasion de prendre à défaut son moral déjà dans les cordes pour l'entraîner dans son sillage. Son regard se posa sur le visage endormi d'Anna et sa vue se délita peu à peu. L'urgentiste se pinça la lèvre inférieure. Ses bras, trop longtemps mis à l'épreuve du point de compression, commençaient à s'ankyloser. Que pouvait-il faire dans cette situation cauchemardesque ? Rien, à part parier sur cette femme. Comme il avait misé sur Loïc quelques jours plus tôt. Ses yeux se portèrent à nouveau sur sa sœur et le vide l'emplit. Il n'était pas question qu'elle meure ici.

– Fais-moi confiance, Lucas. Tu pourras bientôt venger tous ceux qui ont souffert ou qui souffrent en ce moment même.

– OK... je te suis. De toute façon je n'ai rien à perdre. Anna et moi serions morts si tu n'avais pas surgi de nulle part. Il y a juste une chose que je veux confirmer. Tu sais ce que tu fais, n'est-ce pas ? Le GPS, ta conduite nerveuse, et tes arguments pour me convaincre... Tout ça me laisse penser que tu sais exactement où on va.

Alisa toussota, la gorge encore endolorie par la poigne de fer de l'homme qui avait failli lui ôter la vie. Les traits de son front se plissèrent en revivant ces moments qu'elle voudrait pouvoir oublier.

– Concentre-toi sur les premiers soins, je t'en supplie.

Lucas obéit bon gré mal gré. *Les responsabilités des uns s'arrêtent là où commencent celles des autres*, pensa-t-il.

Elle est là pour nous permettre de fuir, je suis là pour faire en sorte que personne meure.

Soudain, le BlackBerry vibra dans la poche intérieure de son jean. Il ne pouvait y avoir qu'un seul appelant. Une douce sensation d'euphorie naquit en lui.

– Il est vivant !

Lucas se risqua à retirer une main du ventre de sa sœur le temps de saisir l'appareil, et de le caler entre son épaule et son oreille.

– Dieu merci tu t'en es sorti !

Loïc haletait à l'autre bout du fil.

– On va dire ça comme ça.

– Et Mathieu ?

Un silence coupable s'instaura, brisé par le lieutenant.

– Il est mort. Je n'ai pas eu d'autre choix. C'était lui ou moi...

Pour la première fois, Lucas décela une amertume presque palpable chez son compère. Ses principes venaient d'être mis à rude épreuve. La carapace de fer se fissurait et les émanations de l'âme de Loïc se frayaient un chemin à travers chaque interstice.

– Tu es toujours avec cette journaliste ? Passe-la-moi, s'il te plaît.

Le médecin obtempéra et tendit le BlackBerry à Alisa d'une main leste.

– Il veut te parler.

Cette dernière hocha la tête en signe de remerciement et attrapa le mobile sans quitter la route des yeux.

– Oui ?.... Paris... Oui. Non, le périphérique d'ici peu de temps. Non, pas encore. Pourquoi ?.... Pardon ? Est-ce que c'est bien raisonnable ? OK... Ah, tu lui as parlé ? OK. Euh attends... la... D106, près de Rosny-sous-Bois... Rosny 2... Oui, compris.

Sans se retourner, Alisa plia le bras pour rendre le téléphone portable à son propriétaire.

– Qu'est-ce qu'il te voulait ?

– Il va nous rejoindre ici. Je sors à Rosny, il nous donne rendez-vous au centre commercial de Rosny 2.

– Mais on n'a pas ce temps ! Anna va...

– Ne te voile pas la face. Tu devrais être le plus à même de le comprendre, non ? Ça va être extrêmement difficile de la sauver... Notre meilleure chance, c'est Loïc Mandé. Il m'a dit qu'il s'occuperait d'elle. Il faut se rendre à l'évidence : il marque un point.

Lucas se demandait ce que le lieutenant avait bien pu lui dire d'autre pour qu'elle change d'avis aussi vite.

– Il a aussi dit qu'il s'occuperait de ses gosses, ajouta Alisa.

La journaliste vira brusquement à droite pour s'engager sur une bretelle.

— Loïc ne m'a pas donné de point fixe de rendez-vous. Il a juste mentionné le centre commercial. Garde un œil sur le téléphone, il te rappellera dans peu de temps.

Alisa n'avait pas fini sa phrase que l'appareil se mit à vibrer de nouveau. La voix du lieutenant semblait lointaine, comme s'il avait activé le mode haut-parleur.

— Vous y êtes ? hurla-t-il.

— Tout juste ! On est en train de se rapprocher du centre commercial.

— OK, qu'est-ce que vous voyez autour de vous ?

Lucas scanna les environs d'un œil perdu, tandis qu'Alisa, qui avait capté l'essence de la conversation, ralentissait.

— Des dépôts de grande taille, quelques enseignes connues...

— Boulevard Alsace-Lorraine ! coupa la journaliste en élevant la voix.

L'urgentiste répéta, mais Loïc avait saisi l'info.

— OK ! Au moindre parking qui vous paraît peu occupé, dans un coin, en retrait, arrêtez-vous !

— Comment tu comptes nous retrouver ?

— Donne-moi juste le nom du foutu parking, c'est tout ! On n'a pas une seule seconde à perdre !

64

Le grand panneau vertical rouge et blanc qui s'élevait sur plusieurs mètres indiquait le nom d'une entreprise offrant du « Self-Storage », ces dépôts individuels de stockage bon marché de plus en plus répandus sur le territoire. L'enseigne était immanquable, son parking quasi désert. Seule une camionnette blanche stationnait là, à l'abandon. L'endroit parfait. Lucas en informa Loïc et raccrocha aussitôt. Son attention se reporta sur Anna. Il fallait faire vite. À ce stade-là, la survie tiendrait du miracle.

Les dix minutes qui s'écoulèrent parurent durer des siècles. Alisa, en marge du parking, guettait l'arrivée de la 308 grise du lieutenant sur la ligne droite traversant la zone industrielle. Le véhicule finit par apparaître à l'horizon avant de rentrer dans son champ de vision de façon plus nette au fil des secondes. La journaliste leva les bras et fit de grands signes. La berline bifurqua et vint se caler juste à côté la voiture d'Alisa, à une cinquantaine de mètres de l'entrée du lieu désoccupé. Loïc descendit et Lucas l'aperçut à travers la vitre. Il ouvrit grand les yeux en voyant à quel point son ami était amoché. Le visage rouge, tuméfié, l'arcade sourcilière ouverte, d'où un sillon sanguin prenait naissance : autant de marqueurs du risque qu'il venait tout juste de surmonter au prix de son âme.

— Je ne suis pas mort, se défendit le lieutenant en ouvrant la porte passager. C'est le principal, non ?

Le visage grave, il contourna la Clio pour entrer de l'autre côté, celui où il pouvait voir le visage d'Anna de plus près.

— Comme tu peux l'imaginer, la situation ne s'améliore pas, montra Lucas. Pourquoi tu as tant voulu venir ? Je ne te suis pas.

— J'ai eu le vieux au téléphone, avant vous deux. D'après lui, ils veulent te mettre la main dessus en priorité. Tu es vivant et en relativement bonne santé… Et surtout, cette journaliste est ici.

— Qu'est-ce qu'elle a à voir avec tout ça ?

— Je ne sais pas, le vieux non plus. Mais aussi dingue que ça puisse paraître, il la connaissait. Ils sont en contact depuis Nantes. Tout porte à croire que ces types ne voulaient surtout pas qu'elle mette la main sur toi et ta sœur. Pour une fois, je vais suivre son intuition.

Une tête s'immisça dans l'habitacle.

— On parle de moi ?

Lucas, abasourdi, répliqua dans la foulée, alors que la jeune femme venait de les rejoindre.

— Tu connais le commissaire Mandé ? Depuis quand ?

Alisa hocha la tête.

– Oui, en effet. Depuis qu'il m'a pris la main dans le sac, en train de... visiter l'appartement de ta mère. Je cherchais à confirmer ton identité, et savoir si ta mère était en possession de quoi que ce soit d'utile pour que je puisse localiser ta sœur.

– Tu savais tout depuis le début ? Alors, pourquoi tu as fui ? Tu aurais pu me parler ce jour-là, non ?

– Si je l'avais fait tu étais un homme mort, Lucas. Ils n'auraient pas attendu pour te faire la peau. Et mon but était de vous retrouver tous les deux, Anna et toi. Je suis désolée de ne pas te l'avoir dit avant. Mais encore une fois, le temps presse. Il faut se mettre en sécurité.

– Elle a raison, avoua Loïc. Pas de temps à perdre. On va transférer ta sœur à l'arrière de la 308.

Les deux hommes s'exécutèrent, non sans mal. Lucas repéra un grand plaid à l'arrière de la Peugeot. Il le mit en boule et le positionna sur le ventre d'Anna, avant d'enrouler son caban autour de son buste et d'en nouer les manches aussi fort que possible au niveau de la plaie.

– Il y a un hôpital de jour pas loin d'ici si j'en crois mon GPS, l'informa Loïc. Je vais commencer par là. Je vais gérer, ne t'inquiète pas. Quant à toi, je n'ai qu'un conseil : fonce ! Tu m'entends ?

Loïc posa sa main sur l'épaule de Lucas et le dévisagea avec détermination.

– Fonce, répéta-t-il, sans te retourner. Tu peux potentiellement tous nous sauver. Je ne sais pas tout, ajouta-t-il en désignant Alisa du menton, mais j'en sais assez pour croire que cette demoiselle a de quoi mettre un point final à tout ce bordel.

Lucas s'interrogea face à ce flot de paroles énigmatiques, bien loin de ce que Loïc proférait d'habitude. Alisa s'approcha du lieutenant.

— Il sera bientôt en sécurité. Je te le promets. Dis à ton père que je compte l'appeler d'ici peu, histoire qu'il ait assez d'atouts dans sa manche. De quoi vous faire gagner du temps.

Lucas, résigné, jeta un dernier coup d'œil sur sa sœur.

La reverrait-il vivante ?

Il s'en voulut de ne pas être en mesure de faire quoi que ce soit pour celle qui l'avait sauvé. Ces interrogations fusèrent dans son esprit malmené alors que Loïc lui donna une première et ultime accolade. Les yeux du lieutenant brillèrent sur son visage tuméfié alors qu'il remontait dans la 308.

— Laisse-nous gérer la merde ici. Les Mandé sont de retour au complet. Ah ! Et passe-moi le BlackBerry. Ça m'étonnerait que tu en aies besoin.

— Si tu le dis.

Lucas lui tendit l'appareil en se demandant ce qu'avait bien pu apprendre Loïc. Il fait confiance à cette journaliste à présent. Ça saute aux yeux. Mais pourquoi ?

Le moteur rugit et la Peugeot manœuvra, avant de s'échapper dans un crissement de pneus.

— On y va, nous aussi, lança Alisa. Monte devant !

Lucas obéit en silence. Il voulut relancer la discussion et la harceler sur l'endroit où elle le conduisait, mais ce n'était qu'une question de minutes avant qu'il ne l'apprenne.

La Clio s'engagea sur le périphérique qu'elle emprunta d'ouest en est. L'urgentiste passa l'essentiel du trajet la tête basse, en pleine introspection sur ce que son identité pouvait bien cacher de si problématique. Il releva les yeux lorsque le véhicule sortit aux alentours de Neuilly-sur-Seine. Encore une fois. Mais pour une destination tout autre.

– On y est enfin ! s'exclama Alisa.

Un bâtiment dans le plus pur style brejnévien se dressa face à la citadine et à ses deux occupants. Une construction haute, imposante, aux allures de blockhaus en béton armé. Le véhicule franchit le dispositif de sécurité au gré des conversations d'Alisa avec les agents des deux points de contrôle qu'ils rencontrèrent, dans une langue que Lucas reconnut tout de suite, bien qu'il ne la parlât pas. L'urgentiste s'interrogea en constatant que sa présence n'était pas un problème pour les vigiles, qui lui adressèrent juste un salut avant que la Clio redémarre. Sans le moindre contrôle. La journaliste semblait avoir tout préparé. Un soupir de soulagement lui échappa et un sourire s'étira sur son visage d'ange. Ses yeux verts pétillaient. Sa posture en disait long sur la satisfaction qu'elle pouvait ressentir à cet instant précis. Quelles étaient ses connexions ? Ça devait être en lien avec sa mission ici, sur le sol hexagonal. Car il le comprenait désormais.

Alisa était russe.

65

Plus de quatre heures à attendre des nouvelles, dans le luxe de son bureau. Cette grande pièce symbolisait son ascension fulgurante ces dernières années. Il le devait à lui-même, bien entendu, mais aussi à son bienfaiteur, qui s'était vu attribuer l'un des ministères les plus importants grâce à son travail acharné. Le boss avait sué sang et eau pour en arriver là. Lui n'avait fait que l'assister, lui venir en aide, lui faire don de son soutien indéfectible. Lui, l'homme de l'ombre. Le parfait complément. La récompense avait été à la hauteur de ses efforts. Ces sacrifices personnels, ces nuits blanches, ce lobbying de tous les instants pour asseoir son influence ; ces heures à tisser la toile de son réseau politique et professionnel : tout ça pour, au final, hériter d'un rôle prépondérant dans le cabinet du ministère. Il l'avait bien mérité. De quoi rendre fier son patriarche, richissime homme d'affaires retourné en Italie savourer sa retraite, peu de temps après la nouvelle. Deux ans s'étaient écoulés depuis.

Laurentis tournait en rond, bouteille d'eau à demi entamée dans la main droite, les yeux emplis de détermination. Il sortit de cette ronde nerveuse pour s'approcher de la fenêtre. Du haut de son mètre quatre-vingt-dix, il aimait avoir la main. Maîtriser les choses. Dominer les autres. Sa marque de fabrique. Sa poigne de fer s'était refermée sur tout ce qu'il désirait jusqu'ici. La fortune, le pouvoir et les femmes. Il avait toujours tout géré de A à Z. Sauf cette mission qu'il s'était vu confier par le ministre en personne. Une histoire complexe, qui se réveillait aujourd'hui après des dizaines d'années de profond sommeil, comme si un géant émergeait de sa prison de glace pour mettre sa carrière en péril.

Laurentis n'avait pas le choix : soit il réussissait et affirmait ses ambitions, pénétrant le cercle fermé des tout-puissants ; soit il se plantait et pouvait dire *arrivederci* à sa carrière politique et à tout ce qui l'accompagnait. Réussir ou mourir : au propre comme au figuré, tout se résumait toujours à ce vieil adage. Ses doigts se refermèrent un peu plus fort sur la bouteille en plastique, qui émit un craquement en signe de souffrance.

Foutue mission. Cette histoire était presque aussi vieille que lui. Il avait l'obligation d'en finir ! Le boss, impliqué personnellement dans cet incident, trente ans plus tôt, l'avait honoré en le choisissant pour continuer à protéger son secret. L'ultime signe de confiance ! Seulement, il avait dû composer avec des hommes déjà en place depuis long-temps pour l'exécuter sur le terrain. Surtout un. Martinez.

La méfiance s'était installée dès son premier contact avec lui. Mais il devait composer avec ce gars, forgé comme une lame pour se tenir prêt à l'action en cas d'absolue nécessité. Son lointain prédécesseur l'avait déniché dans le même orphelinat que Lucas et Anna. Il l'avait ensuite éduqué, fait intégrer l'armée à ses seize ans, puis façonné pour le transformer en un pantin mortel, avant de faire en sorte qu'il rencontre et épouse Anna. Pour s'assurer qu'elle ne tente jamais d'en savoir plus sur ses origines. Lucas, lui, avait été placé chez Gaëlle Morvan, une femme solitaire et facile à surveiller. Et ça avait fonctionné, jusqu'à ce que les premiers signes d'une improbable catastrophe soient décelés dans le comportement de l'avocate nantaise. Il avait fallu se débarrasser d'elle. Tuer toute incertitude dans l'œuf. Il avait imposé l'un de ses hommes pour se débarrasser d'elle.

Laurentis fut pris de sueurs froides, et posa la paume de sa main sur son front comme pour vérifier si la fièvre ne le gagnait pas. Il avait mal géré le cas Mandé. C'était de la faute du fils si le doute avait pris ses quartiers dans le cerveau de Lucas. De la faute du père si le médecin courait toujours. Il avait sous-estimé le duo de flics. Si les ordres avaient été exécutés proprement, rien de tout ça serait arrivé. Le spectre du scandale ne planerait pas sur le boss. Il déboutonna le haut de sa chemise pour se donner de l'air, et prit une gorgée d'eau en pestant à nouveau face à la difficulté de ce cas. Les stratégies s'étaient enchaînées, face à l'évolution pour le moins déplaisante de la situation. Éliminer Lucas Morvan et mettre hors d'état de nuire ceux impliqués de près ou de loin : échec. Empêcher Loïc Mandé d'agir à sa guise : échec. Contenir le père : échec, malgré son investissement personnel. Il retint sa rage avec difficulté en pensant à ce commissaire de malheur, ce vieux rabougri proche de la retraite et qui se croyait plus malin que lui.

Laurentis retourna à son poste d'un pas leste et s'installa sur son fauteuil, prit une nouvelle lampée d'eau et laissa la bouteille sur le bureau. Sa dernière chance se jouait en ce moment même. La stratégie finale. Laisser Lucas Morvan retrouver sa sœur, et s'occuper de tout le monde en même temps. La fratrie et le fils Mandé. Et peu importe ce que dirait le commissaire, sa carrière se terminerait sur ce couac dont la faute lui serait imputée. Les yeux dans le vague, il hocha la tête comme pour se persuader que c'était de loin la meilleure des solutions. La plus efficace. La plus radicale. En l'espace de quelques heures, toute cette pression négative ne serait qu'un mauvais souvenir. Et son ascension continuerait, boostée par ce succès. Son téléphone portable choisit cet instant pour émettre un petit son qu'il connaissait bien. Un message.

Ça y est, c'est enfin fini, se dit-il en déverrouillant l'appareil.

Une chape de plomb aussi lourde qu'inattendue s'abattit sur lui à l'ouverture du SMS, le laissant pantois. L'écran rétroéclairé affichait une série de chiffres et une série d'acronymes, correspondant aux coordonnées d'un lieu, suivi du signal. La communication qu'il redoutait par-dessus tout. Martinez avait actionné le fameux boîtier. En d'autres termes, il était soit en situation critique, soit sur le point de se faire tuer. Connaissant le sens du devoir du larron, il savait que le scénario le plus négatif, le plus inquiétant venait d'avoir lieu. La mort. L'échec avéré. Encore une fois.

Laurentis se prit la tête à deux mains et poussa un cri à faire trembler les murs de son bureau. Il tenta de capter autant d'oxygène que possible pour juguler sa haine. Martinez ne pouvait pas passer l'arme à gauche comme ça ! Impossible ! Son esprit répliqua, lui renvoyant l'image de la seule cible capable de réussir cela en de pareilles circonstances. Loïc Mandé.

Putain ! Je n'en peux plus de ceux-là !

Le pire des scénarios s'était produit. Il assistait impuissant à l'effondrement de sa trop courte carrière, emportée par une rafale de vent dévastatrice. Le boss ne résisterait pas à cet affront ! Les directives se voulaient claires. Interdit de se manquer ! Une vague d'adrénaline le traversa. Il se leva d'un bond.

Non, ce n'est pas fini. Une chose après l'autre.

Première priorité : envoyer de quoi nettoyer les lieux et s'assurer de museler ce qui pouvait l'être. Le plus vite possible.

Les tueurs de la République sont des fantômes. Ils doivent rester dans l'ombre.

Cette tâche l'accapara pendant un temps considérable. Il jeta un œil à sa montre une fois les détails réglés avec son subordonné. Une heure venait de s'écouler.

Seconde priorité : s'enquérir de la situation des deux cibles principales. Il fixa son Smartphone et entreprit d'appeler l'homme qui l'emmerdait le plus sur cette planète.

66

Christophe Mandé souriait comme un idiot sur son fauteuil ergonomique. L'endorphine arrivait par wagons entiers et colonisait son petit corps affaibli par les épreuves morales qu'il venait de traverser. Que de rebondissements depuis une semaine ! L'euphorie prenait la tête dans la course aux émotions. Il ne savait pas s'il fallait mettre ça sur le compte de ses recherches fructueuses ou du coup de fil que Loïc lui avait passé voilà près d'une heure. Ludovic Mercier, ou plutôt Mathieu Martinez, venait de clamser. Ces chiens du pouvoir étaient dépourvus d'identité. Et sûrement dépourvus d'âme. Le sourire arboré par le commissaire disparut d'un coup en pensant à la seule ombre au tableau. Elle était de taille. Son fils venait de tuer un homme. Pour la toute première fois. Mais les circonstances étaient exceptionnelles. Lui-même avait entendu les dernières paroles de l'agent précédant le coup de feu mortel. Le corps du sexagénaire se crispa en se replongeant dans les faits. Il fallait juste espérer que le contrecoup ne soit pas trop difficile à surmonter pour Loïc. De toute façon, il serait là pour lui en cas de besoin.

En tant que supérieur. En tant que père. Pour la première fois depuis des lustres, son fiston s'appuyait sur lui sans calculer. Il avait perçu la sincérité et même la reconnaissance dans sa voix tremblante. L'exposé des faits ne l'avait guère surpris. Tout le monde s'était retrouvé dans cette baraque de banlieue parisienne. Y compris Alisa. Une situation inéluctable.

Les questions avaient fusé, lui donnant l'occasion d'enfin lâcher toutes les informations dont il disposait. Loïc n'en avait pas cru ses oreilles.

Son père, son bon à rien de père, s'était sorti les doigts du cul et avait fait preuve d'une ingéniosité qu'il croyait perdue depuis longtemps. Bien sûr, en bon Mandé qui se respecte, le fils avait poussé une gueulante mémorable, en lui reprochant de ne pas avoir partagé l'info plus tôt. Mais là encore, le commissaire avait eu le dernier mot.

Que crois-tu qu'il se serait passé si je t'avais parlé plus tôt de la journaliste, hein ? avait-il rétorqué.

Christophe gratta son crâne dégarni, pas peu fier du cran qu'il conservait. Il avait joué son coup d'avance avec brio pour garder le contrôle de la partie. Son expérience avait fait mouche : en se mettant dans la peau de cette grande tige de Laurentis, il avait pu anticiper sur ses prochaines actions. Tout était devenu aussi clair que de l'eau de roche. Ces enfoirés attendaient patiemment que Lucas retrouve sa sœur pour étouffer l'affaire en butant tout le monde au même endroit. Loïc et lui auraient complété la rubrique nécrologique peu après, victimes d'un obscur accident, pour éteindre tout départ de feu contestataire.

La seule voie vers le succès consistait donc à mettre la journaliste sur orbite et attendre le bon moment, en pariant sur ses aptitudes, et en faisant confiance en celles de son fils.

À situation désespérée, mesures désespérées. Mandé tira sur sa vapoteuse et expulsa la fumée par saccades.

Mission accomplie. Avec en guise de récompense, le réchauffement drastique des relations avec Loïc. Il pouvait entrevoir une issue heureuse pour sa relation avec Chantal par la même occasion. Un Noël avant l'heure.

Noël. Encore faut-il y arriver indemne.

Son fils s'inquiétait pour lui. Ça le flattait, mais c'était inutile : tout se jouerait autour de Lucas. Et d'Anna, si cette dernière s'en tirait vivante. Le risque grandissait d'heure en heure pour ceux qui leur en voulaient. L'affaire qu'ils voulaient contenir leur échappait toujours un peu plus.

Occupe-toi de la fille, essaie de la tirer de là, et confie le doc à la journaliste. Tu peux lui faire confiance.

Telles avaient été ses directives. Face à l'avalanche de questions qui s'en était suivie, il avait surenchéri.

Cette gonzesse, Alisa, en sait plus que ce qu'elle veut bien nous le faire croire. Elle emmerde les gens jusqu'au sommet de l'État ici. Ce n'est pas anodin. Alors, réfléchis-y et dépêche-toi de l'aider. On ne va pas faire marche arrière maintenant !

Le commissaire n'était pas peu fier de ces paroles pleines d'assurance. L'iPhone se mit à vibrer comme pour lui confirmer qu'il voyait juste.

Appel masqué.

Le Diable se manifeste à nouveau.

Christophe décrocha sans attendre.

— Monsieur Laurentis ? Que me vaut cet honneur ?

— Je vois que vous vous attendiez à mon appel, commissaire. Je vous avais dit de ne pas jouer au con, mais ça a été plus fort que vous, semblerait-il.

— Je ne vois pas de quoi vous parlez.

Mandé entendit son interlocuteur inspirer bruyamment pour contenir son courroux.

— Ne jouez pas au plus fin avec moi. Votre fils, parce que je pense que c'est lui, vient d'éliminer l'un des nôtres. Un militaire ! Est-ce que vous savez dans quelle merde vous venez de mettre les pieds ?

— Absolument pas, continua Mandé, le sourire aux lèvres. La merde, je pense que c'est vous qui êtes en plein dedans, je me trompe ? Vous ne pouvez plus rien contre mon fils ou moi. Vous pouvez me mettre à pied, ou tout ce que vous voulez, je m'en fous comme de ma première chemise !

Laurentis ignora cette dernière attaque.

— Où est Lucas Morvan ?

— Je vais être honnête avec vous cette fois. Ça ne va pas vous plaire. Il est avec sa sœur, Anna, je crois ? Mon fils a reçu l'aide inattendue d'une personne qui, je suis sûr, ne vous est pas étrangère. Mais il semblerait que vous l'ayez perdue de vue, si vous voyez de qui je veux parler ? ironisa le commissaire.

Il tendit l'oreille à l'affût d'une réponse, mais les secondes s'écoulèrent avec le vide pour seul compagnon.

– Vous n'avez pas d'idée ? continua-t-il. Eh bien je pense pouvoir vous le dire maintenant, car il semblerait que le temps soit épuisé pour vous.

Seul le bip insatiable de la tonalité accueillit la réponse de Mandé. Le Diable venait de lui raccrocher au nez. Nul doute qu'il ne resterait pas les bras croisés à ne rien faire. Le commissaire fixa le plafond et se remémora sa première discussion avec Alisa, après l'avoir arrêtée dans les rues de Nantes. Le puzzle restait incomplet, il avait passé un temps fou à l'analyser, mais toutes les pièces qu'il avait à disposition s'imbriquaient parfaitement désormais. Il pensait utiliser la journaliste à son avantage. Il ricana en constatant qu'elle lui avait bien rendu la pareille. Un sacré tempérament cette nana !

Alisa était là pour ramener Lucas et Anna dans leur pays d'origine. Tout se jouait là-bas.

En Russie.

67

Un homme bravait des conditions dantesques pour remonter avec peine l'axe principal du village, perdu dans les steppes gelées. Il avançait à pas lents, ses bottes de fourrure enfonçant plusieurs centimètres de neige avant de pouvoir prendre appui sur le sol instable. Il plissa les yeux lorsqu'une énième rafale tourbillonnante gifla son visage ridé, creusé par la fatigue et le poids des années. La morsure glacée s'insinua jusque derrière le verre de ses lunettes de protection, arrachant une larme en guise de trophée, en attendant la prochaine bourrasque. Le vent soufflait plus que de coutume à cette époque de l'année, accentuant la sensation de froid procurée par les moins dix degrés ambiants. Les éléments s'étaient déchaînés ces dernières semaines. Beaucoup plus tôt que prévu. Il en avait connu, des hivers compliqués. Mais celui qui se profilait laissait présager des températures aux profondeurs vertigineuses. Abyssales. Moins vingt, peut-être moins trente degrés. L'Enfer ressemblait à une cure de thalasso à côté de ce climat sec et hostile. Il s'arrêta et rajusta sa chapka noire, avant de contempler la lueur atmosphérique qui irradiait le paysage glacial de ses couleurs chatoyantes. Le soleil jouait une seconde fois avec l'horizon avant de partir se reposer pour la nuit.

Nouvelle rafale de vent. Cinglante. Le vieil homme grommela et posa sa main gauche gantée en coupe au-dessus de sa bouche, créant un tunnel d'air de fortune. Puis il se remit à progresser dans l'avenue déserte, prenant appui sur son bâton de marche usagé, laissant des trous de petit diamètre dans les blocs de neige condensée. Son esprit embrumé s'évada tandis que son corps se raidissait de seconde en seconde.

Déjà trente ans depuis qu'il avait rejoint ce hameau perdu de la Sibérie orientale, au prix de sacrifices inconcevables.

Trente ans qu'il leur avait échappé. Trois décennies de solitude absolue, à vivre de la plus simple des manières, dans un lieu où personne le connaissait. Où il se sentait à peu près en sécurité. Ses yeux brillèrent d'une lueur triste. Oui, il était loin de tout. Mais il se sentait incomplet. Il avait toujours attendu l'occasion de pouvoir se racheter. L'homme traîna son dos voûté jusqu'à une barrière, qu'il ouvrit avec difficulté, avant de pénétrer sur son modeste terrain. Devant lui se tenait son *isba*[1] tout en bois, à l'exception du toit de tôle fortement pentu et en partie recouvert de neige. Il soupira devant le jardin à l'abandon, emprisonné sous son manteau hivernal précoce, avant de se résoudre à le traverser pour pénétrer dans sa demeure.

---

1. Maison traditionnelle des paysans russes.

Le sifflement du vent baissa de volume lorsqu'il claqua la porte.

Enfin chez lui. Il retira sa chapka pour libérer sa touffe de cheveux poivre et sel, qu'il secoua d'un geste négligé. Sa vue mit plusieurs secondes à se réadapter à la vie sans filtre après qu'il eut retiré ses lunettes. Ses mains blanches, presque bleues, retrouvèrent des couleurs lorsqu'il retira les gants un peu trop serrés qui les recouvraient. Il posa le tout sur le fauteuil en bois qui jouxtait l'entrée, avant de s'attaquer à son pardessus en fourrure, qui subit le même sort. Il conserva sa parka, dégageant juste son épaisse barbe grise qui dormait sous le col, et entreprit d'allumer le grand poêle en faïence et en fonte qui occupait le centre de la pièce principale. Le petit fauteuil qu'il tira glissa sur le plancher et il s'y affaissa comme une masse. Le calme envahit l'espace, comme une parenthèse hors du temps. Une journée de plus de sa vie de paysan venait de s'écouler. De quoi serait fait demain ? Déjà dix mois depuis que son passé avait ressurgi de la plus étrange des manières, avec l'espoir planqué dans ses bagages. Dix mois depuis ce fameux article de presse qui l'avait poussé à rejoindre la grande ville la plus proche, pour tenter d'entrer en contact avec celle qui l'avait rédigé. S'il s'était attendu à pareille surprise ! Quelqu'un dans ce pays se passionnait pour les événements qui avaient fait basculer sa vie. Et pas n'importe qui. Il s'agissait de la petite Ivanova. La personne la plus proche émotionnellement de ce qu'il s'était passé ce jour-là, sans aucun conteste. La Russie de 1984. Le contexte international tendu de l'époque. La guerre froide. Ces pensées ravivèrent la flamme de celui qu'il était jadis. Avant que tout s'écroule à cause de son inadvertance. Son légendaire manque d'attention. Par sa faute, la destinée de ses deux jeunes enfants avait pris un terrible tournant. D'ailleurs, étaient-ils encore de ce monde ? Quant à lui, il vivait dans la crainte. La paranoïa le parasitait. Ses yeux se portèrent vers le fusil toujours prêt à l'emploi contre le mur de l'entrée comme pour le rassurer. Le vieil homme se courba et tendit les mains en direction du poêle. Les chances que la petite Ivanova réussisse étaient proches de zéro. Il le savait pertinemment. Il fallait être un idiot fini pour penser le contraire. Connaissant les pratiques des services secrets français mieux que personne, ses enfants devaient avoir été séparés tout ce temps, à défaut d'être éliminés. Les retrouver relèverait du miracle. Et encore, si cette première condition se réalisait, rien ne garantissait qu'elle puisse mener à bien le reste de sa mission.

L'homme se redressa et se massa les tempes de ses mains rêches, à peine réchauffées.

Sa tête était lourde à force de ressasser les mêmes scénarios utopiques, où il les retrouverait, où ils le reconnaîtraient et lui pardonneraient pour ce qu'il leur avait fait subir. Mais il voulait y croire. À quoi se rattacher, sinon ? À une fin de vie monochrome, marquée par les regrets et l'isolement ? À une mort quelconque, dans l'anonymat le plus complet, ici, en Sibérie ? Les questions l'accompagnèrent jusqu'au réchauffement de la pièce. Il jeta un œil inquisiteur vers l'intérieur du poêle et

hocha la tête avant de retourner vers l'entrée. Il se revê-
tit en se préparant mentalement à affronter de nouveau
la température extérieure et ouvrit la porte. Il n'en aurait
pas pour longtemps, de toute façon.

La nuit gagnait peu à peu du terrain. Il dépassa la vieille
Nissan Patrol au pare-chocs défoncé dont il était propriétaire depuis quinze ans, pour remonter la rue enneigée. Ses
pas le portèrent une dizaine de mètres plus loin à peine,
vers une petite église qui le surprenait à chaque fois. La
structure de trois mètres de haut était entièrement faite
de neige, façonnée avec talent par son bâtisseur, le fils de
son vieil ami Stepan. La croix orthodoxe gravée sur le côté
et plantée sur le sommet de l'œuvre le fit sourire. Il investit le micro-édifice et trouva le petit autel de fortune inoccupé. Ce dernier, recouvert d'un tapis rouge détrempé,
symbolisait ses maigres espoirs d'une fin de vie meilleure.
Il se laissa choir, à genoux, devant les nombreuses repré-
sentations religieuses qui ornaient les fenêtres creusées
dans la neige. L'eau et la glace imprégnèrent son pantalon,
lui arrachant un léger frémissement. Il ferma les yeux. Son
souffle ralentit, ses épaules retombèrent et tout son être,
comme chaque jour à la même heure, se tourna vers ceux
qui lui manquaient tant en priant pour une issue positive,
celle de ses rêves. Celle où ils étaient vivants et libres.

68

L'Airbus A321 trouva son altitude de croisière. Le vol ne se déroulait pas sans heurts, et il fallut plusieurs minutes pour que l'appareil se stabilise enfin, après avoir traversé deux zones de turbulences successives. Lucas profita de l'aubaine et détacha sa ceinture de sécurité. Il se redressa en prenant appui sur le siège devant lui pour jeter un œil circulaire aux occupants de la cabine. Cette dernière n'affichait pas complet, comme en témoignaient les nombreuses rangées de trois sièges vides sur sa droite. À sa gauche, Alisa était assoupie la tête contre le hublot, pas ennuyée pour un sou par les secousses qui avaient traversé la carlingue. L'avion agissait comme un somnifère pour elle. Comment pouvait-elle être aussi tranquille dans un moment pareil ? Le médecin reprit place sur son siège et gratta le fin duvet qui prenait ses aises sur ses joues depuis trois jours, tout en contemplant la belle endormie. Ses traits fins, son visage angélique. Son sourire à damner un saint. Il éprouvait de la culpabilité à l'idée de penser ça, alors que la situation était chaotique. En la voyant, il ne pouvait pas s'empêcher de penser à leur arrivée à l'ambassade de Russie, deux semaines plus tôt. Ces contrôles à la va-vite, cet empressement montré par les officiels pour le mettre à l'aise. Tout avait été fait pour ne pas le contrarier. Et en guise de cadeau d'arrivée, deux énormes révélations.

La première le concernait. Il était né sur le sol russe, trente-deux ans plus tôt. À Kazan, sur les bords de la Volga, loin de la capitale. Loin de tout ce qu'il avait toujours pensé, lui qui croyait avoir vu le jour à des milliers de kilomètres de là, à Paris !

Il en était de même pour Anna. La nouvelle l'avait assommé. Il avait combattu cette idée absurde avec véhémence, deux jours entiers. Comment aurait-il pu naître en Russie sans le savoir ? Ça ne tenait pas la route ! On l'avait forcément fait marcher... ou pire, on le manipulait ! Le temps et la compassion d'Alisa à son égard l'avaient aidé à progressivement accepter cette nouvelle. La touche finale du big bang personnel qui le transformait depuis près d'un mois. Le fait de se voir là, assis dans les bureaux peu accueillants de l'ambassade de Russie, après l'enfer qu'il venait de vivre, sonnait le glas de ses illusions. Il fallait se rendre à l'évidence : la journaliste ne mentait pas. D'ailleurs, qu'avait-elle à y gagner ?

La deuxième révélation, non moins choquante, portait sur la probable identité du mari de sa sœur. Mathieu Martinez était un agent de la Direction générale de la Sécurité extérieure. C'est ce que Loïc avait confié à Alisa avant leur séparation. Cette info, véritable bombe, avait causé de gros dégâts chez l'urgentiste, incapable de se débarrasser du miasme qui s'étendait en lui, n'amenant que confusion et désolation sur son passage. De quoi Anna et lui étaient-ils responsables pour être dans la ligne de mire des services secrets français depuis si longtemps ? Il comprenait que Martinez n'était que l'un des rouages d'un système complexe. Une mécanique d'envergure nationale. Pourquoi la DGSE ? Il en vint à la seule conclusion que la menace dormait quelque part hors de France, depuis tous ce temps. Tout se tenait, même si de nombreuses questions subsistaient.

Sous le regard interrogateur de Lucas, Alisa, yeux clos, gémit en se dandinant sur son siège, à la recherche d'une position plus confortable. Pourquoi une simple journaliste avait dû s'employer et faire face à tous ces dangers pour en arriver là ?

Pourquoi la Russie n'avait pas agi elle-même, sous couvert d'un ou plusieurs agents du FSB[1] ? Malgré ses questions incessantes, Alisa, comme toute personne présente à l'ambassade, avait refusé de lui en dire plus, arguant qu'elle ne souhaitait pas prendre de risques inutiles. Leur sécurité était en jeu jusqu'à « ce que le but soit atteint », selon ses dires. Il avait eu beau tout tenter, elle n'avait pas cédé. Cette fille était un roc.

Trois jours plus tard, un convoi les avait emmenés en catimini vers l'aéroport du Bourget pour leur permettre de rallier Moscou. Une délégation restreinte avait fait le

---

1. Service de Sécurité Fédéral Russe : en charge de la sécurité intérieure. Services Secrets Russes de nos jours.

voyage jusque sur le sol russe. Les dix jours suivants furent un enfer. Isolé, laissé dans le flou, dans ce pays inconnu où le froid était sans commune mesure avec le climat français (et encore moins celui de la côte Atlantique), on l'avait prié de rester cantonné dans la chambre mise à sa disposition. Interdiction de s'aventurer dans les rues glacées de la capitale. Interdiction de s'adresser à qui que ce soit, hormis Alisa, qui venait lui rendre visite une à deux fois par jour. Lucas fut pris de sueurs froides en y repensant. Il s'était tenu là, dans cette pièce, comme au beau milieu d'une tempête sans fin. Avec l'impression d'être pris dans un piège bien trop grand pour lui, sans possibilité de tenir la barre, avec pour seule compagnie la douleur indescriptible qui le rongeait chaque jour un peu plus dès qu'il pensait aux siens. Sa mère, qu'il ne qualifierait jamais « d'adoptive », et qui lui manquait terriblement.

Jipé, le premier à croire en lui. Il espérait plus que tout pouvoir rigoler comme avant avec lui. Mais était-ce encore possible ? Anna, sa sœur. Des liens perdus dans les abysses du temps qu'il ne demandait qu'à renouer. Rattraper toutes ces années perdues. Il priait pour qu'elle soit saine et sauve.

Marylise et Caro, mortes à cause de lui. Marylise ne pourrait plus jamais profiter de ses petits-enfants. Caro avait toute la vie devant elle...

Lucas baissa les yeux. Son cœur se serra. Qu'en était-il de Loïc ? Il devait traverser des moments horribles. Le pire, c'est qu'il donnait tout pour lui venir en aide et sauver Anna et les enfants. Sa famille. Le lieutenant avait été là depuis le début. L'avait épaulé. Protégé. Pour quel résultat ? Voir son amie, sa moitié inavouée, finir exécutée ? Le voir tuer un homme ? Et quoi d'autre encore ? Il avait payé le prix fort. Tout ça à cause de lui.

Une annonce en russe retentit dans la cabine, l'extirpant de ses mauvaises pensées pour le ramener dans une réalité encore plus dure. Le bruit des cliquetis des ceintures de sécurité se fit entendre par rafales. Il ferma la sienne et ne jugea pas utile de réveiller Alisa, attachée depuis le départ. L'Airbus perdit de l'altitude par saccades, traversant une troisième zone de turbulences avant de traverser l'épaisse couche de nuages qui coupait le ciel en deux. Ils y étaient presque. Il allait avoir sa réponse. Que venaient-ils faire ici, à Omsk ?

69

Une irrésistible odeur de neuf se dégageait des sièges en cuir beige de la Toyota Land Cruiser qu'avait récupérée Alisa en quittant le petit – mais moderne – aéroport d'Omsk. Les sièges du véhicule étaient d'un confort sans commune mesure avec ceux de l'Airbus qu'ils s'étaient coltinés trois heures durant. Le fait d'être enfin sur le plancher des vaches reboostait Lucas, lui donnant un faux sentiment de sécurité. Car même si l'air conditionné l'enveloppait dans un cocon de chaleur protectrice, tous les signaux extérieurs pointaient en sens inverse. Il avait pu s'en rendre compte à sa descente d'avion, lorsqu'il fut agressé par le froid sec qui régnait dans l'atmosphère, le glaçant jusqu'aux os. Il était en terrain hostile.

Alisa, revigorée par une sieste agitée, mais salvatrice, affichait une mine déterminée. Les mains scotchées au volant, son attention rivée sur la route, la journaliste avait paré à toute éventualité. Le duo disposait d'assez de réserves pour tenir le choc en cas de déconvenue majeure. Le Land Cruiser et les ressources amassées constituaient les seuls indices que la jeune femme laissait à Lucas pour tenter d'estimer leur destination. Il soupira et jeta un œil distrait par la fenêtre. La grande diversité architecturale d'Omsk défilait devant lui, sans qu'il sache quoi que ce soit de plus sur ce lieu. Tout juste savait-il que c'était l'une des plus grandes villes du coin, proche du Kazakhstan. À trois-mille kilomètres de Moscou. Soit trois fois la France du nord au sud. Un autre monde, si loin du théâtre de sa vie jusqu'ici. Si loin de ses repères. Malgré l'anxiété, il fut pris par l'envie d'en connaître plus sur cette nouvelle région du pays qui l'avait vu naître.

Il ferma les yeux. Oui, il était né en Russie. Ce n'était pas faute d'essayer de s'accommoder à cette réalité. Sa respiration s'emballa. Il ne s'y faisait décidément pas.

Personne ne pipa mot et bientôt, ils croisèrent la route d'un grand panneau bleu électrique, labellisé « P254 » en grosses lettres blanches.

— On vient de rentrer sur l'autoroute fédérale, lâcha Alisa. À partir de maintenant on roule tout droit, ou presque, pendant cent-cinquante kilomètres.

Le ronronnement du moteur à essence interpella Lucas. Il scruta la route clairsemée, emprisonnée sous une fine couche de neige, si bien que les tracés n'étaient pas visibles.

— On en a pour combien de temps ?

Alisa jeta un œil au GPS, fit la moue et haussa les épaules, pensive.

— Je dirais deux heures et demie, trois heures. Il va falloir t'armer de patience, tu sais, ici, les trajets sont particulièrement longs. Et puis, ce n'est pas comme si on avait le luxe de pouvoir prendre un itinéraire bis…

Le médecin soupira. Il ne fallait pas avoir la science infuse pour être d'accord avec elle. Autour d'eux, tout n'était que champs, recouverts de leur toison d'hiver précoce. Un décor plat, immaculé, aux allures d'apocalypse. Aux antipodes de la route 66 qu'il avait empruntée aux États-Unis quelques années plus tôt.

Ses sens gavés de l'éclat blanc du paysage alentour lui arrachèrent un frisson. Le soleil était à son zénith et inondait les plaines de ses lumières bienveillantes, mais froides. Les rares intersections ne comportaient aucun panneau de signalisation, ajoutant à la sensation de désorientation qu'éprouvait Lucas. L'anxiété le gagna à nouveau, poussé à bout par l'ignorance et le flou maintenus par Alisa.

— Tu peux me dire où on va maintenant, tu ne crois pas ? Tu crois sincèrement qu'il peut nous arriver quelque chose ici ?

— OK, Lucas. J'aurais très bien pu te le dire avant, c'est vrai, mais on n'est jamais à l'abri, tu sais. Là, sauf catastrophe ou blizzard, on mettra les pieds à Krasovka avant la tombée de la nuit.

— La nuit ? J'espère bien, il est à peine midi ! râla le médecin, obnubilé par le sujet sensible du temps de parcours. Et puis… Krasovka ? C'est là qu'on va ?

— C'est un tout petit patelin perdu, à la limite de l'oblast d'Omsk.

— Oblast ?

– Désolée. Un oblast, c'est l'équivalent de vos régions en France, je crois. Sauf que tu imagines bien qu'on en compte beaucoup plus en Russie. Et elles sont bien moins peuplées surtout.

– Et qu'est-ce qu'on va faire là-bas ?

– Quelqu'un nous y attend. Pas la peine de me demander qui...

Lucas, échaudé par tant d'énigmes, ne répliqua pas.

Il se contenta de fixer la journaliste en soupirant, avant de passer une main désabusée à l'arrière de son crâne. Emmitonnée sous un épais bombers gris assorti à son bonnet. Ses mains recouvertes de gants en laine noire serraient le volant si fort que ses bras tremblaient. L'excitation gagnait Alisa. Et il découvrirait bientôt pourquoi. La monotonie du tracé et la chaleur de l'habitacle finirent par avoir raison de Lucas, qui se réveilla en sursaut après un temps indéterminé. Il regarda le cadran du gros tableau de bord central.

14 h 37.

Il avait dormi deux heures. Deux heures dans cet enfer blanc et toujours rien. Le tracé neigeux s'étalait à perte de vue, comme un chemin sans fin. Le vent s'était invité à la fête et offrait une résistance malvenue à la progression du SUV. Ses yeux accrochèrent le rétroviseur passager et il remarqua une berline noire, une centaine de mètres derrière eux. Est-ce que ce type de véhicule avait sa place sur les autoroutes sibériennes ?

– Alisa ? Tu as vu la voiture noire derrière nous ? Tu es sûre qu'on n'est pas suivis au moins ?

Le regard de la journaliste emplit le miroir central un court instant.

— La Mercedes ? Aucune idée. Mais comme les autres voitures derrière nous, elle nous suit depuis Omsk. Tu sais, vu l'état et le choix des routes ici, c'est normal d'avoir les mêmes compagnons de voyage pendant de longues distances. Rien de suspect là-dedans. En Russie, on va, on vient, on joue, on se fait doubler, on double... on trompe l'ennui comme on peut, mais on ne se distance jamais vraiment.

Lucas ne voyait pas les choses de la même façon. Et en ce sens, les paroles d'Alisa lui parurent étranges. Il fixa la berline, la décortiquant, essayant d'en tirer la plus minime des infos. Sa seule distraction. Il l'identifia lorsqu'elle s'approcha quelques minutes plus tard. La Mercedes Classe S, imposante et racée, se distinguait par sa grosse calandre argentée et ses vitres teintées. Comme prédit par la jeune femme, elle les suivit tout au long du chemin sans se montrer menaçante. Même lorsqu'ils bifurquèrent à droite en tombant nez à nez avec un rond-point sorti de nulle part, pour avaler les derniers kilomètres qui les séparaient de Krasovka. La berline disparut du champ de vision de l'urgentiste alors qu'ils s'immobilisaient en face d'une maison en bois, aux volets rongés par le temps et au toit incliné comme il n'en avait jamais vu auparavant.

70

Le vent s'infiltra pour percer la coquille de bien-être de l'habitacle et chatouiller les deux occupants du Land Cruiser. Lucas plissa les yeux et s'extirpa du véhicule en premier, puis le contourna pour attendre Alisa devant le capot du SUV. Le froid l'agressa et s'empara de son visage, qui se figea dans un rictus d'inconfort prononcé.

Autour de lui, ce qui ressemblait à la route principale du village était parsemé de maisons comme celle qui lui faisait face, typique de cette région où qualifier les hivers de rigoureux était un euphémisme et où tout était pensé pour s'accommoder des importantes chutes de neige qui s'y associaient. Le médecin finit par porter son regard sur l'intérieur de la Toyota. Alisa se contorsionnait pour attraper son sac au pied des sièges arrière. Elle y plongea le nez le temps de vérifier que rien ne manquait, avant d'affronter les éléments à son tour. La journaliste rejoignit son compagnon de route en grimaçant.

– J'avais oublié comme il pouvait faire froid chez nous ! On dirait que je me suis francisée ! plaisanta-t-elle dans une vaine tentative pour évacuer la pression qui s'emparait d'elle. Enfin, nous y voilà. C'est ici que tout a commencé pour moi, ou presque.

Lucas répliqua par un regard qui en disait long sur sa volonté de découvrir de quoi il en retournait. La journaliste dut s'y reprendre à deux fois pour ouvrir la barrière de bois et l'invita à la suivre. Il s'exécuta et traversa le jardin – ou plutôt ce qu'il en restait – en s'évertuant à rester sur le fin sillon marqué par les passages répétés des habitants.

Arrivée sur le perron, Alisa frappa à la porte et sautilla sur place pour tromper le froid jusqu'à ce que le lourd pan de bois s'ouvre, dévoilant les traits d'un vieil homme affable. Lucas remarqua sa barbe fournie ainsi que son visage fripé, taillé par les conditions de vie difficiles dans lesquelles il évoluait. Ce dernier voulut parler, mais aucun son ne sortit. Il se tint là, la bouche ouverte, scotché face à la belle blonde, comme s'il s'agissait d'une apparition inespérée.

– Bonjour, laissa simplement échapper la journaliste.

Lucas, droit comme un piquet juste derrière, observa la scène avec curiosité. L'homme resta muet et se pencha pour le scanner de ses yeux écarquillés et injectés de sang. Avant qu'il puisse répondre à ses visiteurs, sa vision s'embrouilla et il tenta de dissimuler le choc qui le secouait de la tête aux pieds. Il pinça son arête nasale du pouce et de l'index pour endiguer ses larmes et s'écarta pour faire place aux nouveaux venus. Le médecin franchit le seuil de l'habitation en dernier et sentit le regard bienveillant de leur hôte se poser sur lui. Quelle était cette sensation qu'il ne parvenait pas à expliquer ? Il faisait face à un étranger, mais se sentait attiré par chaque parcelle de son être. Sa conscience lui soufflait la réponse, mais il refusait de se rendre à l'évidence. Alors Alisa, rougie par l'émotion qu'elle allait susciter, se chargea de clarifier les choses de la plus directe des manières.

– Lucas, je te présente Vincent Soler. Ton père.

Les épaules du médecin s'affaissèrent d'un seul coup. Le poids de la révélation le fit vaciller un instant. Il posa la main sur le mur de l'entrée, sans pour autant détacher son regard de la personne qui les accueillait.

Sa vision se troubla. Un tsunami de larmes ne tenait qu'à un fil et menaçait de s'abattre à tout moment sur son visage déformé par l'émotion et la surprise. Il déglutit dans un ultime geste de défense.

– Mon... père ? articula-t-il avec difficulté.

– Oh mon Dieu, Lucas, c'est vraiment toi ?

Vincent sonda la journaliste qui préféra s'effacer, se repliant dans un coin de la pièce de vie où régnait une température plus clémente. Il s'avança comme s'il marchait sur des braises ardentes pour combler le maigre espace qui le séparait de son fils. Les deux hommes se fouillèrent du regard sans s'épancher plus que de raison. Lucas se vit dans un miroir. Même la posture, épaules basses, mains ballantes, était similaire chez eux en de pareilles circonstances. Sans parler de ce regard de chien battu qu'il traînait depuis son plus jeune âge. Il réalisa qu'il avait hérité de sa pudeur et se força à briser le silence qui s'installait.

– Je... euh... oui. C'est moi, balbutia-t-il, la voix brisée, en faisant un effort surhumain pour se contenir.

Le vieil homme craqua et prit l'urgentiste dans ses bras, dans une étreinte frêle et désespérée, qui ne pouvait pas laisser de place au doute. Lucas sentit toute la souffrance, le chagrin, l'espoir accumulés par son hôte depuis un temps incommensurable. L'homme sanglotait comme s'il était soudain retombé en enfance.

– C'est un miracle... un miracle ! s'exclama Vincent en tentant de se calmer.

Les larmes roulèrent sur les joues de l'urgentiste, sans qu'il sache vraiment quelle émotion afficher : joie, peine, regret et confusion se battaient avec férocité dans l'arène de son esprit, laissant son visage blême. Une chose était certaine : le déni n'y avait pas sa place. Vincent Soler était son père. Ses sens les plus primitifs le lui indiquaient.

– Viens, viens, ne reste pas là, continua le vieil homme en essuyant ses larmes.

Il désigna un banc en bois, face à un énorme poêle, où Alisa avait déjà pris ses quartiers et faisait de son mieux pour ne pas interférer avec les retrouvailles. Lucas obéit et s'installa, sous l'œil bienveillant de la journaliste. Cette dernière posa une main sur la sienne et lui offrit son plus beau sourire en guise de réconfort. Son excitation dans la Toyota prenait tout son sens. Lucas dévisagea son père qui prenait place dans un fauteuil face à eux. Alisa anticipa et intervint avant que ce dernier ne puisse ouvrir la bouche.

– Votre fille est toujours en France. Elle n'est pas en état de venir jusqu'ici, malheureusement.

– Est-ce qu'elle est vivante ? Vous me le diriez dans le cas contraire, n'est-ce pas ?

– Je n'y aurais pas manqué. Mais pour être honnête avec vous, nous ne savons pas encore si elle va bien. J'imagine que vous comprenez les galères et les désillusions que Lucas et Anna ont dû traverser pour en arriver là… J'espère que ça ne remet pas en cause nos discussions ?

Vincent observa son fils, toujours abasourdi par ce qu'il se jouait autour de lui.

Dehors, le vent s'intensifiait et un sifflement suraigu parvint aux oreilles du groupe.

– Non, non. Bien sûr que non, voyons. Je vous dois tellement ! Ils sont tous les deux en vie, et vous les avez retrouvés ! C'est prodigieux !

Lucas sentit la main de la journaliste serrer la sienne un peu plus fort. Elle finit par lâcher prise et fouilla son sac, pour en extraire un enregistreur audio noir et fin, semblable à une mini-télécommande, qu'elle posa sur sa cuisse.

– Si vous le voulez bien, nous allons débuter l'interview alors.

Le vieil homme se leva pour aller mettre de l'eau à chauffer. Sa réponse tendit l'atmosphère d'un seul coup.

– C'est d'accord. Je vous dirai absolument tout ce que vous avez besoin de savoir.

71

Vincent reprit place sur son fauteuil après avoir déplacé une petite table de bois pour y disposer trois tasses de thé fumantes.

– C'est tout ce que j'ai, je suis désolé...

– Non, pas de problème, intervint Alisa. Merci beaucoup.

Lucas, avachi sur l'assise en tissu du banc, se redressa en s'efforçant de sourire pour le remercier et saisit l'offrande brûlante par l'anse. Il voudrait pouvoir converser avec son père, mais le choc l'en empêchait, muselant ses pensées. C'était tout juste s'il pouvait réfléchir. À côté de lui, il vit la journaliste sortir son calepin, complétant ainsi la panoplie de l'intervieweuse telle qu'il la concevait. Elle configura son enregistreur et sonda le vieil homme du regard, à la recherche de son approbation pour lancer les hostilités. Ce dernier hocha la tête, la mine grave et les joues blanches, comme si les révélations qu'il s'apprêtait à faire pesaient de tout leur poids sur sa fragile carrure.

— OK, débuta sobrement Alisa. Nous sommes le lundi 27 octobre 2014, et il est... 15 h 15 à Krasovka, en Sibérie orientale. Pouvez-vous décliner votre identité ?

Le visage du vieil homme se ferma davantage, comme s'il investissait un carcan mental abandonné depuis des années.

— Je m'appelle Vincent Soler. Je suis né le 1er juillet 1949 à Grenoble, en France. Je suis l'aîné d'une fratrie de deux. Deux garçons.

— Quel a été votre parcours, en quelques mots, avant de rejoindre la Russie ?

— J'ai passé une enfance heureuse, dans une famille équilibrée, dans la France de l'après-guerre. Mon père travaillait à l'usine, notre mère s'occupait de nous. Je n'ai pas à m'en plaindre (il sourit), même si tout n'était pas toujours rose. Nous sommes restés dans la région greno-bloise et j'ai pu trouver une certaine stabilité, m'épanouir. Ça a eu un gros impact sur mes études. J'ai toujours été plutôt bon pour ça. Après le cycle secondaire, j'ai fini par quitter ma famille pour m'installer à Paris en 1967, afin d'y étudier la chimie, à l'École normale supérieure. J'ai poursuivi avec un doctorat de spécialité en chimie appli-quée, tout en composant avec des petits boulots pour rester à flot financièrement. J'ai rejoint la Russie – enfin, l'Union soviétique – peu de temps après, en suivant un ami étudiant qui retournait dans son pays natal.

Lucas observa Alisa repositionner l'enregistreur d'un geste compulsif, avant de gratter à nouveau sur son carnet. Il ne perdait pas une miette du récit de son père, qui lui jetait de fréquents coups d'œil. Ce dernier prit une gorgée de thé et toussota.

— Donc vous êtes arrivé ici en...

— 1977, coupa Vincent. En milieu d'année.

— Je vois. Ce n'était pas très courant, à l'époque, d'accueillir des travailleurs étrangers.

— Oui, c'est vrai. Pourtant je n'ai bénéficié d'aucun programme. Mes compétences seules m'ont permis de décrocher ce poste.

— Pour l'enregistrement, est-ce que vous pouvez m'en dire plus sur le contexte international de l'époque ?

Alisa reposa son carnet sous le regard vigilant de Lucas. Son attitude laissait penser qu'elle maîtrisait l'histoire de cette période sur le bout des doigts.

— Oui, bien sûr, enchaîna Vincent en se grattant la barbe. C'était un contexte un peu spécial avec le premier choc pétrolier quelques années plus tôt... et juste avant le deuxième. Sans compter, bien entendu, la guerre froide entre l'URSS et les États-Unis... Mais je n'y voyais pas de souci majeur. À cette époque, il valait mieux être du côté soviétique, selon moi. Enfin, c'est à l'appréciation de chacun, hein ! J'ai donc débarqué à Kazan, pour intégrer l'université fédérale en tant qu'ingénieur de recherche. J'avais vingt-huit ans à l'époque. Vous n'imaginez pas ce que ça pouvait représenter pour moi. Un tel accomplissement, si jeune !

Lucas voulut intervenir pour lui demander pourquoi ce parti pris pour l'URSS, mais se retint pour ne pas polluer

400

l'interview. Alisa, plongée dans l'histoire de leur hôte, ne démordit pas de sa ligne de conduite et poursuivit.

– Ingénieur de recherche ? Quelle était votre spécialité exactement ?

– Ça remonte, tout ça, sourit Vincent, un brin nostalgique, en regardant autour de lui. Si on m'avait dit que je finirais ici... Bref. Je divague, pardon. Je travaillais sur l'amélioration des techniques d'extraction du pétrole, à la direction des recherches scientifiques. Pour faire simple, j'étais dans la pétrochimie. J'étais heureux et fier de pouvoir mener ce type de travaux. C'était très pragmatique avec une finalité toute trouvée, améliorer les rendements pour faire face à la conjoncture économique qui dévastait le monde après la première crise pétrolière.

Alisa s'autorisa une petite pause et tendit le bras à l'extrême pour attraper sa tasse sans faire tomber son appareil. Elle trempa les lèvres dans sa tasse de thé et frissonna lorsque le liquide brûlant descendit le long de son œsophage.

– Je comprends. Oui, j'imagine que ça devait être gratifiant, surtout qu'à l'époque les étrangers se comptaient sur les doigts d'une main dans de telles structures, concéda-t-elle, impassible. Donc en 77, vous êtes ici, vous avez une bonne situation. Que s'est-il passé ensuite ?

Vincent se redressa et posa les mains sur les genoux. Il baissa les yeux, pour ne pas affronter le regard de ses invités.

– Ensuite, j'ai rencontré Nati... Natalia, pardon. L'amour de ma vie, confessa-t-il, des trémolos dans la voix.

Le vieil homme se tut un instant, prostré sur son fauteuil. Après quelques secondes, marquées par le vent qui se rappelait à son bon souvenir au-dehors, il décida de briser lui-même le silence qu'il avait instauré.

– Elle s'appelait Natalia Rebrov. C'était la sœur d'un de mes collaborateurs. Elle-même faisait partie de l'unité de recherche. Elle y occupait des fonctions administratives, en particulier ce qui touchait à la vie du département. Ça a tout de suite été fusionnel entre nous. Un véritable coup de foudre. Je craquais complètement pour ses cheveux d'or, ses yeux bleus, son air espiègle, son humour incomparable... Et surtout sa gentillesse. Elle avait le cœur sur la main, vraiment... On communiquait surtout en anglais, mais le français et le russe s'y mélangeaient souvent. De quoi se retrouver dans des situations assez cocasses parfois ! Toute une histoire !

L'attention de Lucas grimpa d'un cran, alors que Vincent, rattrapé par la nostalgie, chassait ses larmes naissantes d'un revers de main. Se pourrait-il que... ?

– C'était une relation idyllique, enchaîna son père. Nous nous sommes installés ensemble, quelques mois plus tard, dans une maison un peu en dehors de Kazan. Juste après avoir fêté nos un an. Je m'en rappelle comme si c'était hier. Probablement la meilleure période de ma vie, malgré le temps d'adaptation à la langue, à la culture et aux conditions climatiques. Tout devenait facile quand je pensais à elle. C'est à ce passé que je me raccroche à chaque fois que je déprime... J'aurais tellement aimé être plus fort !

Le vieil homme fouilla Lucas de ses prunelles marron avant de se prendre la tête à deux mains. Ce dernier comprit en entendant la description faite de Natalia qu'elle était sa mère. Qu'Anna devait lui ressembler comme deux gouttes d'eau.

Le temps se suspendit, échappant à sa perception. Des frissons s'emparèrent de tout son corps. Ses paupières se fermèrent, brisant son champ de vision. Ses poings se serrèrent. Natalia, sa véritable mère ? Il revit le visage de sa sœur à quelques centimètres du sien, devant chez elle, à Gagny. Il aurait tellement aimé qu'elle soit ici, maintenant, pour partager cette découverte avec lui. De quoi sceller un peu plus le lien qui les unissait. Le visage bienveillant de Gaëlle s'imposa dans son esprit. Son cœur se serra. La confusion prenait à nouveau ses quartiers au plus profond de lui.

Sois fort, bon sang, se reprocha-t-il. *Tu lui dois bien ça.*

Sa bulle de tristesse éclata lorsqu'Alisa, en immersion totale dans le récit, continua de questionner son père.

– Vous vous êtes mariés ?

Vincent secoua la tête.

– Non, non, rien de tout ça. Nous sommes restés simplement en concubinage et les choses étaient très bien de la sorte. J'avais mon autorisation de travail sur le sol russe. Nous avions notre maison, une bonne situation : bref, tout pour être très heureux. Et ce n'était que le début, puisqu'un heureux événement est arrivé peu de temps après. Natalia est tombée enceinte.

72

Vincent fut pris d'une quinte de toux, caverneuse, qui interpella les sens aiguisés du médecin qu'était Lucas. Il laissa échapper un soupir en se plongeant dans cette période faste de sa vie. Il prit ensuite une grande inspiration et se redressa, comme pour se donner une contenance. Lucas le vit tremblant d'émotion à l'idée de se confier toujours plus à eux. À lui. Il en avait gros sur le cœur.

— Nous avons eu un premier enfant, annonça-t-il au duo qui se tenait devant lui, tasses de thé à la main. Le 6 août 1979. Une petite fille, que nous avons prénommée Anna.

— Anna ? répéta Alisa, interloquée.

— Oui, pourquoi ?

— Son nom n'a pas été modifié lorsqu'elle a intégré l'orphelinat alors... tout comme Lucas, ajouta la journaliste.

Vincent ouvrit les yeux ronds comme des soucoupes. Sa voix prit un peu plus d'assurance.

– L'orphelinat ? Vous voulez dire que c'est là qu'on les a emmenés ? Dans un orphelinat ?

– Oui, c'est là qu'ils étaient. C'est une longue, très longue histoire, que je vous… qu'on vous racontera, c'est promis. Mais s'il vous plaît, tenons-nous-en à ce qu'il s'est passé pour vous, en attendant.

Le vieil homme se pinça les lèvres. Tenta de se contenir. Ses mains s'accrochèrent au bras de son fauteuil. Se crispèrent.

Il lutta, gangrené par l'envie d'en savoir plus sur le destin de ses enfants. Mais finit par relâcher la pression.

– Oui, vous avez raison, avoua-t-il un brin fataliste. C'est le plus important pour Lucas et Anna, après tout. Notre petite fille avait pris de sa mère. Je suis certain qu'aujourd'hui, elle lui ressemble parfaitement.

– Vu la description faite de Natalia, je pense que c'est possible, intervint Alisa.

– Attendez…

Vincent mit la main dans la poche intérieure de sa parka et en ressortit un vieux portefeuille marron défraîchi. Il l'ouvrit, saisit un minuscule carré de papier corné, qu'il choisit de tendre à son fils.

– C'est elle.

Lucas tint la précieuse photographie en noir et blanc comme s'il s'agissait d'un trésor. Une relique hors de prix. Un bout de lui. Une femme, souriante, posait devant l'objectif. Seul le haut de son corps était visible, mais il reconnut les traits d'Anna, confirmant ses suspicions. Ces longs cheveux clairs et ces yeux qui paraissaient presque gris sur le cliché décoloré. Ces billes bleues dont lui aussi avait hérité.

— Tu peux la garder, si tu veux. Je... je te dois bien ça, mon fils.

— Tu es sûr ?

Lucas, dont le cœur battait la chamade, eut toutes les peines du monde à articuler un simple « merci » et se tourna vers Alisa. Cette dernière resta stoïque, rouge pivoine, transformée par la pudeur et l'émotion ressortant de cet échange furtif entre père et fils.

Elle leva une main pour demander quelques secondes de répit et se calma en reprenant son souffle, avant de continuer à dérouler le fil rouge du temps.

— Anna est donc née... que s'est-il passé ensuite ?

— Anna était un cadeau du ciel. Une bénédiction pour nous. Une petite fille pleine de vie, un peu trop vigoureuse parfois, caractérielle même, mais tellement mignonne. Nous étions au paradis. La vie a suivi son cours... Natalia a quitté son travail pour s'occuper d'elle. On s'en sortait très bien avec mon seul salaire. Et puis...

— Et puis ?

— Elle est tombée à nouveau enceinte, en 1981...

Cette fois-ci, Lucas comprit qu'il s'agissait de lui. Sa tension grimpa, ses mains devinrent moites, sans qu'il puisse quoi que ce soit pour contrer le phénomène. Son cœur battit à tout rompre lorsque son père le désigna de la main.

— Lucas est arrivé, un peu en avance, le 30 janvier 1982. Un garçon, une fille. Le choix du roi ! Je me souviens de l'excitation et la joie le jour de sa naissance.

Toute l'attention du vieil homme glissa pour se poser sur les épaules de son fils.

– Tu étais un enfant beaucoup plus calme que ta sœur, Lucas. Un vrai bonheur. Tu as toujours fait les choses plus vite. Apparemment, c'est ce qu'on dit des petits frères ou des petites sœurs. Tu étais sage, tu as fait tes nuits plus tôt, parlé plus tôt, marché plus tôt...

Les braises ardentes des sentiments de l'urgentiste laissèrent place au feu rouge vif de ses remords. Il n'avait aucune idée ce qu'il s'était passé, mais déjà il regrettait que les choses ne soient pas restées les mêmes à l'époque. Que l'histoire se soit brutalement interrompue. Que ses souvenirs et ceux d'Anna ne résistent pas à l'épreuve du temps. Lui était trop jeune, mais sa sœur aurait pu les lui raconter. Le traumatisme avait dû être énorme pour chambouler leurs vies à ce point.

– Nous étions plus heureux que jamais. Même avec mon seul salaire pour vivre, tout se passait bien dans notre petit village de Zvanka. Une grande maison à l'écart de la ville, un grand terrain, deux enfants. La vie rêvée pour un homme comme moi, même si je n'avais pas l'occasion de rentrer en France pour voir ma famille. Mais comme on dit, « les bonnes choses ne durent jamais ». Je me suis retrouvé face à un dilemme insurmontable.

Alisa se pencha en avant, avide d'information. Lucas sentait que les prochaines minutes allaient être difficiles.

– Lequel ?

– Je ne sais pas comment dire ça, mais... en gros... c'est là que les premiers contacts ont eu lieu.

Lucas fronça les sourcils en essayant de déchiffrer ces paroles énigmatiques.

– Les premiers contacts ?

– Je vais essayer de vous expliquer en commençant par le début. Chaque jour, j'avais pour habitude de conduire jusqu'aux limites de la ville, puis de prendre le bus pour me rendre à mon travail. Je n'étais pas à l'aise avec la conduite en ville. C'était déjà le cas en France, alors dans ce pays ! Les Russes sont loin d'être les plus disciplinés au volant. Bref. Depuis quelque temps j'avais remarqué que quelqu'un m'épiait dans les transports en commun. Un homme, qui me regardait d'une drôle de manière. Peut-être à cause des livres en français que je lisais pendant mes trajets ? Ou simplement parce que j'étais parano ? C'est ce que j'ai pensé pendant un moment, jusqu'au jour où il m'a approché directement.

Vincent se tenait de nouveau aux bras de son fauteuil comme s'il allait lui filer entre les doigts. Alisa passa une main dans ses cheveux et s'intéressa de plus près à ce nouvel individu.

– Il se faisait appeler Pascal, continua le vieil homme. Je l'ai cru, je n'avais pas de raison de ne pas le faire. Jusqu'à ce que je le reconnaisse, il y a environ deux ans, dans la presse. Par le plus grand des hasards.

73

– Dans la presse ?

Vincent toussa à nouveau. Les yeux de Lucas se plissèrent.

– Oui, dans la presse papier, et à la télé aussi. Je l'ai reconnu, même après toutes ces années. Ce visage de fouine, ces cheveux gominés, tirés en arrière. Malgré les rides qui le creusent. Malgré sa tignasse, plus aussi fournie qu'avant. Cet air, cette manière de parler : il n'y a aucun doute, il s'agissait de Victor Belleau.

Lucas écarquilla les yeux, alors qu'Alisa manqua de faire tomber son enregistreur en sursautant. Sa voix monta dans les aigus.

– Quoi ? Victor Belleau ? Vous en êtes absolument sûr ? On ne parle pas d'un homonyme ?

– Oh que oui, j'en suis sûr ! C'est bien lui, c'est clair et net. L'actuel ministre de l'Intérieur en France.

Lucas se laissa aller sur le mur contre lequel le banc était posé, interdit. Un mec devenu ministre impliqué dans tout ça ? À quel niveau exactement ? En tout cas, vu la traque dont il avait fait l'objet, le sujet devait être sensible.

Un truc bien compromettant. Oui, compromettant, c'était le mot.

Il se tourna vers Alisa, les yeux plantés dans ceux de Vincent.

— Il m'a abordé à plusieurs reprises, de manière désintéressée, comme s'il cherchait à se faire de nouveaux amis, avoua Vincent avec peine. Il me disait qu'il venait d'arriver dans la région, qu'il connaissait peu de monde. Que la France lui manquait, et tout le bla-bla... Il avait l'air sympa. En tout cas, il faisait des efforts. Lorsqu'il a su que je me spécialisais en pétrochimie, son intérêt m'a semblé grandir. Mais avec le recul, je me dis qu'il devait le savoir depuis le départ, en fait. Et moi, trop content de trouver un compatriote à qui parler, je n'ai rien vu venir.

— Que vous a-t-il dit ?

Vincent se réinstalla dans son fauteuil, comme si ce dernier était devenu trop petit pour lui.

— Il m'a dit qu'il faisait partie des services secrets français. L'équivalent de ce qu'on appelle la DGSE aujourd'hui.

Lucas se figea, le souffle coupé. La DGSE ? Comme Mathieu Martinez ? Il voulut intervenir, mais Alisa fut la plus prompte.

— Attendez une minute. Ce type a fait partie des services secrets ? Encore une fois, vous êtes absolument sûr que c'est bien Victor Belleau ?

— Je suis formel. Je vous garantis que je ne vous aurais jamais contactée, et encore moins fait venir jusqu'ici, sans en être certain.

Alisa prit quelques notes avant de continuer.

— Que vous a-t-il dit ensuite ?

— Il m'a proposé une mission. Enfin, je dirais plutôt qu'il me l'a imposée. Je n'avais pas franchement le choix, en y repensant...

— Comment ça ?

Vincent se gratta la tête, l'air coupable.

— Il voulait me « recruter ». Que je lui transmette de manière régulière l'état d'avancement des recherches soviétiques au sujet de leurs techniques industrielles. En plein dans mes compétences, en gros. On était début 1983. Vous savez probablement qu'à cette époque, la guerre énergétique faisait rage. Une course pour être le pays qui dicterait les prix du marché de l'énergie, suite à la crise économique. L'Union soviétique était en avance dans ce domaine, ce n'était un secret pour personne. Spécifiquement sur tout ce qui avait attrait au passage du pétrole au gaz. L'enjeu était énorme ! De quoi chambouler l'équilibre des forces internationales de l'époque.

— Une véritable mission d'espionnage industriel en somme.

— C'est ça. Il voulait faire de moi un espion. Il a même donné un nom de code à l'opération.

Avant que son audience le lui demande, il délivra la fameuse appellation. De quoi authentifier sa version des faits si nécessaire.

— Il l'appelait « Grand Froid ».

— Grand Froid... plutôt évocateur quand on pense au contexte. Vous avez donc accepté cette mission ? Pourquoi ?

— Pourquoi ? Parce que j'avais peur ! Dès l'instant où il s'est révélé à moi, j'étais impliqué. J'étais devenu le poil à gratter, le pion qui en savait trop. J'ai pensé à ma femme, à mes enfants. Nul doute que Belleau savait tout de moi et de ma famille ! Alors j'ai fait de mon mieux pour jouer le jeu, en espérant que la mission ne s'éternise pas, que je puisse retrouver une vie normale, sans suspicion de tous les instants, sans paranoïa. Mais j'étais beaucoup trop naïf. Les choses ont très vite tourné au fiasco.

Alisa se raidit en comprenant ce qu'il avait dû se passer.

— C'est là que mon père entre en jeu ?

Le cœur de Lucas manqua de s'arrêter. Son père ? De quoi parlait-elle ? Il dévisagea la blonde au visage d'ange, tendue comme jamais. Il ne l'avait jamais entendue évoquer son passé ni ses proches. Est-ce que c'était la raison de son implication ?

Vincent hocha la tête et reprit d'une voix grave.

— C'est exact. Je l'ai appris par Natalia, qui m'a avoué un jour qu'un journaliste était venu la voir. Un certain Igor Ivanov. Il lui avait posé des questions sur moi, dans le but d'écrire un article. Ça m'a interpellé. Bien sûr, Natalia n'était au courant de rien. Elle me l'a décrit. Un homme de grande taille, aux cheveux très courts, presque chauve, moustachu. Il portait des lunettes rondes à grosse monture. J'ai alors compris que c'était ce type qui traînait toujours devant l'entrée de l'université fédérale, soi-disant pour interroger les jeunes de l'institut. Enfin, peut-être le faisait-il vraiment. Je n'en sais rien.

— Comment a-t-il eu ses premiers soupçons ?

– Je ne sais vraiment pas. Peut-être parce que j'étais le seul Français du coin, et qu'il voulait vraiment écrire un article à mon sujet ? Qu'il m'a pris sur le fait, ou pire, enregistré à mon insu ? Pour être honnête, je n'avais jamais fait attention à lui auparavant. J'ai été recruté sur place, je n'ai pas suivi de formation particulière pour mener à bien ce type d'opérations. On ne m'a pas appris à couvrir mes arrières. Votre père, s'il a eu des doutes, en a probablement tiré parti pour creuser davantage sans éveiller mes soupçons. Je n'étais pas très perspicace. Pour vous dire, je n'ai rien remarqué avant que ma femme ne m'en parle !

– C'est fort possible, confirma Alisa avant de prendre une gorgée de thé. Ma mère me disait qu'il était très doué pour glaner des informations en toute discrétion. Si vous avez fait une erreur, il l'aura sans doute vue et tenté de savoir ce que vous maniganciez.

– Oui, concéda Vincent, même si j'ai ensuite été un peu plus alerte. Mais ça ne m'a pas beaucoup plus aidé...

– Que voulez-vous dire ?

– Un jour, je l'ai aperçu en train de me suivre, alors que j'étais en route pour faire mon rapport à Belleau.

Alisa ne tenait plus en place, comme si elle était assise sur un siège brûlant.

– J'imagine que ce n'était pas la première fois. En revanche, c'était la première fois que vous vous en rendiez compte ?

– Oui, probablement.

– Et qu'avez-vous fait ?

Le vieil homme fit la moue.

– Je l'ai ignoré, purement et simplement. Je n'ai pas cherché à le semer, alors que j'aurais dû, en principe. Mais je ne savais pas comment m'y prendre. J'en étais incapable. J'ai continué ma route et n'en ai pas parlé à Belleau non plus. À l'époque, il n'était pas rare de voir des journalistes manipulés ou en relations étroites avec le KGB[1]. La perspective de me compromettre, perdre ma couverture et me faire attraper par les Russes pour espionnage me terrifiait, mais j'avais encore plus peur de Belleau et de ce qu'il était capable de faire si jamais j'échouais.

– Je comprends, convergea Alisa. En cas d'échec, il n'y avait pas trente-six solutions dans ces années-là. Le sauvetage, l'abandon ou l'effacement des traces.

Vincent baissa les épaules et leva les mains en signe de reddition.

– Tout à fait. Vous imaginez mon état d'esprit. Alors je n'ai rien dit. J'étais pris entre deux feux. Complètement coincé.

Alisa leva les yeux en l'air en signe de réflexion interne.

– Est-ce que mon père a pu obtenir les informations qu'il recherchait ? finit-elle par demander. Celles qui vous incriminaient ?

– Non, je ne pense pas. Une fois avec Belleau, je n'ai plus osé regarder autour de moi, de peur qu'il s'en aperçoive. Je ne saurais même pas dire s'il était toujours là ou non. Même aujourd'hui, je suis bien naïf. Je me doute que oui.

_____

1. Services secrets russes de l'époque. Aujourd'hui appelés FSB.

Vincent marqua une pause, avant d'ajouter :

— Et je pense que Belleau s'en est aperçu ce jour-là. Si ce n'est pas avant... Il m'avait tout l'air d'être un agent aguerri.

Lucas, qui retrouvait peu à peu ses sensations, n'avait qu'une envie : intervenir. Un million de questions se bousculaient dans son esprit, chacune voulant sortir la première. Mais il se résigna, attendant d'avoir l'ensemble du récit pour agir.

— Comment les choses se sont-elles développées à partir de là ?

— Malheureusement, votre père s'est montré persévérant et a continué à tenter de s'adresser à Natalia, sans que je sache de quoi ils parlaient exactement. Elle me soutenait qu'il s'intéressait juste à ma situation d'expatrié, et de l'article qu'il voulait écrire...

Vincent passa sa main dans sa barbe poivre et sel.

— Mais je suis certain qu'il lui faisait part de ses soupçons sur ma personne. Qu'il ne négligeait aucun détail pour dégoter un semblant de preuve pour confirmer ses doutes. Je lui ai dit de ne plus lui répondre, de l'ignorer complètement. J'avais un mauvais pressentiment. Comme je le disais, il pouvait être lié au KGB. Ou même s'il ne l'était pas, rien ne l'empêchait de tout leur révéler une fois ses soupçons confirmés. Mais il faut croire que je me trompais.

— Que vous vous trompiez ? reprit Alisa en haussant les sourcils. C'est-à-dire ?

Vincent ferma les yeux comme pour remobiliser l'impensable, avant de fixer la journaliste de ses yeux vitreux, noyés par les regrets.

— Quelques semaines plus tard, alors que je terminais ma journée, le téléphone a sonné dans mon bureau. C'était Natalia. Votre père était encore là, devant chez nous, et faisait le forcing pour lui parler. D'après elle, il avait l'air particulièrement agité. Elle l'a laissé entrer. C'est la première et seule fois où je lui ai parlé directement. De l'autre bout du fil, il m'a dit de ne pas remettre les pieds ici, qu'il savait que j'espionnais pour le compte des Français, que ce n'était pas la peine de continuer. J'ai vraiment cru que c'en était fini de moi, qu'il allait me livrer au KGB.

— Et il ne l'a pas fait, c'est ça ? supposa Alisa.

Le vieil homme écarquilla les yeux, étonné devant le ton clair et impassible de la journaliste.

— Qu'est-ce qui vous fait dire ça ?

— J'étais jeune, je l'ai très peu connu, mais je pense avoir hérité de son caractère. Mon intuition me dit qu'il n'a pas voulu vous accabler dès le jour où il a appris que vous aviez des enfants... c'est-à-dire dès le début. Pour moi, il voulait sincèrement écrire cet article dont vous parliez. Vu le contexte, ça tenait la route ! Après les premiers doutes sur vous, sa nature... disons... pragmatique l'a conduit à mettre son nez un peu plus en profondeur dans cette histoire. J'en connais une qui aurait fait la même chose, je vous le garantis, martela Alisa en se désignant du pouce.

— Alors là, vous m'en bouchez un coin... Je suis esto-
maqué. En effet... Il m'a laissé entendre que je n'étais
sûrement pas quelqu'un de mauvais et qu'il ne donnerait
aucune information au KGB qui leur permette de m'attraper, à condition de tout arrêter et ne pas chercher à
revoir Natalia ou les enfants. C'est là que j'ai compris.

— Il s'est fait doubler, c'est ça ? Le KGB savait déjà ?
demanda la jeune femme.

— Non, fit Vincent en secouant la tête. Aussi incroyable
que ça puisse paraître, et je peux l'affirmer aujourd'hui,
puisque je suis là : ils n'en savaient rien ! Mais il était
clair, à l'époque, que ce n'était qu'une question de temps,
si je continuais sur cette voie.

Alisa baissa la tête sous les yeux de Lucas, abasourdi par
cette histoire qu'il était à mille lieues d'imaginer.

— Votre père soutenait que toute cette histoire tomberait aux oubliettes si j'obtempérais, continua Vincent.
Mais il avait fait un mauvais calcul.

— C'est-à-dire ?

— Il pensait sans doute être hors du radar des services
secrets français. Il avait tort. Belleau devait se douter qu'il
prenait un gros risque en me recrutant, même si je pense
qu'il s'en foutait royalement. Par contre, il n'était pas du
genre à négliger les détails. Ma ligne téléphonique était
sûrement sous surveillance depuis le début. Et cet appel,
cette discussion avec lui sonnait le glas de ma mission. La
fin de ma famille.

74

Lucas tremblait. Il n'en croyait pas ses oreilles. À sa gauche, Alisa battait des mains devant son visage, à la recherche d'air frais. Elle pleurait en silence, comme si elle ne voulait pas interférer avec son enregistrement.

– C'était déjà trop tard, continua le vieil homme, la voix brisée par l'émotion qui l'envahissait. Le combiné a brusquement changé de mains et ma femme m'a supplié de ne pas tenter de revenir. J'ai senti la panique monter d'un coup. Elle pleurait. Elle m'a dit qu'ils étaient là...

Vincent marqua une pause, étranglé par les regrets, les yeux dans le vague. L'air possédé. Il revivait ce jour.

– Votre père avait été suivi. Je l'ai entendu hurler à son tour que c'était « les Français » et qu'il devait faire quelque chose pour protéger les enfants. Au travers du combiné, j'entendais les redoublements de pas, les meubles du séjour crisser, les directives paniquées de votre père. La confusion totale. J'ai essayé d'avoir plus de détails, bien sûr. Mais Natalia a juste eu le temps de me dire de m'enfuir, partir le plus loin possible. Sa voix était marquée par la peur primitive, celle qu'on a tous en nous.

La peur de mourir. Et moi j'étais là, comme un con dans mon bureau, effrayé, sans pouvoir rien faire ! Un vrai cauchemar...

Nouvel arrêt, plus bref, du vieil homme qui se força à tenir le rythme malgré ses yeux embués de larmes. Il prit une grande inspiration.

– Je pense que, malgré ce qu'elle a bien voulu me montrer, Natalia était bien au courant des soupçons et faisait confiance à votre père. Depuis le début. Belleau avait connaissance de tout ça, probablement depuis un certain temps, sans que je sache comment, ni à quel moment il l'avait appris. C'est et ça restera un mystère. En tout cas, il était là... je me suis dit que c'en était trop pour lui, qu'il venait effacer les traces de mon incompétence et de mon laxisme. Tout est de ma faute...

Un silence s'insinua à nouveau entre Vincent et ses interlocuteurs. Le vieil homme se mit à trembler. Alisa n'esquissait pas le moindre mouvement, de peur de mettre un terme à ses confessions. Mais ce dernier, toujours pris de spasmes, leva la tête, et fit face à son audience, l'air grave.

– C'est la dernière fois que je lui ai parlé. Elle... elle n'a jamais raccroché. J'ai tout entendu. Les coups contre la porte... La voix nasillarde et les injonctions de Belleau... Les cris de Natalia lorsqu'il a abattu votre père...

Vincent, au bord de l'implosion, fit front :

– Ses supplications, disant d'épargner les enfants... Puis un nouveau bruit sourd... et là, j'ai compris... J'ai compris que je ne l'entendrais plus jamais...

Le vieil homme éclata en sanglots, les poings serrés. Ses tremblements s'intensifièrent. Le cœur de sa confession venait d'être partagé pour la première fois, devant son fils qui plus est. Il ne pouvait rêver meilleure expiation pour ce qu'il avait engendré, mais le prix à payer était des plus élevé.

La gorge de Lucas se noua. Il était paralysé à nouveau. Perdu. Les larmes se mirent à dévaler ses joues de leur propre chef devant ce destin si cruel. Et dire qu'il était dans cette maison, ce jour-là ! Sans le moindre souvenir de l'horrible scène relatée par son père. C'était donc ça, l'histoire derrière son adoption en France ? Il posa ses paumes contre son front et plongea en son for intérieur pour se contenir. Pour ne pas sombrer. Le liquide chaud et salé de ses sanglots se déversa sur ses mains, comme un torrent de regrets.

La voix sanglotante de Vincent poursuivit :

– Ma vie ne tenait qu'à un fil. J'ai quitté mon bureau en moins de temps qu'il ne faut pour le dire. Je suis sorti et j'ai couru, sous la neige qui tombait à gros flocons. J'ai erré, pris des détours, je me suis perdu... Dans un élan de lucidité, je me suis dit qu'il valait mieux prendre une autre voiture. Belleau ne m'aurait jamais laissé le loisir de rejoindre la mienne. J'ai donc loué un véhicule et je suis parti. Loin, sans me retourner, la boule au ventre. En pensant aux enfants et en me demandant ce qu'il avait pu leur arriver...

Le vieil homme contempla son fils comme s'il s'agissait d'une apparition, avant de s'adresser à lui.

– Bien sûr, j'ai pensé à faire demi-tour pour tenter de vous récupérer. Mais c'était mission impossible pour un type comme moi. Je me suis dit que les services secrets ne tuaient pas les enfants en bas âge. Et quand je suis tombé sur le titre : « double homicide dans une maison de Zvanka », en première page du quotidien régional, le lendemain, j'ai su que j'avais vu juste. Malgré le chagrin qui me dévastait, j'ai imaginé une issue positive pour toi et ta sœur. Que vous aviez probablement été emmenés quelque part, loin, là où vous oublieriez tout de vos parents, de votre lieu de naissance. De votre pays. Votre vie d'avant. Quant à moi, j'étais le suspect numéro un dans cette affaire de meurtre. Le fugitif. Alors j'ai fait ce que les hors-la-loi sont supposés faire : j'ai continué à fuir, et me suis enfoui dans le cœur du pays. Je me suis auto-condamné et résolu à rester terré ici, en Sibérie, sans espoir de vous revoir un jour.

Alisa pleurait toujours. Elle avait toujours imaginé son père comme un super-héros, un homme passionné, intègre, proche des gens. En découvrant l'inimaginable sans même le chercher, il avait souhaité protéger Vincent et sa famille avant tout. Sans recourir au KGB et risquer un incident entre l'URSS et la France. Les hommes plutôt que les gouvernements. La paix plutôt que la guerre. Il était mort pour ça. Elle se retrouva en lui. Elle aurait agi de la même manière. Mais aujourd'hui, elle ferait tout ce qui était nécessaire pour que les choses rentrent dans l'ordre. Ce constat l'aida à se reprendre, pour compléter le précieux enregistrement. Elle ravala ses larmes.

— Pourquoi... pourquoi êtes-vous sorti du silence ?

La toux inquiétante de Vincent refit surface.

— Victor Belleau, cracha-t-il, l'homme qui a ruiné ma vie et celle de ceux que j'aime, est aujourd'hui à un poste important dans mon pays. Ministre ! De l'Intérieur, qui plus est ! Ça me révulse. Honnêtement, je n'avais aucun espoir de revoir mes enfants, ni de venger ma femme... et votre père. Si Belleau n'avait pas été nommé au ministère, je ne l'aurais sûrement jamais retrouvé. Le connaissant, je me suis douté qu'il avait dû prendre ses précautions pour que cette histoire ne lui explose pas à la figure un jour. Et quand j'ai vu votre article, j'ai tout de suite compris qui vous étiez, et qu'une occasion en or se présentait. J'ai soixante-cinq ans, je suis malade, usé par cette cavale interminable. Le train ne passe pas deux fois pour des gens comme moi. J'ai pris le risque de vous contacter, quitte à me découvrir, et voilà... heureusement, le temps a bien fait son œuvre. Je n'ai plus jamais été traqué ni par les services secrets français ni par la police russe.

Nouvelle quinte de toux. Le sexagénaire attrapa sa tasse et la vida d'un trait. Il ne pleurait plus. Son regard se fit plus perçant à l'attention d'Alisa.

— Alors voilà : je souhaite que ce dossier compromettant, ce « kompromat » comme on dit ici, serve au FSB pour rétablir la vérité. Que la Russie fasse pression sur la France. Que Victor Belleau paie pour ce qu'il a fait. Que mes enfants connaissent la vérité sans être pourchassés pour cela. Qu'ils soient libres. Peu importe ce qu'il adviendra de moi... tant que cette ordure paie pour tout le tort qu'il a causé.

Lucas, encore tout secoué, se leva et vint en titubant poser une main affectueuse sur l'épaule de son père. Il le fouilla de ses yeux océan et put enfin trouver quelques mots.

– J'ai... beaucoup de mal, tout ça est vraiment soudain, c'est comme une avalanche... Je faisais beaucoup de cauchemars inexpliqués, je commence à comprendre... Sache que je ne t'en veux pas. Malgré tout ce que j'ai traversé. Ce qu'Anna a dû traverser, elle aussi. Je ne sais pas. Le temps me le dira... Si j'avais été à ta place, qu'est-ce que j'aurais fait ?

– Personne n'aurait voulu être à sa place, rétorqua Alisa. Cette situation était tout bonnement intenable.

Contre toute attente, la journaliste arrêta l'enregistreur et se leva d'un bond, le précieux témoignage en main.

– Merci d'avoir pris le temps de me raconter toute cette histoire. C'est une vérité que je cherchais à établir depuis si longtemps !

Alisa faisait à nouveau preuve de la force de caractère qui la singularisait. Loin d'être abattue par la vérité qu'elle venait d'entendre sur les derniers instants de son père, elle pensa à Lucas en priorité.

– Lucas... je suis vraiment désolée de t'avoir laissé dans l'ignorance. Mais je ne pouvais pas – non – je ne voulais pas prendre de risque. Je t'aurais mis en danger. Plus que tu ne l'étais déjà ! Je suis quasi certaine que les services de Sécurité intérieure m'ont suivie un bon moment, peu après mon arrivée sur le territoire français. J'ai réussi à me faire oublier par la suite, et je voulais absolument garder cet avantage. Les choses étaient déjà assez compliquées comme ça.

— Je comprends, ne t'en fais pas. Tu as bien fait, puisque nous sommes ici aujourd'hui. Tout est clair ou presque. C'est juste... que... c'est dur ! Comment est-ce que tu as su que la mort de ton... père... était plus qu'une banale affaire de meurtre ?

— L'intuition. On n'a jamais retrouvé le ou les coupables. Et quand j'ai été en mesure de mener ma propre enquête, les portes se refermaient devant moi sans explications. Je n'ai trouvé aucune trace de ce dossier. Je pense que la Russie sait que cet incident renferme quelque chose de louche. Quelque chose qu'elle n'a jamais su tirer au clair et dont elle avait honte.

La voix d'Alisa dérailla. La carapace se fendit.

Elle marqua une pause, marquée par de grandes inspirations.

— En me plongeant dans tout ça, j'étais déjà une journaliste aguerrie. Comme quoi, les chiens ne font pas des chats... Dès lors, je n'ai cessé d'essayer de comprendre ce qu'il était arrivé à mon père. Celui qui m'a donné sa ténacité. Cette piste m'a amenée tout droit ici. Mes articles sur le sujet ont trouvé écho et Vincent (elle le désigna de la main gauche) est tombé dessus. Je suis venue ici il y a un peu moins d'un an, pour le rencontrer, à Omsk. Il affirmait pouvoir m'éclairer sur le sujet en échange d'une garantie.

L'urgentiste, abasourdi par le flot d'informations nouvelles qui se déversait soudain, fixait la journaliste avec incrédulité.

– Dans un sens, ton objectif et celui de mon père se complétaient.

Alisa baissa les yeux, gênée.

– C'est exact.

– C'est de ma faute, coupa Vincent. Tout est de ma faute. Je suis prêt à accepter le châtiment que me réserve la Russie.

Le vieil homme prit appui sur son fils et se leva.

– Nous pouvons y aller, lança-t-il à l'attention d'Alisa. Mais avant, j'aimerais discuter un peu plus avec mon fils. Je veux savoir de quoi a été faite sa vie et celle d'Anna pendant toutes ces années.

Avant même que Lucas puisse articuler un mot, un claquement sourd retentit. Puis un deuxième. Chaque bruit laissait derrière lui un léger écho perçant à travers le sifflement du vent. Vincent se crispa aussitôt et la panique s'empara de lui.

– Je savais que je prenais ce risque en vous demandant d'accomplir une telle mission, lâcha le vieil homme, nullement surpris, ni impressionné. Ils sont là pour moi ! Laissez-moi y aller. Il faut protéger l'enregistrement à tout prix !

Il lâcha le bras de son fils pour aller saisir son fusil à quelques mètres de là, mais Alisa lui barra le chemin, les bras en croix.

– Pas question ! Vous n'allez nulle part. Croyez-vous sérieusement avoir une chance contre ces types, à votre âge ? Ne faites rien d'inconsidéré ! On ne peut pas se permettre de vous perdre. Sans vous, cet enregistrement perd beaucoup de sa valeur ! Vous êtes partie intégrante de ce kompromat.

– Putain, mais comment ont-ils pu nous suivre jusqu'ici ? Qu'est-ce qu'on fait ? s'inquiéta Lucas. On ne va pas rester plantés là, à attendre de se faire cueillir ! Ni se jeter tête baissée dehors ! Ce serait suicidaire !

Un nouveau tir retentit au cœur de la tempête blanche qui se levait. Le front de Vincent se plissa, laissant transparaître son étonnement.

– Ce tir ne ressemblait en rien aux deux autres. Le son... l'écho... On dirait qu'il y a... deux positions... deux personnes ! s'exclama le vieil homme.

Alisa approuva d'un signe de tête.

– Au minimum.

Lucas la dévisagea et tout s'éclaira face à l'assurance qu'elle affichait.

– La Mercedes qui nous suivait... Ne me dis pas que...

– Il n'y en a pas qu'une. Ce sont nos agents. J'étais certaine que les Français se montreraient encore. Qu'ils ne lâcheraient rien jusqu'au bout ! Je ne pouvais pas prendre le risque de tout perdre ici. Le FSB est au courant depuis que je t'ai récupéré. Ils ont immédiatement coopéré quand je leur ai parlé de Zvanka. Les jours passés à Moscou m'ont permis d'obtenir leur coopération, même si entre nous, je n'avais pas la main. Je leur ai demandé de venir pour s'assurer que ton père témoigne, en plus de l'enregistrement. Et pour…

Trois coups lourds retentirent contre la porte de l'*isba*, coupant net la tirade de la journaliste. Celle-ci posa son index sur sa bouche, intimant aux deux hommes de se taire.

Une voix grave se fit entendre.

– C'est nous !

– Qui ?

– Agent Dzagoev ! Nous devons y aller maintenant !

La tension quitta les épaules de la journaliste un court instant.

– Nous devons sortir maintenant. Ils vont nous exfiltrer.

Vincent saisit son pardessus et l'enroula autour de sa parka. Sans un mot, Lucas eut le réflexe d'attraper son père par l'épaule, d'une main ferme. Le dos de ce dernier se voûta. Le médecin échangea un regard avec Alisa et hocha la tête, l'incitant à ouvrir la marche. Cette dernière donna le signal et l'agent à l'imposante carrure ouvrit la porte, laissant libre cours au blizzard d'investir la demeure du vieil homme. Il s'insinua jusque dans les moindres recoins de sa structure, glaçant l'atmosphère, limitant la visibilité à quelques mètres à l'extérieur. Le groupe, courbé, se massa derrière Dzagoev qui progressait à petits pas rapides, face au vent, sa main gantée brandissant son arme de poing en tant qu'éclaireur de fortune. Ils longèrent le Nissan Patrol de Vincent et le Land Cruiser. Lucas se rendit compte que les pneus de la Toyota étaient à plat. Sa carrosserie criblée d'impacts de balles. Surpris, il s'arrêta, mais fut repris de volée par Alisa, dont le cri

428

déchira la tempête pour lui ordonner de ne pas perdre de terrain. Elle pointa de l'index une masse sombre, allongée, à quelques mètres de là. La Mercedes.

Un nouveau tir retentit, et un flot d'adrénaline se déversa en Lucas. La peur chevillée au corps, les muscles engourdis par le froid, il fit quelques pas en avant, protégeant Vincent. Les décharges redoublèrent d'intensité, au milieu des cris, témoignant de l'âpreté du combat. Sans savoir d'où elles venaient, ni qui en était la cible. Le chaos régnait dans la tête de l'urgentiste. Sous son bras, il pouvait sentir les tremblements qui s'emparaient de son père.

– *Go ! Go ! Go !*

L'agent du FSB qui les escortait les exhorta à combler la distance restante et ils se jetèrent dans la berline comme si leur vie en dépendait. La lourde porte se referma sur eux et le véhicule blindé démarra en trombe pour fendre la tempête vers des cieux moins hostiles.

UN MOIS PLUS TARD
JEUDI
27 NOVEMBRE 2014

ÉPILOGUE

Le commissaire fit irruption dans la pièce. Vide.

— Où est-ce qu'il est encore passé, celui-là ?

Mandé fit volte-face et remonta le couloir et l'aperçut enfin, ce grand dadais. Engoncé dans son pyjama de malade, trop petit pour lui, la main tenant avec fermeté son pied à perfusions, Jean-Philippe Duval se retourna au son des talonnettes claquantes de son visiteur, lâchant le journal qu'il consultait.

— Ah, vous traînez encore dans le coin repos ! Bon sang, vous ne tenez plus en place !

— Il faut bien que jeunesse se passe ! plaisanta le légiste. Et j'ai besoin de ma dose de caféine. Tant pis pour les conséquences.

Mandé laissa échapper un rire.

— Faites gaffe quand même, ce serait con que vous claquiez de cette manière après vous en être tiré de la sorte.

— Je ferai attention, c'est promis !

Puis, brandissant le quotidien de sa main libre :

— Vous avez vu les dernières nouvelles ? Ils parlent de Léo Castanet pour reprendre le ministère de l'Intérieur ? On parle quand même du meilleur flic de France ! Mais sans aucune expérience en politique. C'est gonflé comme décision, non ?

— Oui, je suis au courant, concéda le commissaire. On n'a pas de confirmation, mais la rumeur est tenace. Sauf surprise de dernière minute, ce sera lui. Je suis soulagé que tout ce bordel soit terminé ! Exit Belleau et toute sa clique de pourris ! Y compris ce salopard qui était venu me mettre la pression jusque dans mon bureau ! Comme quoi, on peut taxer le président de jeunot sans expérience, il a quand même du cran ! Castanet est jeune pour être un membre si important du gouvernement, mais c'est un bon gars. Je revis.

— Un bon gars... Je l'espère ! Qu'est-ce que vous comptez faire ?

— Moi ? s'enquit Mandé en se désignant de l'index. Plus rien. C'est terminé, tout ça. Ter-mi-né ! Je vais prendre une retraite bien méritée, avant que ma femme m'assassine ! Je suis trop vieux pour toutes ces conneries !

— Malgré tout le bruit qu'a fait cette affaire ? Les projecteurs sont braqués sur vous et vos hommes dorénavant.

Le sexagénaire afficha une moue dubitative.

— Oui, oui. Ce n'est pas l'envie qui me manque. Mais sérieusement, je vous le répète, j'ai eu mon heure de gloire, même si c'était il y a longtemps ! Il faut laisser la main aux jeunes.

— Et si le ministère vous fait signe ?

434

— Ça n'arrivera pas ! Mais bon...

Un sourire naquit à la commissure de ses lèvres.

— Si ça se produit, je verrai bien ! Ça pourrait m'être utile, c'est vrai. Il ne faut jamais dire jamais. Mais dans quelques mois, fini la vie de commissaire ! Et vous, Duval ?

Jean-Philippe posa le journal sur la table pour s'emparer du gobelet fumant qui y reposait.

— Je voulais aller voir Luke, après avoir enfin quitté cet endroit de malheur. Mais il m'a dit qu'il valait mieux que je reste ici, qu'il rentrerait dès que le gouvernement russe le lui permettrait. Je ne tiens pas en place à l'idée de le revoir. J'aurais tellement aimé pouvoir l'aider !

Le visage du légiste se ferma.

— Quand je pense que Ludo... Ludovic Mercier était un agent de la DGSE ! C'est incroyable de se faire berner à ce point, sérieux !

— Ça reste très rare, mais dans certains cas, les mecs vont jusqu'à nouer une relation intime, voire se marier avec leur cible, expliqua Mandé. Mais voir ça sur notre sol, c'est une première pour moi ! Belleau, en plus d'avoir occupé des postes importants tout au long de sa carrière, a toujours été un gars vicieux. Le voir mettre en place tout ce stratagème pour préserver ses conneries ne m'étonne pas !

Le légiste haussa les épaules.

— Cette histoire est à dormir dehors, franchement ! Ce qu'il m'est arrivé n'est rien à côté de ce que Luke a vécu !

Sans compter sa sœur. Sa sœur, putain ! Enfin, tout est fini, maintenant...

Mandé se gratta le cuir chevelu, en réfléchissant à comment contourner les choses. Duval n'était pas au courant. Il valait mieux qu'il en soit ainsi pour l'instant.

– Je comprends. Moi-même j'aimerais beaucoup voir le gamin ! Et dire que je ne l'ai pas croisé une seule fois. Enfin, ce n'est pas le vieux croulant que je suis qu'il attend ! Il vous reste combien de temps à tirer ici ?

– Une semaine, si tout va bien. J'attends la confirmation de l'équipe médicale, mais ça va nettement mieux. Il me tarde de passer un peu de temps au pub avec Luke, pour l'aider à surmonter tout ça... même si je sais que plus rien ne sera jamais pareil. Je l'aiderai à avancer.

*

Loïc Mandé faisait les cent pas dans le couloir de l'hôpital européen Georges-Pompidou, devant la porte de la chambre occupée par Anna. Déjà plus d'un mois qu'il traînait son spleen à Paris, cette ville qu'il apprenait encore à apprivoiser. Il ne pouvait pas s'éloigner du lieu où son amie avait perdu la vie. Malgré les nouvelles, son âme ne trouvait pas de répit. Son cœur tentait vainement de colmater les brèches causées par cette histoire. Ce qu'elle lui avait amené de souffrances. Ce qu'elle lui avait arraché. Caro. La perdre avait été un calvaire, l'enterrer, un supplice. Tout ne serait plus jamais pareil pour lui, désormais. Tout était de sa faute. La culpabilité le rongerait jusqu'à la fin des temps pour ne pas avoir su prévenir le danger. Sans pouvoir chasser ses pensées noires, il jeta un œil dans la chambre pour voir qu'Anna dormait bien. Elle avait eu chaud. Très chaud. Aujourd'hui encore, plusieurs semaines après sa longue opération en urgence, elle avait besoin de repos. Plus que jamais. Et lui, en bon flic, en homme intègre, ne pouvait pas l'abandonner à son sort. Il restait troublé par la disparition de Mathieu Martinez. Quoi qu'il ait été, Anna l'avait perçu comme l'homme de sa vie pendant des années.

Son chagrin devait être immense. Sa désillusion, abominable. Il tenta de se convaincre, comme à chaque fois que sa conscience dérivait vers ces douloureux souvenirs. C'était de la légitime défense. Loïc secoua la tête. Il avait vengé sa bien-aimée. Mais il en ressortait encore plus meurtri. Brisé. Il porterait en lui les stigmates de la destinée de Caro, comme de Martinez. Un lien immuable, funeste, le liait désormais à Anna. Les frissons l'envahirent comme pour le prier de se réveiller. D'avancer. Mais il ne pouvait pas. Une tragédie, plus grande encore, s'était jouée devant ses yeux impuissants. Après s'être assuré qu'Anna soit prise en charge, il s'était rendu au pas de charge à Gagny pour récupérer les enfants et les mettre en sécurité. Sauf qu'il était arrivé trop tard. Censée veiller sur eux, Déborah gisait inconsciente sur le carrelage de sa salle de séjour. Quant à Élias et Julie, ils avaient disparu sans laisser de trace. Évaporés. Depuis un mois maintenant, sans qu'aucune avancée ait été faite sur ce mystère. L'enquête piétinait. L'espoir de les retrouver s'amenuisait au fil des jours. Ce connard de Martinez devait bien ricaner d'où il était.

Loïc abaissa la poignée de la porte et pénétra dans la chambre d'Anna. Celle-ci n'esquissa pas le moindre geste. La blessure morale infligée par la perte de ses enfants surpassait la terrible épreuve que son corps avait subie. Le lieutenant s'attarda sur son visage endormi à force de médication, avant de se perdre dans le néant. Il savait bien que tout était fini pour elle. Terminé. Lucas était aussi hors de danger. La menace n'existait plus pour ces deux-là. Le scandale avait fait grand bruit. Les coupables clairement identifiés, limogés, inculpés. Mais désespérément muets sur le dossier des enfants d'Anna. Comme s'ils n'avaient jamais existé.

Cette histoire laissait beaucoup de traces. Des marques indélébiles. Loïc baissa les yeux. Sa décision était prise.

Il soupira alors que la même partition infernale se jouait dans son esprit. Il ne pouvait se résoudre à abandonner Anna pendant sa convalescence. Dès que tout se stabiliserait, dès qu'elle serait en mesure de franchir les portes de cet hôpital, il retournerait à Nantes, collerait sa démission avant que son père prenne officiellement sa retraite. Puis il se lancerait sur les traces d'Élias et Julie. Il tenterait l'impossible pour les retrouver, en espérant que Lucas puisse quitter la Russie avant qu'il mette son plan à exécution. Pour lui, la police, c'était fini. Il se débrouillerait par ses propres moyens.

*

La Volga s'écoulait lentement sous le regard amer de Lucas. Kazan, sa ville natale, avait certes ses charmes, mais rien ne pouvait contrer la tristesse infinie qu'il ressentait. Tant de choses se bousculaient en lui. Sa mère lui manquait. Sa famille proche s'était occupée de ses funérailles, sans lui. Il s'en voulait tellement. La même boule au ventre resurgissait dès qu'il y pensait. Il n'avait qu'une hâte : revenir à Nantes et aller la voir. Se recueillir sur sa tombe. Lui dire combien il l'aimait et combien il la comprenait. S'excuser d'avoir demandé à mutiler son corps pour découvrir la vérité. Pleurer toutes les larmes de son corps. Son cœur se serra. Il fallait apprendre à vivre avec ce lourd fardeau pour le reste de ses jours. Au moins, il pourrait compter sur son pote de toujours pour y arriver. Jipé, qui avait failli y passer, avait retrouvé ce qui le caractérisait : ses vannes et sa bonne humeur contagieuse. Malgré l'agression terrible dont le légiste avait fait l'objet, il se préoccupait de lui.

Lucas se sentit coupable. Il lui devait bien quelques excuses pour l'avoir impliqué là-dedans, même s'il n'aurait jamais pu deviner l'ampleur des problèmes que l'autopsie allait soulever. Mais ça n'y changerait rien. Jipé n'était pas au courant de la disparition des enfants et cette fois-ci, Lucas ne ferait pas l'erreur de le mettre dans la confidence. Du moins, pas tout de suite. Car il l'apprendrait un jour, c'était inévitable.

L'urgentiste fit la moue face à la rivière endormie.

Ces deux derniers mois avaient chamboulé sa vie, et bien pire : l'essence même de son être. Une éclaircie avait cependant pointé le bout de son nez dans le ciel obscur de ses doutes, en apprenant qu'Anna s'en était tirée. Leurs deux destins s'entremêlaient à nouveau, après trente années de sommeil dont ils s'étaient réveillés sans le moindre souvenir. Le remords le rongea. Même si Anna se remettait physiquement, son moral était en pièces. La disparition d'Élias et de Julie la détruisait chaque jour un peu plus. Il aurait tellement aimé être là pour elle. En attendant qu'il puisse joindre l'action à la parole, Loïc resterait sur place. Lucas serra le poing. Il ne laisserait pas le lieutenant se jeter à corps perdu dans cette histoire tout seul. Il l'inquiétait. Même s'il le niait au téléphone, Loïc traversait les pires moments de son existence. Seul. La même boule de culpabilité envahit Lucas. Loïc, son compère, son acolyte. Celui qui, suivant ses convictions, l'avait épaulé et permis de quitter le pays sain et sauf. Tout ça pour quoi ? La tristesse gangrena le médecin à l'évocation de la dette éternelle qu'il avait envers son ami.

Je ferai tout ce qui est en mon pouvoir pour les soutenir tous les deux, et retrouver les enfants.

– Lucas ?

Alisa, les cheveux cachés sous son bonnet fétiche, lui tendit un grand gobelet en carton fumant.

– Merci.

La journaliste ne releva pas et préféra fixer le cours d'eau face à eux.

– Ton père devrait être relâché dans le courant de la semaine prochaine. Ils vont le maintenir en liberté surveillée, avec interdiction de quitter le territoire russe.

– Je m'y attendais un peu.

– Oui, c'est assez logique. D'ailleurs, ça n'a pas l'air de lui poser problème. Il ne souhaite pas revenir en France, si j'ai bien compris.

Lucas était en phase avec celui qu'il avait appris à découvrir ces dernières semaines. Il semblait logique que le vieil homme préfère rester dans le pays où sa vie s'était délitée aussi vite qu'elle s'était construite, il y a si longtemps.

– Je sais à quel point cette histoire nous changera, mais je suis contente, avoua Alisa. Cet article a provoqué un vrai tsunami politique et même si j'avais uniquement en tête d'élucider le meurtre de mon père, je suis heureuse d'avoir pu en faire encore davantage.

– C'est vrai que si tu n'avais pas été là, nous serions morts en France, Anna et moi. Malheureusement, tout n'est pas rose, loin de là.

Des sueurs froides descendirent le long de son échine lorsque Lucas repensa aux paroles de Mathieu Martinez au sujet d'Élias et Julie.

Quoi de plus important que la nation et la nouvelle génération ?

– Il faut absolument retrouver les enfants, où qu'ils soient !

– J'ai bien l'intention de me pencher sur le sujet aussi, confessa la journaliste. Qu'est-ce que tu comptes faire ?

Lucas prit une grande bouffée d'air frais.

– Dès que le gouvernement russe m'en donnera l'autorisation, je retournerai à Paris, puis à Nantes. Revoir Anna,

Loïc et Jipé. Essayer de comprendre ce qu'il a bien pu se passer. Je ne sais pas par où commencer. Je t'avoue que je suis anxieux à l'idée de poser le pied sur le sol français.

Alisa se rapprocha et se pencha, appuyant sa tête sur l'épaule du médecin.

— Je serai là pour toi. Si ça te va, on partira ensemble.

REMERCIEMENTS DE L'AUTEUR

Grand Froid a été finaliste du concours VSD-RTL du meilleur thriller français, présidé par Michel Bussi. Inspiré de faits réels, ce roman s'est classé 1er à l'issue de la phase de votes du public. Depuis, il a fait son petit bout de chemin, pour aboutir, aujourd'hui, à sa publication en poche. Un énorme merci aux éditions La Mécanique Générale pour m'avoir permis d'intégrer leur superbe collection.

Je remercie ma femme, pour son soutien et sa patience tout au long de la rédaction de ce roman fin 2017, alors que nous préparions notre déménagement au Japon. C'était une période compliquée, marquée par de longues nuits à écrire alors que l'appartement se vidait, petit à petit.

Je remercie mes parents et mes sœurs pour m'avoir poussé à me dépasser lors du concours.

Merci à Laurent, Rose, Sylvia, Clarence, Laure, Stéphanie et Sophie pour votre enthousiasme et votre bonne humeur.

Merci aux blogueurs, chroniqueurs littéraires qui ont porté et porteront ce roman. Merci également aux organisateurs de salons que j'ai eu la chance de rencontrer depuis le début de cette aventure.

Merci à vous, chers lecteurs, qui faites vivre nos écrits. Un auteur n'est rien sans vous !

À très vite !

Tokyo, 26 décembre 2019.

pca
cmb

édition pré-presse
livres numériques

44400 Rezé

LA MÉCANIQUE GÉNÉRALE

Imprimé en Espagne par
Liberdúplex
à Sant Llorenç d'Hortons (Barcelone)
en janvier 2020

Dépôt légal : Février 2020
Numéro d'édition : 001
–
ISBN : 979-10-95776-22-2